W0314719

Le destin des jumeaux Fabrègues

Du même auteur :

La Demoiselle d'Aguilar, Pygmalion, 1996
La Chamane aux yeux bleus, Pygmalion, 1999
Le Destin des jumeaux Fabrègues, Les Presses de la Cité, 2004
La Transbordeuse d'oranges, Les Presses de la Cité, 2005
Les Herbes de la Saint-Jean, Les Presses de la Cité, 2006
Les Enfants d'Elisabeth, Les Presses de la Cité, 2007
Les Deux Vies d'Anna, Les Presses de la Cité, 2008
Les Ombres du pays de la Mée, Les Presses de la Cité, 2008
La Croix des outrages, Les Presses de la Cité, 2009
Réédition en format poche, TDO éditions, 2021
L'Ermitage du soleil, Calmann-Lévy, 2010
Les Héros perdus de Gabrielle, Calmann-Lévy, 2011
Les Ailes de la tramontane, Calmann-Lévy, 2012
La Guerre des cousins Buscail, Calmann-Lévy, 2013
Les montagnes chantaient la liberté, Calmann-Lévy, 2014
Réédition en format poche, TDO éditions, 2020
Ceux du château, ceux du moulin, Calmann-Lévy, 2015
Trois gouttes de sang grenat, Calmann-Lévy, 2016
Les anges de Beau-Rivage, Calmann-Lévy, 2017
Le Bal des poupées, Calmann-Lévy, 2018
Le Front de l'azur, Calmann-Lévy, 2019
Nous étions trois, Calmann-Lévy, 2020
L'Alchimiste de Sant Vicens, Calmann-Lévy, 2022

Édition originale Presses de la Cité © Presses de la Cité, 2004
ISBN : 978-2-36652-355-3
Tous droits réservés © TDO éditions

Couverture réalisée par Romain Champagne

Hélène Legrais

Le destin des jumeaux Fabrègues

Collection Poche

À Georges et Raoul Sanac...

1

Le poing de Joseph Fabrègues s'abattit avec fracas sur le battant ouvert de la porte de l'écurie, provoquant la débandade caquetante de la demi-douzaine de poules qui picoraient dans la cour.

Ficelle en lâcha la brosse en paille de fer avec laquelle il récurait une comporte et jeta par en dessous un regard surpris à son patron. Ça ne ressemblait pas à l'*amo*[1] de s'énerver ainsi ; lui, il était plutôt du genre taiseux, économisant ses paroles autant que son bien, et ses colères aussi froides que la neige au sommet du Canigou vous glaçaient jusqu'aux os. Même lors de la grande maladie qui avait rongé les racines des pieds des vignes, il ne s'était jamais laissé aller aux imprécations, affrontant ce coup du destin en vigneron têtu qu'il était, le cou rentré dans ses

1. Patron, maître.

épaules musculeuses et les manches déjà retroussées, prêt à tout reprendre de zéro. Qu'est-ce qui pouvait en ce jour mettre son sang en ébullition ?

Ficelle n'avait rien à se reprocher mais il replongea le nez dans sa comporte. Sait-on jamais ?

Ficelle s'appelait en fait Matthieu, Mateu en catalan, la seule langue qu'il comprenait et à laquelle il répondait. Les bonnes gens de son village ayant une imagination limitée, il devait son surnom à la maigreur extrême qui lui faisait les coudes et les genoux pointus à travers le coutil de sa veste et le velours de son pantalon. Les mauvaises langues de Peyrestortes – et il n'en manquait pas – ajoutaient que la comparaison valait aussi pour l'épaisseur de son cerveau. Mais même les plus acérées convenaient qu'il était un ouvrier consciencieux ne ménageant pas sa peine, à la vigne comme au mas.

Il courba donc l'échine un peu plus et frotta encore plus fort l'intérieur du cuveau de châtaignier, comme si les vendanges devaient commencer le lendemain alors qu'on n'était qu'en mai.

Cette hâte servile, du moins c'est ainsi qu'il la jugeait, fit hausser les épaules à Pere Roca, l'autre ouvrier qui s'affairait un peu plus loin. Roca n'avait pas de surnom, d'ailleurs sa carrure impressionnante aurait dissuadé quiconque de se risquer à lui en donner un. Il savait qu'on le craignait et en retour il clamait à tous les vents ne craindre personne, pas même le Jepe, son patron, qui en imposait pourtant à plus d'un.

L'agitation de celui-ci, pour inhabituelle qu'elle fût, ne l'inquiétait pas. Il faut dire qu'il était lui-même marié et père de deux enfants, et qu'il avait déjà traversé ces moments terribles d'angoisse et d'impuissance où tout homme, fût-il capable de soulever une charrette d'une main pour ajuster une roue neuve de l'autre comme il l'avait fait dix jours auparavant, se sent désespérément inutile. Ces longues heures où les femmes subissent les affres de la mort pour donner la vie, le mâle exclu les vit comme un coupable qui voit un innocent condamné à sa place.

Le père Fabrègues poursuivait son manège exaspéré, arpentant à grandes enjambées précises, comme si leur stricte égalité pouvait conjurer le mauvais sort, la cour de terre battue délimitée par les bâtiments coiffés de longues tuiles romaines, roussies comme la croûte d'un pain bien cuit, dont l'ensemble formait le mas qu'il avait hérité de son père à une demi-lieue de Rivesaltes. C'était un corps d'habitation à un étage flanqué d'un côté par la cave où les fûts de chêne s'alignaient dans l'ombre, et la grange où étaient serrés les outils et le matériel indispensables au travail de la vigne, et de l'autre par le poulailler et l'écurie qui abritait les deux percherons aux cuisses épaisses. Un haut mur percé d'une large porte cochère fermait le rectangle ombragé à demi par la vaste couronne d'un pin.

La maison ne touchait pas les autres bâtiments et, à chaque fois que le Jepe passait l'angle, une rafale de tramontane soulevait la visière de sa casquette ; il baissait machinalement la tête, allongeant le pas pour échapper à la bourrasque en retrouvant l'abri des murs de briques rouges qu'en Roussillon on appelait *cairo*. Longues et étroites, elles alternaient avec des galets ramassés dans le lit de l'Agly tout proche et noyés dans un mélange de sable et de chaux. Pour rendre l'appareil plus rigide, les maçons catalans enfonçaient dans les joints des éclats de tuile ou de brique qui s'enroulaient en guirlande autour des pierres rondes, dessinant en pointillés patinés par les intempéries l'histoire de la bâtisse. Mais ce jour-là Jepe ne leur accordait même pas un regard, pas plus qu'aux alignements de ceps feuillus qui prenaient naissance derrière le mas et enfilaient leur perspective vers le nord, jusqu'aux croupes calcaires des Corbières dont le gris paraissait blanc sous le soleil de midi. Lui qui croyait que les bébés choisissaient toujours la nuit pour venir au monde ! Il aurait préféré : manquer de sommeil n'empêche pas de sulfater tandis que là, c'était une journée de travail perdue. Ficelle et le Roca auraient pu s'en charger seuls, mais Jepe ne se fiait qu'à lui-même pour décider du bon moment, du bon dosage. Bon sang, c'était bien sa veine !

Il fit un nouveau demi-tour rageur, insensible au parfum miellé des genêts qui éclataient de toutes leurs fleurs d'or en bordure des vignes. Cela faisait des heures maintenant que sa belle-mère l'avait mis dehors en lui promettant que ce ne serait pas long, sûr ; sa femme après tout n'en était pas à son premier accouchement !

Mais l'assurance affichée par la *sogra*[2] ne suffisait pas à le rassurer : après la petite Thérésina sept ans plus tôt, Lucie avait donné naissance à un enfant mort-né et à un autre qui n'avait vécu que trois jours. Deux garçons, coquin de sort, deux héritiers que le destin lui avait retirés !

Jepe invoquait le destin pour ne pas irriter Dieu mais c'était au Très-Haut qu'il s'adressait en son for intérieur, Le mettant en demeure de redresser cette injustice qui le frappait. Les poings enfoncés dans les poches de son pantalon, il ponctuait silencieusement chacun de ses pas d'un « Un garçon, bon Dieu » que les minutes s'ajoutant aux minutes et les heures aux heures rendaient de plus en plus hargneux.

2. Belle-mère.

De derrière sa comporte, Ficelle n'osait même plus risquer un œil…

Enfin la porte de la maison s'ouvrit et la *sogra* sortit, un gros paquet de linges ensanglantés sous le bras. Derrière elle jaillit un gémissement étouffé sur lequel elle referma en hâte le battant ; la douleur des femmes ne devait pas sortir de leur maison.

— Alors ? interrogea Jepe en se forçant au calme.

Sa belle-mère savait pourtant qu'il bouillait de curiosité !

— Ça y est-il enfin ?

Elle prit le temps de laisser tomber les draps souillés dans la lessiveuse sous l'appentis, de se redresser, une main soutenant ses reins douloureux, avant d'acquiescer de la tête. Puis, curieusement, elle leva vers le ciel un doigt crevassé par les nombreuses lessives.

— Quoi ? Qu'est-ce qui se passe ? s'étrangla Jepe.

Mais elle avait déjà tourné les talons. Il crut l'entendre marmonner « … Pas fini… Il y en a un autre… »

Abasourdi, il resta figé au milieu de la cour, la bouche soudain sèche comme la terre de ses vignes cuite par l'été.

— Un autre quoi ?… Qu'est-ce que c'est, fille ou garçon ?

Les mots avaient du mal à s'arracher de sa gorge que la colère et l'angoisse étranglaient d'un nœud douloureux. Sa respiration sifflait comme celle du « Nano » Laplane, qui était asthmatique.

Les épaules de la vieille se soulevèrent avec lassitude. Comme si la question était là ! Sa fille se tordait encore dans le lit conjugal, le ventre déchiré, le dos cambré par des spasmes d'agonie. La lutte entre la vie et la mort continuait dans la touffeur de la chambre close où les relents aigres de la transpiration et douceâtres du sang se mêlaient à la buée qui s'élevait des bassines pleines d'eau chaude.

La porte se referma sur elle avec un claquement sec.

Lucie reposait les yeux clos, le visage aussi blanc que la taie d'oreiller sur laquelle ses cheveux bruns, presque noirs, s'étoilaient en longues mèches humides. Cette pâleur mortelle fit reculer Jepe ; il régnait dans la pièce une chaleur d'étuve qui allumait des feux aux joues des deux vieilles femmes s'activant encore autour du lit à faire disparaître les dernières traces de l'accouchement.

Il était entré trop tôt, il le savait. Lors des accouchements précédents, il n'avait été autorisé à pénétrer dans la chambre conjugale qu'une fois le lit refait avec des draps bien propres et Lucie apprêtée, dans sa plus belle chemise de nuit, sa longue chevelure enroulée sous la coiffe de dentelle qu'elle ne mettait que pour les grandes occasions. Mais tout à l'heure, lorsqu'il avait entendu sa belle-mère déverrouiller l'espagnolette et ouvrir la fenêtre en grand, signe que tout était fini, il n'avait pu résister : il s'était précipité, forçant la porte sans souci des protestations indignées des femmes.

À présent il le regrettait presque, saisi par le spectacle de ce lit dévasté qui suggérait moins le mol abandon après l'amour, quand les corps repus se cherchent encore dans le joyeux fouillis des draps froissés, qu'un âpre champ de bataille où, le fracas des armes s'étant enfin tu, le guerrier sanglant et vaincu n'attend plus que la mort.

Lucie ouvrit les yeux et lui adressa un sourire à peine esquissé dont la lassitude ne parvenait pas à dissimuler la fierté. Jepe se souvint soudain de la raison pour laquelle il était là. Secouant son hébétude, il s'approcha du berceau de bois tourné qui avait été le sien et, avant lui, celui de son père et de son grand-père, et distingua un poing minuscule et une touffe de cheveux drus et sombres sous un bonnet à volant. Tendant le cou, il fit un pas de plus et faillit trébucher sur une corbeille posée à même le sol de briques rouges vernissées.

C'était un de ces couffins d'osier blond dont les femmes se servaient pour ranger, bien pliés

– c'est autant de gagné pour le repassage –, les draps et les chemises fraîchement lavés gardant au cœur du tissu les senteurs de romarin et de fenouil que la tramontane qui les avait séchés avait arrachées à la garrigue.

Celui-là avait été vidé de son linge et garni d'un coussin sur lequel se détachaient le même poing minuscule et la même touffe de cheveux sombres sous le même bonnet à volant que dans le berceau.

Maître Joseph Fabrègues, que tout le monde à Rivesaltes saluait avec respect et que les vauriens fuyaient comme la peste, par peur de son fusil toujours chargé et à portée de main, resta un instant interdit, sans oser comprendre. Ses yeux naviguaient, abasourdis, du berceau à la corbeille et de la corbeille au berceau. Puis il cligna plusieurs fois des paupières comme un gamin devant un cadeau inattendu et qui se demande si ses yeux ne le trompent pas. Seulement le Jepe n'était pas encore sûr d'avoir à se réjouir de la surprise que la vie venait de lui réserver !

— Vous avez deux beaux garçons, Jepe.

« Elle » lui souriait de toutes ses gencives édentées, ce qui l'enlaidissait encore si c'était possible. « Elle » souffrait d'une maladie de peau couvrant sa joue gauche et son cou d'une multitude de verrues plates et molles, ce qui faisait que son visage semblait fondre comme la cire dans sa bobèche. Le destin et une marraine peu perspicace l'avaient affublée du doux prénom d'Angèle, mais personne ne l'appelait plus ainsi depuis bien des années tant le contraste avec sa face de bougie finissante paraissait incongru même aux plus rustres. La plupart préféraient ne pas la nommer : ils gommaient l'« Ange » pour ne garder que le « Elle », et tous comprenaient. Certains, plus impressionnables ou au cœur plus endurci, disaient la *bruixa*, la « sorcière », mais jamais en sa présence. « Elle » le savait mais laissait faire avec un haussement d'épaules résigné. Elle ne leur en voulait pas de leur dégoût, elle-même avait renoncé depuis longtemps à se regarder dans une glace. Elle s'amusait même en son for intérieur de voir que le sort facétieux avait décidé qu'aussi laide qu'elle fût ils ne pouvaient se passer d'elle car ses mains n'avaient pas leur pareil pour mettre un enfant au monde. Mis à part les notables rivesaltais qui avaient les moyens de payer le docteur à la moindre indisposition, toutes les femmes des environs l'appelaient dès les premières douleurs. Sauf l'Antoinette Mestres, la « Tonia » du mas Blanc, qui se donnait des grands airs et qui avait exigé la semaine précédente qu'on attelât la charrette pour aller chercher le docteur à Rivesaltes, sous prétexte que la laideur d'« Elle » pouvait faire peur au bébé. La petite était donc née sans « frayeur » mais la Tonia avait souffert le martyre et plus d'une avait murmuré qu'à vouloir accoucher plus haut que sa condition elle n'avait eu que ce qu'elle méritait !

Lucie Fabrègues, elle, n'avait pas de ces caprices. D'ailleurs, quand la douleur vous taraude les reins et fouaille vos entrailles, même le plus horrible des monstres serait le bienvenu pourvu qu'il vous soulage et vous libère !

— Des bessons, Jepe, vigoureux et bien constitués... Le ciel bénit votre famille ! insista la vieille femme.

Jepe lui rendit enfin son sourire. Le choc était passé. Que diable, après avoir tant prié pour qu'on lui donnât un héritier, il n'allait pas se plaindre parce que Dieu lui en offrait deux d'un coup !

Mais il s'avéra bien vite que la libéralité soudaine du Très-Haut était limitée : Lucie n'avait pas assez de lait pour nourrir les deux nouveau-nés. Elle avait de jolis seins, ronds et fermes comme des pommes, mais plus faits pour la caresse de la main d'un homme que pour la maternité, comme l'avait fait remarquer sa mère à Jepe lors des accordailles, presque en s'excusant.

Déjà pour Thérésina, elle avait eu du mal et pourtant la petite avait un appétit d'oiseau. Alors pour ces deux gosiers avides qui réclamaient vigoureusement à toute heure du jour et de la nuit…

En outre, l'accouchement l'avait épuisée ; elle avait perdu beaucoup de sang et ses joues tardaient à retrouver leurs couleurs. Dans son lit, il lui arrivait de se boucher les oreilles, les yeux hagards, pour ne pas entendre brailler ses fils à qui on avait donné les prénoms de leurs deux grands-pères défunts : Joan et Jordi, Jean et Georges pour l'état civil qui n'admettait que le français.

Thérésina pour sa part avait découvert, ravie, ces deux poupées vivantes à son retour de chez la tante d'Espira où on l'avait menée pour quelques jours, et passait toutes ses heures libres à s'occuper des deux nourrissons, les berçant avec application l'un après l'autre pour ne pas faire de jaloux, tandis que son *avia*[3] faisait bouillir l'eau dans la grande lessiveuse pour nettoyer les couches et les langes salis.

Mais bercer et laver ne nourrissait pas les jumeaux et, comme Jepe ne voulait rien savoir des biberons de lait de vache que l'État essayait de répandre auprès de la population misérable des ouvrières des grandes villes, il fallut bien envisager de prendre une nourrice. Mais où trouver rapidement une nouvelle mère qui accepterait au moins un des deux petits en plus du sien ?

3. Grand-mère.

Jepe mit son plus beau costume, le seul qu'il avait en fait, celui de son mariage, pour aller à Rivesaltes demander conseil aux différents médecins du bourg. La belle-mère de son côté fit la même démarche auprès de *Mossen*[4] Suirolles, en cachette de son gendre qui affichait comme la plupart des vignerons des sentiments républicains et n'aurait jamais voulu s'abaisser publiquement à chercher de l'aide auprès de la « réaction ». Malheureusement pas plus les docteurs que le prêtre ne purent leur être d'aucun secours : des mères qui avaient accouché dans les trois derniers mois, aucune n'était susceptible de convenir.

Pourtant le temps pressait. Thérésina en était à jurer sur son livre de catéchisme que ses frères maigrissaient à vue d'œil ; elle exagérait un peu mais l'*avia* elle-même devait bien reconnaître qu'ils ne prospéraient pas comme les beaux enfants qu'ils étaient à leur naissance auraient dû le faire. Jepe lui-même était si inquiet qu'elle parvint à le convaincre de les faire ondoyer par le vicaire, au cas où…

Le salut vint de Roca.

Le jeudi suivant, une semaine après l'accouchement, il aidait son patron à transporter les

4. Père (titre donné aux prêtres).

sacs de soufre dans la charrette. Le vent était un peu tombé et il était plus que temps de traiter les vignes contre l'oïdium.

Par la fenêtre ouverte de la cuisine leur parvenaient les échos d'une conversation animée entre la *sogra* et la Fine Laforgue venue prendre le café en voisine.

Avec force exclamations, la Fine décrivait la couronne que Rivesaltes allait envoyer à Paris pour les funérailles de ce grand poète, monsieur Hugo, « le plus grand génie des temps modernes » comme ils disaient dans le journal.

— Mon neveu qui travaille à la mairie m'a dit que la souscription lancée par la Société artistique a permis de rassembler cent francs ! Ils ont pu acheter une sacrément belle couronne avec ça… Je l'ai vue ce matin, elle est exposée dans la devanture de la librairie Cabanes. Elle est grande comme ça… précisait-elle, et on devinait les mains largement écartées comme celles d'un pêcheur vantant sa dernière prise… tout en immortelles jaunes et mauves, avec des roses artificielles. Et un large ruban tricolore avec l'inscription : « La ville de Rivesaltes à Victor Hugo ». Ah, ça a belle allure !

Répondant à l'enthousiasme débordant de la matrone, la voix de la *sogra* fit remarquer un ton plus bas que si tous les villages de France faisaient de même, le cercueil de monsieur Hugo disparaîtrait sous un monceau de fleurs et que celles de Rivesaltes passeraient inaperçues. D'ailleurs, arguait-elle, on aurait sans doute mieux fait de consacrer l'argent de la souscription à secourir les orphelins laissés par les deux malheureuses veuves qui s'étaient noyées quelques jours plus tôt à Olette, dans la montagne, en glissant d'une passerelle dans l'eau de la Têt !

D'ailleurs, conclut-elle avec cette tranquille autorité qui la caractérisait, monsieur Hugo lui-même aurait été de son avis, lui qui avait si bien écrit sur la misère humaine. N'avait-il pas demandé dans son testament à être amené à sa dernière demeure dans le corbillard des pauvres ? Oui ma bonne, c'était écrit dans *L'Indépendant*, la petite me l'a lu.

Le reste de la conversation se perdit dans les profondeurs de la maison, les deux femmes ayant quitté la cuisine pour répondre à l'appel claironnant d'un des jumeaux dans son berceau.

Songeur, la main dans le sac de jute marqué à l'encre du nom des Barrère, Jepe égrenait le soufre qui tachait ses doigts de jaune citron ; il arrivait d'Italie par chemin de fer sous forme de pierres que les meules du moulin, là-bas sur le canal d'arrosage, transformaient en poudre fine.

Roca saisit l'occasion. Se raclant la gorge, il se lança :

— On m'a dit que les petits vous causaient des soucis, maître Joseph…

Roca avait beau jouer les fortes têtes, il ne se serait jamais risqué à appeler son patron par son seul prénom. Celui-ci ne répondit pas mais, se relevant à demi, il fixa un regard intéressé sur son ouvrier. Enhardi, Roca poursuivit :

— Si vous cherchez toujours une nourrice, je connais quelqu'un qui pourrait faire l'affaire.

Cette fois, Joseph Fabrègues se planta sur ses jambes, croisa les bras et, du menton, lui fit signe de continuer.

— C'est ma sœur, Eulalia. Elle a eu un garçon à la fin du mois dernier et, ma foi, elle ne refuserait pas un peu d'argent en plus ; son mari est journalier et le ménage ne roule pas sur l'or !

Voyant son patron froncer le sourcil, il ajouta précipitamment :

— Oh, ce n'est pas que Jacinto soit un fainéant ; il est tout au contraire bon travailleur et sobre… mais il ne sait pas tenir sa langue. Il a ses idées politiques et il n'en démord pas. Il finit toujours par menacer son patron de la Commune et bien sûr personne ne le garde longtemps. Remarquez, il trouve toujours à s'employer… ce qui prouve qu'on apprécie son travail ! En attendant, il n'a jamais de salaire fixe et, même si elle ne dit rien, ma pauvre sœur commence à désespérer. La pauvreté, ça use… même quand elle est honnête.

Il n'avait pas l'habitude de tenir de si longs discours. Il se tut, à bout de souffle.

— Est-elle propre et en bonne santé ? interrogea brièvement Jepe en tapant du bout du doigt sa large poitrine d'un geste éloquent.

— Elle est comme moi : jamais malade. C'est de famille. Et pour la propreté, elle n'est pas du genre à rester à sa fenêtre. La maison n'est pas riche mais elle est bien tenue.

Jepe ne réfléchit qu'une minute avant de tendre à son ouvrier une main carrée aux doigts soufrés :

— Tope là, Pere, je crois qu'on va faire affaire.

Roca hésita avant de la saisir.

— Je dois quand même vous dire qu'elle habite à Baixas. Ce n'est pas si loin, pas plus de deux lieues, mais enfin madame Fabrègues ne pourra pas voir ses petits tous les jours…

Maître Joseph haussa les épaules. Maintenant qu'il avait pris sa résolution, il n'y reviendrait pas. De toute façon, avait-il le choix ?

— Elle s'y fera. Peut-être n'aurons-nous pas besoin de nous séparer des deux. S'il lui en reste un, ce sera plus facile… Allez, je te libère pour l'après-midi. Aide-moi juste à hisser les sacs sur la charrette et pour le reste Ficelle suffira. Monte à Baixas prévenir ta sœur que je l'attends demain…

Eulalia était très impressionnée. C'était la première fois qu'elle entrait dans une maison de maître. Et même si les Fabrègues avec leurs dix-huit hectares de vignes n'étaient pas considérés comme riches, seulement à l'aise, la bâtisse était très différente des endroits où elle-même avait vécu jusqu'ici.

Son humble logis sur les hauteurs de Baixas n'avait qu'une pièce qui servait à tout, flanquée d'une alcôve de chaque côté ; le sol était en terre battue et les trois poules dont elle vendait les œufs à monsieur le curé y picoraient aussi bien que dehors.

Ici, on marchait sur un pavage de briques rouges et, en face de la porte d'entrée, un escalier de bois ciré grimpait jusqu'à de vraies chambres éclairées par de vraies fenêtres, elle les avait vues de la cour.

Celle de maître Fabrègues était en bas et la vieille femme qu'il lui avait présentée comme sa *sogra*, sa belle-mère, en ouvrit la porte en faisant bien attention de ne pas faire de bruit.

Eulalia y entra à sa suite, la gorge serrée. Elle aurait voulu détailler à loisir le mobilier de bois de fruitier, la haute armoire, le lit aux draps blancs, mais lorsqu'elle se risqua à jeter un coup d'œil de côté, elle sursauta en voyant une silhouette sombre se profiler au fond de la pièce. Elle mit quelques secondes à se rendre compte qu'il ne s'agissait que de son propre reflet renvoyé par un miroir rectangulaire accroché au mur. Chez elle, il n'y avait pas de glace, hormis la petite ronde devant laquelle son mari se rasait le dimanche. Non pour aller à l'église – il répétait que la religion servait les puissants et asservissait les pauvres – mais pour honorer le jour de repos « sacré » du travailleur. Eulalia ne pouvait guère s'en servir que pour disposer les épingles dans ses cheveux et ajuster selon le jour sa coiffe ou son fichu. Et encore avait-elle du mal à y voir en entier son visage sans grâce à la mâchoire un peu trop carrée. Découvrir ainsi à la dérobée son corps épais, sanglé dans une blouse bleu passé et une jupe qu'elle avait cousue elle-même et qui tombait en plis lourds autour de ses hanches larges, lui fit un choc.

La comparaison avec l'accouchée assise dans le grand lit, le dos soutenu par des oreillers immaculés, lui sembla d'autant plus cruelle.

Lucie Fabrègues n'était pas une beauté mais ses traits réguliers, son menton rond, ses yeux sombres un peu tristes et la façon dont son chignon haut dégageait son cou rendaient par contraste Eulalia encore plus massive, plus rude, plus pauvre.

Mais la sœur de Roca n'était pas femme à s'attarder longtemps sur de telles considérations. Bien vite elle redressa les épaules et releva le menton ; après tout, malgré sa belle maison et sa grâce languissante qui avait dû faire courir plus d'un homme, la maîtresse n'était même pas capable de nourrir ses petits tandis qu'elle, Eulalia, son lait riche et épais pouvait en faire pousser une douzaine !

La vieille parlait à voix basse à sa fille. Celle-ci ne répondait pas, les lèvres serrées, le visage fermé. La vieille insistait.

Finalement, Lucie Fabrègues détourna la tête, les yeux clos comme pour ne pas voir ce qui allait se passer.

La vieille revint vers Eulalia et lui lança, d'un ton bref :

— Prenez-en un et partez vite.

Eulalia s'avança d'un pas, indécise.

Un vagissement s'éleva à ses pieds. Elle vit les petits poings qui battaient l'air, pleins de vie, et la grande corbeille prête à être emportée.

Très vite elle se saisit des anses et, calant le couffin sur sa hanche, elle s'enfuit presque.

C'est ainsi que, moins de dix jours après leur naissance, les jumeaux Fabrègues furent séparés.

2

Jordi plissa ses petits yeux noirs et pencha sa tête sur le côté comme il le faisait toujours lorsque quelque chose l'intriguait. Face à lui, l'enfant fit de même. C'était sans doute un nouveau jeu. Jordi posa un doigt sur sa bouche comme le Toni le faisait quand ils se cachaient derrière les buissons et qu'il ne fallait pas faire de bruit. Et l'enfant imita son geste. Décidément, c'était amusant. Enhardi, Jordi sortit un bout de langue rose et grimaça. Mais cette fois l'enfant recula, effrayé.

Jordi s'arrêta net, décontenancé. Pourquoi le petit garçon ne voulait-il plus jouer ? Il chercha du regard un soutien auprès de Tata Lali, qui avait mis sa belle coiffe du dimanche et enlevé son grand tablier à bavette pour aller au portillon de la cour accueillir « le maître et la maîtresse », comme elle disait. Mais Tata ne dit rien et les autres non plus. Tous les adultes regardaient, muets, interdits, comme incrédules, les deux enfants qui se faisaient face, chacun reflétant l'autre ainsi qu'un vivant miroir.

Ils savaient que les jumeaux se ressemblaient beaucoup mais les voir ensemble pour la première fois depuis leur séparation les confrontait à une similitude si parfaite qu'ils en restaient troublés. Joseph Fabrègues était venu régulièrement dans la petite maison bossue de la route de Calce, à la sortie de Baixas, visiter le fils qu'il avait mis en nourrice. Au moins une fois par mois, sauf bien sûr pendant les vendanges où on travaillait même le dimanche. Parfois Thérésina l'accompagnait, tout heureuse de la promenade et curieuse de voir ce petit frère absent dont on évitait de parler en famille. Lucie n'était venue que bien plus tard quand, la bouillie ayant commencé à remplacer le sein, elle avait pu s'absenter du mas pour l'après-midi ; mais elle avait toujours refusé d'emmener le petit Joan, trop fragile, disait-elle, pour supporter le trajet en charrette jusqu'à Baixas, et chacun des jumeaux avait atteint ses deux ans et demi sans savoir qu'un autre lui-même grandissait au même rythme que lui à seulement deux lieues de là. Et même aujourd'hui, sa mère avait dû insister pour que Lucie acceptât enfin de réunir les deux bessons.

« On dirait parfois que tu veux oublier que tu en as deux », lui avait-elle asséné, de sa voix égale qu'elle n'élevait jamais, en servant l'*ollada*[5] fumante dans les assiettes.

Lucie avait piqué nerveusement quelques haricots blancs de la pointe de son couteau et lacéré un bout de chou avec sa fourchette sans répondre, mais au moment de partir, tandis que Jepe allait atteler Bijou à la jardinière, elle avait enfilé à Joan sa veste tricotée pour qu'il ne prenne pas mal avec la marinade qui soufflait par rafales.

Jordi ne comprenait pas pourquoi les grandes personnes le regardaient ainsi. À presque trois ans, il ne s'était jamais vu dans un miroir, puisqu'il n'y en avait pas chez Tata Lali, et la physionomie du petit garçon arrivé avec les « maîtres » n'évoquait rien pour lui. Joan en revanche s'était déjà admiré dans celui de sa mère quand on lui essayait un nouveau costume tendrement confectionné par les femmes de la maisonnée, auquel même sa sœur avait tenu à mettre la main, faufilant les ourlets et cousant les boutons ; il avança une main hésitante pour toucher ce visage qui lui semblait étrangement familier.

Comme personne ne disait rien, Jacinto Marti s'approcha des jumeaux et, accroupissant son corps musculeux pour se mettre à leur hauteur, il annonça gravement :

5. Plat traditionnel.

— Jordi, voici ton frère Joan.

Et comme l'enfant levait vers lui un regard interrogateur, il ajouta d'une voix forte afin que tous l'entendent :

— *Es el teu besso*... Il est ton jumeau. Vous êtes nés le même jour... vous êtes les fils Fabrègues !

Puis il se releva en grommelant dans sa barbe :

— Voilà, c'est dit. Sacrebleu, il était temps que le petit le sache.

La colère empourpra le cou de Joseph Fabrègues. Mais pour qui se prenait donc ce rouge de Cinto pour lui faire ainsi la leçon ? Il retint néanmoins la verte repartie qui lui venait aux lèvres ; après tout, à céder aux caprices de sa femme, il ne se sentait pas la conscience très nette à ce sujet.

Désireuse de dissiper la tension qu'avait fait naître l'intervention vigoureuse de son époux, Eulalia invita avec empressement tout le monde à entrer s'asseoir autour de la table sur laquelle elle avait disposé un tourteau à l'anis, des verres et une bouteille de vin doux.

Elle laissa juste la porte ouverte pour jeter un œil sur les enfants qui restèrent seuls dans la petite cour qu'ici on appelait une *paraguera*. L'espace, déjà réduit, était en outre encombré par un clapier branlant et quelques fagots de sarments entassés contre le mur, et ils ne pourraient pas aller bien loin...

Les jumeaux restèrent face à face à se renvoyer leur image : même tignasse drue, presque noire, avec un épi qui tournait juste là, au ras du front, mêmes sourcils droits, mêmes yeux légèrement étirés vers les tempes, des « yeux de Chinois » disait Thérésina quand elle voulait faire enrager Joan, aux prunelles sombres, luisantes comme des olivettes.

— Jordi… mon frère, articula Joan précautionneusement comme si ces deux mots dissimulaient quelque piège, quelque tromperie d'adulte aimant à se jouer de la naïveté des enfants… Mon frère, répéta-t-il avec plus d'assurance pour essayer de les apprivoiser.

Le visage rond de Jordi se plissa comme s'il allait pleurer. Il secoua la tête avec véhémence, ébouriffant un peu plus ses cheveux indisciplinés.

— C'est pas vrai, tu n'es qu'un *mentider* ! Mon frère, c'est le Toni !

Comme pour confirmer ses dires, le fils d'Eulalia et de Cinto, qui était resté jusqu'ici à l'écart sans intervenir, trop intimidé d'abord par les maîtres et trop ahuri ensuite par la révélation de son père, se rapprocha de Jordi et passa fraternellement son bras autour de ses épaules. C'était un gamin trapu, au front têtu et au cou épais de taurillon. Les jambes écartées, solidement plantées dans le sol, il donnait déjà une impression de force qui en imposait à ses camarades de jeu. Jordi se sentit aussitôt plus courageux ; ainsi étroitement unis, ils faisaient bloc face à l'intrus.

— Et d'abord si tu es mon frère, s'enhardit Jordi, pourquoi on vit pas dans la même maison ? Pourquoi on dort pas dans le même lit ?...

Le menton levé, il le défiait de trouver une réponse satisfaisante à ce mystère. Joan, la mine grave, ne répondit pas.

Le menton de Jordi se remit à trembler. Allons bon, voilà qu'il avait envie de pleurer. Il serra les poings. Pas question que « l'autre » le vît sangloter comme un marmot au maillot !

— Et pourquoi tu vis avec tes parents et pas moi ? explosa-t-il finalement. Qu'est-ce que j'ai fait de mal ?

Il s'élança, les deux mains en avant, et envoya son jumeau bouler dans la poussière. Joan tomba sur le derrière sans même un mouvement pour se défendre.

Tandis que son frère courait cacher sous le clapier ses larmes qui débordaient, il lâcha juste d'une toute petite voix :

— Je sais pas.

La charrette des Fabrègues prit le chemin du retour dans le plus grand silence.

Assis sur les genoux de sa mère qui le serrait farouchement contre elle, Joan paraissait absent, les yeux dans le vague, un peu comme ces rescapés d'une grande catastrophe qui ne parviennent pas encore à mesurer exactement ce à quoi ils ont échappé.

Jepe lui-même paraissait songeur ; on le voyait à sa façon de mordiller sa moustache. Il laissait flotter les rênes sur l'encolure du percheron qui avançait d'un pas égal, sa croupe épaisse se balançant en cadence, imperturbable. De l'humble demeure des Marti, la route descendait le long des coteaux vers Baixas et de là jusqu'à la plaine et Rivesaltes ; il n'y avait qu'à laisser aller, d'autant que le vent avait tourné et, sautant par-dessus les Corbières au nord, les poussait maintenant presque droit dans le dos.

La tramontane retroussait les nuages gris, chargés d'humidité marine, les rejetant vers l'horizon, à l'est, là où une ligne bleu plus foncé signalait la Méditerranée. Ils fuyaient, se bousculant les uns les autres, telle une armée en déroute.

Une nouvelle bourrasque dissipa les dernières nuées qui s'obstinaient à salir le ciel et le soleil jaillit. Le paysage s'illumina d'un coup.

La jardinière arrivait en vue de la porte Saint-Joseph qui marquait l'entrée de Baixas et Bijou, en habitué, prit le chemin qui contournait le village par la gauche. Inutile d'aller se perdre dans le dédale des ruelles bien trop étroites qui s'enroulaient autour de l'église Notre-Dame-des-Anges pour se retrouver la roue bloquée par la pile[6] en pierre d'une fontaine, incapable de reculer ou de faire demi-tour !

Les derniers coteaux cascadaient en terrasses, s'évasant vers la plaine comme les volants de la jupe d'une élégante que les rangées bien alignées des vignes égayaient de fines rayures régulières. Les ceps, replantés depuis peu après l'attaque mortelle du phylloxéra, étaient encore un peu grêles mais promettaient un bel avenir, comme ces gosses aux jambes trop longues et maigres qui donnent des hommes vigoureux et durs à la peine. Les jeunes feuilles, d'un vert tendre tacheté de bleu par le sulfate de cuivre pulvérisé contre le mildiou, frissonnaient sous la caresse audacieuse de la tramontane.

À un moment Joseph essaya de parler. Après s'être raclé la gorge trois fois et avoir martyrisé un peu plus sa moustache qui avait depuis longtemps perdu le bel ordonnancement qu'il s'était appliqué à lui donner le matin même, il hasarda :

— Il faut bien reconnaître…

Il n'alla pas plus loin. À côté de lui, Lucie, qui avait ôté son chapeau de paille que le vent menaçait d'emporter, se raidit sous son chignon, le visage figé. Il capitula une fois de plus et se tut.

6. Bassin.

Ils en parleraient un autre jour, plus tard…

Un passant aurait sans doute trouvé étrange de voir un patron craint et respecté comme maître Fabrègues ainsi vaincu par les silences de sa frêle épouse. Heureusement il n'y avait personne…

La charrette redevenue silencieuse avait maintenant dépassé Peyrestortes.

On croisait d'autres voitures en promenade et Jepe soulevait machinalement son chapeau de feutre noir pour en saluer les occupants dont il aurait été bien en peine de dire les noms une minute après, tout occupé qu'il était à ruminer de sombres pensées.

Alternant avec les vignes, les hautes herbes des pâtures et les champs d'avoine ondulaient lascivement près du vieux canal qui, disait-on, datait des rois de Majorque au Moyen Âge. Des taches claires mouvantes trahissaient les jeux de quelques jeunes gens qui avaient tombé la veste pour profiter de leur dimanche près des *Ponts molls*, les « Ponts mouillés », là où le canal se transformait en aqueduc pour faire un bond audacieux par-dessus la Llobère, un gros ruisseau qui filait vers l'Agly.

Une haute haie de cyprès, noirs et solennels comme des militaires au garde-à-vous, masquait encore le rectangle ocre et rouge du mas Fabrègues. Seule la cime arrondie du pin qui poussait ses racines saillantes dans un coin de la cour dépassait leurs képis pointus ; elle se balançait dans le vent telle une de ces gracieuses ombrelles brodées dont les jeunes filles de la ville savaient si bien jouer avec une feinte nonchalance. Plus loin, on distinguait déjà très nettement, parallèlement à la route qui « montait » de Perpignan vers Salses et la France, la cicatrice noire de la voie ferrée qui avait si profondément modifié le paysage et l'économie de Rivesaltes depuis une douzaine d'années. Plus loin encore, dominant le ruban de sable et de galets du lit de l'Agly, pointaient les tours des deux clochers, celui, haut et couronné de quatre petites tourelles, de l'église et celui, plus petit et coiffé d'un clocheton en dentelle de fer forgé, de la mairie, qui veillaient sur une mare de toits serrés entre les remparts.

Entre les deux, reliant le bourg à la gare qui avait fait sa prospérité, s'étirait une vaste esplanade bordée de platanes le long de laquelle les notables rivesaltais avaient érigé de grandes maisons bourgeoises à la façade orgueilleuse trouée de larges fenêtres, en hommage au progrès si bénéfique au commerce du vin.

Une hirondelle cisaillait le ciel de la faucille noire de ses ailes au-dessus de leurs têtes. À chaque nid-de-poule, la charrette tressautait avec un gémissement métallique qui faisait taire pour un instant les insectes bourdonnant autour des premiers buissons en fleurs.

On arrivait.

Le corps crispé de Lucie Fabrègues se détendit imperceptiblement et, redressant ses épaules dans son costume de velours marron, Jepe reprit les rênes.

C'est alors que s'éleva la voix timide de Joan :

— Pourquoi on a laissé là-bas l'autre petit garçon, il est puni ?

3

Les enfants se poursuivaient joyeusement entre les vignes. En fait, cachés comme ils l'étaient par les ceps feuillus, on ne les voyait pas mais on pouvait suivre leurs jeux à travers les cris et les rires qui fusaient de loin en loin, provoquant les remontrances faussement bourrues des femmes penchées sur les grappes qu'ils bousculaient dans leur course.

— Ôtez-vous de nos pattes, *palatreques*[7] ! grondait la Celestina Parayre, qui faisait office de *moussenya*.

En tête de rang, elle était chargée de donner le rythme à la *colla*, l'équipe des vendangeurs, ce qui n'était pas une mince affaire ; à ce titre, elle était la seule d'entre les femmes à recevoir

7. Vauriens.

le même salaire que les hommes et elle entendait bien mériter ses seize francs par jour.

Cependant, elle n'avait guère eu à donner de la voix cette année. Pas une cueilleuse ne se laissait distancer, pas un gamin aidant à remplir les paniers ne bayait aux corneilles, pas un porteur de comporte ne se plaignait. Contempler les pampres lourds, les grains ambrés du muscat gonflés de sucre et ceux du grenache, plus petits, plus ronds, délicatement rosés avec des filigranes dorés du côté où le soleil tapait le plus fort, leur faisait oublier fatigue, dos cassé, reins douloureux et mains écorchées. Oublier surtout le grand désespoir qui les avait saisis lorsqu'ils avaient vu leurs vignes, leur sang, dépérir et mourir quelques années auparavant.

L'épreuve avait été d'autant plus cruelle qu'ils avaient cru y échapper. La satanée bestiole au nom barbare que le mauvais sort leur avait appris, larme après larme, à orthographier, en plaçant au bon endroit le *h* et le *y*, avait d'abord frappé plus au nord, dans le Gard, et, au fur et à mesure qu'elle anéantissait les vignobles de la vallée du Rhône, de Provence, de Bourgogne, du Bordelais et tous les autres, privant d'activité les vendangeurs et tarissant les cuves, ils avaient vu les cours de leur propre vin s'envoler. Rivesaltes avait même connu une prospérité soudaine qu'ils avaient prise pour un cadeau du ciel avant de comprendre qu'il était en fait empoisonné. Car leurs ceps à leur tour s'étaient étiolés et, le cœur plein d'une rage muette, ils avaient dû se résoudre à arracher leurs vignes agonisantes. Et c'était comme si le soc des charrues, en ouvrant l'argile rouge pour en extirper les racines contaminées, avait en même temps crevé leur ventre et déchiré leurs entrailles.

Après on avait replanté des plants plus résistants venus, ironie du sort, de la même Amérique qui avait vu naître le fléau. Et en cachette, parfois même la nuit tant certains avaient l'impression de trafiquer leurs vignes, on avait appris à greffer dessus les cépages traditionnels du terroir. *Deo gratias*, les greffes avaient pris, les vignes avaient reverdi mais la peur était restée. Les premières saisons, comme tous les autres vignerons, Joseph Fabrègues avait arpenté ses parcelles replantées, guettant la moindre tache suspecte, fouillant de son bâton ferré au pied des ceps en redoutant d'y découvrir les larves maudites.

Elles n'étaient pas revenues. Vaincues.

Certes les porte-greffes d'outre-Atlantique avaient apporté en France deux nouvelles maladies cryptogamiques mais ni le mildiou ni le black-rot ne pouvaient se comparer à la peste noire qu'avait été le phylloxéra. Une simple solution de sulfate de cuivre neutralisée avec de la chaux qu'on appelait « bouillie bordelaise » venait à bout de l'un comme de l'autre.

Enfin, le monde de la vigne pouvait respirer. Le cauchemar était fini.

Aussi cette année-là les vendanges avaient-elles commencé dans un climat de joyeuse impatience. Les visages avaient perdu cet air de gravité douloureuse qui avait servi de masque à leur détresse ces dix dernières années. Les langues se déliaient, les rires fusaient au moindre prétexte. L'épreuve enfin derrière soi, on se laissait aller à l'insouciance… mais non à la paresse ; l'inactivité forcée avait donné à tous faim de travail. En avaient-ils rêvé, de ces longues journées penchés sur la terre et sur les vignes, et de ce doux moment de volupté lorsqu'on se couche enfin, le dos fourbu, les membres endoloris, mais le cœur satisfait du labeur accompli et la tête rêvant déjà à des grappes si lourdes qu'elles pliaient les sarments jusqu'à toucher terre.

Même les plus jeunes, qui n'avaient pas connu les années prospères d'« avant-phylloxéra », pris dans l'ambiance, se levaient avant l'aube sans rechigner. Les femmes, déjà debout, nouaient en fredonnant un fichu de couleur autour de leur tête et un grand tablier à bavette autour de leur taille tandis que les hommes roulaient avec entrain leurs manches de chemise jusqu'au-dessus du coude en faisant saillir leurs muscles sous leur hâle.

Avant de partir à la vigne, ceux des alentours qui arrivaient de chez eux et ceux, venus de plus loin, que maître Fabrègues logeait au-dessus de l'écurie dans une soupente seulement meublée de quelques minces paillasses se réunissaient autour du café généreusement versé par Lucie et sa mère. Le jour naissant, tandis que le ciel blêmissait du côté de la mer, on sortait dans la cour la table de la cuisine prolongée de deux planches posées sur des tréteaux, on disposait chaises et bancs et, les doigts serrés autour des bols de faïence dépareillés où fumait le noir breuvage revigorant, on savourait la fraîcheur bienfaisante des matins de septembre comme un baume après la canicule de l'été.

Les lampes à pétrole diffusaient une clarté jaune et fumeuse qui faisait comme un halo de nuit. Les femmes bavardaient entre elles à voix basse, très absorbées en apparence, mais leurs oreilles restaient aux aguets, ne perdant rien des histoires lestes que les hommes échangeaient, le sourire égrillard sous la moustache. Parfois l'une d'entre elles reprenait le narrateur un peu trop audacieux au vol : « *Qui s'alaba massa, té el cap de carabassa*[8]. » Une autre renchérissait aussitôt : « *Home petit, llengua llarga*[9] » et le jeune coq battait en retraite, la crête rabattue, sous les rires

8. Qui se vante trop à une tête de gourde.

9. Petit homme, langue longue.

de ses camarades soulagés que la volée de bois vert tombât sur un autre dos que le leur.

Le Catalan, qui aime les expressions imagées, est bien doté en proverbes aussi évocateurs que cinglants et, s'il est moins démonstratif que le Provençal, qui comme chacun sait ne ménage ni ses mains ni les superlatifs, sa conversation ne manque pas de piquant, d'où qu'il vienne. Car plusieurs accents se mêlaient autour de la table : les montagnards étaient de retour ainsi que ceux d'Espagne. Un signe de plus de la normalité retrouvée.

Il y avait autour de la table André, le Cerdan de Llo aux belles dents blanches. Il était venu tout jeune homme pour ses premières vendanges, il revenait, les vignes à nouveau fécondes, homme fait aux larges épaules. Il amenait avec lui, de ses montagnes, sa sœur Madeleine, une jeunesse de vingt ans aux mains robustes mais à la taille fine, et son cadet Augustin dont les yeux clairs encore pleins d'innocence laissaient déjà rêveuses plusieurs des filles de la *colla*.

Il y avait aussi Cisco, un Catalan d'Espagne qui avait fait le voyage à pied, les *vigatanes*[10] nouées sur l'épaule pour ne pas les user, depuis

10. Espadrilles catalanes à longues lanières nouées autour des chevilles.

son *poblet* près de Gérone. Sec comme un coup de trique, le poil noir et le cuir tanné, on aurait été bien en peine de lui donner un âge mais il était résistant et sobre comme un mulet.

Et le Pierrot, un *gavatx* de Durban dans les Corbières. D'ordinaire les Catalans n'aimaient guère leurs voisins audois, un antagonisme qui dépassait la simple querelle de clocher car entre eux ne passait pas seulement la limite administrative des départements de la République, mais aussi l'antique frontière qui avait pendant des siècles séparé le royaume de France de celui d'Aragon puis de celui d'Espagne et que gardaient toujours, fières malgré l'outrage des ans dans leur solitude ventée, les citadelles qui avaient servi de refuge aux derniers cathares. Mais le Pierrot était un petit-cousin de la Celestina Parayre et à ce titre il faisait un peu partie du village…

Avec Pere Roca, son beau-frère Jacinto Marti et Ficelle, cela faisait six porteurs, trois équipes de deux, pour une douzaine de cueilleurs, femmes et adolescents pas encore assez costauds pour soulever les comportes.

Maître Fabrègues, lui, était partout, surveillant le travail de tout ce petit monde. Il allait et venait, écrasant les mottes d'argile de ses gros souliers ferrés, goûtant le raisin pour décider quelle parcelle vendanger en premier, passant derrière les cueilleurs pour s'assurer qu'aucune belle grappe n'avait été oubliée, seulement quelques grains isolés ou pas assez mûrs que les gens du pays auraient la permission de venir « grappillonner » après la vendange, remplaçant à l'occasion un porteur lorsque l'un d'eux faiblissait. Il fallait que chaque paire de *sumaters* soit équilibrée, que les deux hommes qui la composaient soulèvent les perches qui passaient sous les poignées de la comporte avec une force égale et marchent d'un même pas sur le sol caillouteux pour éviter au raisin récolté, tassé à la masse, de verser.

Le matin, c'était lui qui donnait le signal du départ après avoir consulté l'oignon qu'il tirait de la poche de son gilet de velours râpé. Bientôt six heures. Les doigts roses de l'aurore finissaient d'effacer les dernières étoiles et le grand pin noir étirait déjà une ombre timide. Il allait bientôt être temps de partir pour les vignes si on voulait abattre de l'ouvrage avant les heures chaudes.

Rengainant sa montre, maître Joseph contemplait d'un œil satisfait la grande tablée bruissante comme une ruche. Il avait failli désespérer d'en revoir une semblable un jour dans la cour de son mas.

La veille, lors de la promenade vespérale qu'il s'offrait en solitaire après le souper dans la paix du crépuscule, il avait surpris monsieur Cassanyes en train de soupeser gravement, de sa main en coupe, les grappes de sa parcelle des Prats. Monsieur Cassanyes était « barricailleur » – c'est ainsi qu'on appelait les négociants en vins dans le coin. Il avait félicité Jepe pour la belle figure de ses raisins et lui avait demandé de lui réserver toute sa production. Et, tandis que le soleil lançait ses dernières flammes, auréolant d'or le Canigou, ils avaient topé là, debout entre les ceps chargés de la promesse du vin à venir. C'était une belle année pour les Fabrègues !

Allons, il était grand temps maintenant ! Repliant son couteau avec un bruit sec, maître Joseph donnait le signal du départ et tous se levaient sans protester, empoignaient qui sa serpette, qui son sécateur, et prenaient le chemin de la vigne, en petits groupes, bras dessus, bras dessous, précédant la grande charrette vigneronne à long plateau sur lequel, à chaque cahot, les comportes sonnaient encore creux.

Les douze coups de midi s'égrenèrent au clocher de l'église, annonçant l'heure du repas et la pause méridienne.

Les vendangeurs posèrent outils, seaux et comportes avec soulagement. Si le soleil de septembre n'avait plus l'ardeur implacable de celui du plein été, il cognait encore assez fort à la mi-journée et les corps ruisselaient sous les chemises ouvertes autant que la décence le permettait. S'épongeant le front avec le mouchoir qu'ils avaient noué autour de leur cou pour se protéger la nuque, hommes et femmes gagnèrent l'ombre argentée de deux vieux oliviers qui poussaient leur tronc tourmenté sur le talus pierreux marquant la limite de la vigne. Lucie et sa mère avaient déposé sur l'herbe jaunie trois *tupis*[11] d'où s'élevait une bonne odeur de *boles de picolat*[12]. L'été avait été très chaud et la végétation était sèche comme de l'amadou, aussi maître Fabrègues avait-il interdit d'allumer le moindre feu, même le plus petit fait de quelques bouts de sarments ou d'une vieille souche oubliée en bordure. Il n'avait pas envie de voir sa précieuse récolte partir en fumée avant d'arriver au pressoir ! Les autres patrons, comme le père Mestres qu'on avait croisé à la tête de sa *colla* ce matin-là, avaient dû donner les mêmes consignes puisque rares étaient les fumées qui s'élevaient au-dessus de la plaine.

La maîtresse et sa mère avaient donc quitté la vigne un peu avant onze heures pour retourner au mas faire cuire les haricots blancs et les boules de hachis, deux tiers de porc pour un tiers de bœuf, dans la cheminée de la cuisine avant d'apporter les marmites enveloppées dans des torchons pour ne pas se brûler.

11. Petites marmites.

12. Plat traditionnel.

Tandis que ses vendangeurs lavaient leurs mains poisseuses dans un seau dont l'eau se teintait de rouge, Jepe sortit son couteau pour tracer une croix sur l'envers de la miche toute blanche de farine. André avait descendu de Cerdagne un gros saucisson et il allait falloir en couper, du pain, pour accompagner les tranches épaisses marbrées de rose et de blanc !

Déjà les plus rapides, les plus affamés aussi peut-être, s'étaient installés, dos calé contre un tronc ou une grosse pierre, jambes étendues devant eux, et mastiquaient avec volupté leurs premières bouchées.

Les jeunes filles manœuvraient discrètement pour s'asseoir à côté d'Augustin dont les beaux yeux bleus faisaient décidément des ravages. Jepe suivait leur manège avec amusement lorsqu'il vit sans plaisir Jacinto Marti s'approcher.

Depuis qu'Eulalia s'occupait du petit Jordi, Jepe s'était senti obligé d'embaucher son mari à chaque fois que de gros travaux réclamaient des bras supplémentaires, comme la taille des sarments en hiver ou les vendanges en septembre. Il n'avait pas eu à le regretter d'ailleurs car, comme l'avait reconnu Roca, le Cinto était un sacrément bon ouvrier et il connaissait bien la vigne. Cependant ses manières mettaient Jepe mal à l'aise. Cette façon polie de poser une distance, de refuser toute familiarité avec le « patron ». Ainsi il ne l'appelait jamais « maître Joseph » comme les autres, mais « monsieur Fabrègues ». Et ce patronyme très officiel où n'entrait ni respect ni affection dressait comme une barrière entre eux.

Les patrons d'un côté, les ouvriers de l'autre, c'était ainsi que le Cinto voyait le monde et il aurait rougi de pactiser avec « l'ennemi de classe », lui qui se vantait d'être socialiste.

Hormis son salaire, gagné à la sueur de son front, il ne voulait rien devoir à son patron. Même pas son repas. Poussant la logique de ses convictions jusqu'au bout, il apportait tous les jours son *sarro*[13] composé d'un quignon de pain, d'un bout de fromage et d'un oignon. C'était bien peu pour un travail aussi fatigant mais il mettait un point d'honneur à dédaigner la marmite commune.

Avec un grognement, Jacinto se laissa choir face à « monsieur Fabrègues » sur une pierre plate, non sans l'avoir retournée au préalable pour s'assurer qu'aucun serpent n'était caché dessous.

Avec cette chaleur sèche, on ne savait jamais !

Les jambes croisées, il tira une gourde en peau de sa musette et, renversant le menton en arrière, la gourde levée d'un bras au-dessus de sa tête, il entreprit de boire l'eau à la régalade. C'était

13. Casse-croûte.

encore un de ses principes : pendant le travail, seulement de l'eau qui désaltère et rafraîchit et jamais de vin qui brouille l'esprit et rend la main moins sûre, surtout par cette chaleur. Il gardait le litre qui lui était dû avec son salaire pour le soir, le labeur terminé.

Jepe, qui n'avait nulle envie d'engager la conversation, feignit de s'absorber dans la contemplation de son assiette, pêchant avec application un morceau de lard du bout de sa fourchette. Mais au coup d'œil que lui lança le Cinto en essuyant ses moustaches mouillées d'un revers de main, il comprit qu'il n'y échapperait pas. Il aurait pu se lever, prétexter quelque chose d'important à dire à Roca ou à sa femme, après tout il était le patron et c'était à lui de veiller à l'organisation de la besogne, mais il n'en fit rien ; le Cinto trouverait toujours une autre occasion pour lui parler. Et puis Jepe avait sa fierté lui aussi, et ce n'était pas son habitude de fuir devant un de ses ouvriers. Résigné, il posa son assiette et attendit.

Les enfants, qui avaient depuis longtemps expédié leur repas, bourdonnaient autour des adultes, multipliant les agaceries jusqu'à ce qu'une claque sur les fesses les incitât à aller plus loin s'en prendre à quelqu'un d'autre. Jordi, suivi comme son ombre par son frère de lait, le Toni

Marti, était le plus enragé. Joan, visiblement en admiration devant son téméraire jumeau, faisait de son mieux pour les suivre tandis que Thérésina, déjà presque une petite bonne femme du haut de ses treize ans, essayait, mais en vain, de les rappeler au calme.

Jepe se laissa un moment bercer par leurs cris et leurs rires. Suivant son regard, Jacinto désigna les jumeaux de la pointe de son couteau.

— Regardez comme ils sont bien ensemble…

Jepe ne répondit pas. Voir ses deux garçons, vigoureux et espiègles, mêler leurs rires au soleil, leurs jambes brunes sous leurs culottes courtes courir et bondir d'un même élan gonflait son cœur de père d'une fierté légitime. Ils étaient beaux, ses fils. Ils feraient de bons vignerons plus tard. Tous les deux… même si l'un d'eux grandissait toujours dans une autre maison que la sienne parce que sa mère n'avait de caresses, comme elle n'avait eu de lait, que pour l'autre.

Jepe laissa échapper un soupir. Il savait ce qui allait suivre.

— Jordi a six ans maintenant et cela fait déjà beau temps qu'il n'a plus besoin de nourrice, enchaînait Jacinto, implacable. L'argent que vous nous donnez pour son entretien nous est bien utile pour boucler les fins de mois et je devrais sans doute faire en sorte que ça dure encore longtemps, mais ce n'est pas bon pour lui d'être séparé de son *besso*. C'est un bon petit. Il est turbulent certes et ne tient jamais en place, mais il a bon cœur et j'ai peur que son caractère s'aigrisse à se sentir ainsi exilé comme un bâtard dont on aurait honte !

Le mot « bâtard » fit sursauter Jepe. Cinglé au vif, il serra les dents, remâchant l'insulte. Jamais personne n'avait osé traiter un Fabrègues de « bâtard » ! Il serra le poing sur sa cuisse. Respira un grand coup. Allons, Jacinto n'avait pas cherché à l'offenser, juste à l'obliger à réagir. C'est vrai qu'il avait fini par se persuader que Jordi était mieux là-haut à Baixas, qu'on s'occupait bien de lui, en tout cas mieux que sa mère aurait pu le faire au mas, et qu'à son âge on ne se rendait pas compte… Y croyait-il vraiment ? Il voulait surtout avoir la paix chez lui.

Sur sa cuisse, son poing se desserra.

— Qu'est-ce qui vous empêche de le reprendre ?

Jacinto n'entendait pas renoncer. Il enfoncerait la lame jusqu'à la garde pour crever l'abcès. Jepe prit le temps de réfléchir :

— Je crois que Lucie a peur…

— Peur de quoi, *bon Déu* ?

— D'un fils qu'elle ne connaît pas, je suppose. Avec le temps, c'est presque devenu un étranger…

— … et plus le temps passera, plus il le sera ! Allez, maître Joseph, il faut que cela cesse et que le petit revienne chez lui !

Le « maître Joseph » cueillit Jepe au foie. Sentant la partie gagnée, Jacinto porta l'estocade.

— En octobre, les jumeaux vont faire leur entrée à l'école ; c'est le bon moment. Vous ne voudriez pas que l'un apprenne à lire chez les frères à Rivesaltes et l'autre à la communale de Baixas !

— Ne confonds pas Fabrègues et Lafabrègue, gronda Jepe qui n'appréciait pas qu'on joue sur la ressemblance des noms avec une des plus grandes familles du pays pour le faire plus riche qu'il n'était. Je ne suis pas un notable, moi, et mes fils iront à l'école laïque !

Jacinto fit mine d'ignorer l'interruption.

— Jordi dort déjà au mas pour les vendanges, poursuivit-il, engageant. Demain matin, je redescends le reste de ses affaires et on n'en parle plus !

Et pour montrer qu'il estimait la discussion terminée, il se leva, passa la courroie de sa musette sur son épaule, rajusta son pantalon de grosse toile terreux aux genoux et se détourna.

Il ne put s'empêcher cependant de décocher une dernière flèche :

— La récolte sera bonne, le vin se vendra bien. Le mas va prospérer… Vous n'aurez pas trop de deux fils pour vous aider à le faire marcher. Deux héritiers…

Il accompagna le dernier mot d'un petit salut ironique. Le « maître Joseph » avait dû lui coûter… Il reprenait ses distances.

Jepe le regarda rejoindre Cisco qui s'était allongé à l'ombre d'un des oliviers pour une petite sieste, la *barretina*[14] qu'il ne quittait que pour dormir – et encore, pouffait Madeleine avec son accent rugueux de Cerdagne, personne n'était allé vérifier ! – rabattue sur les yeux.

Les deux hommes auraient cependant du mal à dormir car les plus jeunes, la fatigue déjà oubliée, se poursuivaient à grand tapage : les garçons couraient après les filles pour leur écraser une poignée de grains de raisin sur le visage afin, disaient-ils, de leur donner « un peu de couleur », et les filles se vengeaient en se liguant à plusieurs pour faire tomber celui qui passait à leur portée. Jepe ne fut pas surpris de voir Augustin succomber sous la mêlée.

Il se leva à son tour et appela :

— Jacinto…

Le Cinto tourna vers lui un visage étonné.

— … tu es un honnête homme.

L'ouvrier parut tenté de répliquer mais il y renonça. Sans un mot, il inclina la tête. Ils s'étaient compris.

Dans la chambre obscure, tout était silencieux. Au-dessus de l'écurie, de l'autre côté de la cour, les conversations et les rires étouffés s'étaient tus. Le miaulement d'un chat solitaire en maraude

14. Bonnet rouge replié sur le dessus de la tête que portent les Catalans.

avait déchiré la nuit un peu plus tard mais il s'était éteint très vite.

Une légère marinade faisait frémir doucement les branches du grand pin et dans la maison les boiseries craquaient en sourdine. Tous ces petits bruits qui peuplaient le silence de la nuit berçaient son sommeil depuis sa naissance mais ce soir-là Joan n'arrivait pas à dormir.

Les murmures familiers étaient couverts par un autre, si faible et ténu pourtant, à peine perceptible : la respiration de son jumeau.

Lorsqu'il avait été décidé que Jordi resterait dormir au mas durant toutes les vendanges, Joan, au comble de l'excitation, avait exigé qu'il partageât sa chambre. Son frère était si drôle, il fourmillait d'idées si surprenantes… avec lui on ne s'ennuyait jamais. Il avait rêvé de confidences chuchotées, de courses pieds nus sur le carreau et de fous rires sous l'oreiller. Il avait espéré prolonger la veillée en cachette ; il n'avait pas imaginé que la simple présence de son jumeau, son souffle régulier de l'autre côté de la chambre le perturberaient au point de lui faire chercher le sommeil si tard dans la nuit.

Jordi non plus ne dormait pas. Le matelas était si moelleux qu'il avait l'impression de flotter sur un nuage ; il n'était pas habitué. Pas plus d'ailleurs qu'à jouir seul d'une couche aussi large. À Baixas, il partageait la mince paillasse du Toni et il dormait comme un ange ; ici, dans le beau lit que le maître avait fait monter de la chambre de l'*avia*, il se tournait et se retournait, trop énervé pour trouver le repos.

Il avait bien essayé de fermer les paupières et de se concentrer sur la respiration qui s'élevait de l'autre lit, près de la fenêtre. Il avait même presque réussi à se persuader que c'était celle du Toni. Mais ce matelas qui s'enfonçait sous son dos… Impossible.

Alors il restait là, les yeux grands ouverts dans le noir. Le carré blanchi à la chaux du plafond éclairait l'obscurité au-dessus de sa tête. Dans la petite maison bossue de la route de Calce, le plancher mal joint du fenil laissait échapper de longues herbes odorantes qui gardaient encore un peu de la chaleur du soleil de juin dans leurs pointes fanées. Parfois, une couleuvre se glissait entre les poutres ; les œufs ramassés en même temps que le foin avaient éclos et les serpenteaux cherchaient une ouverture pour rejoindre la liberté de la garrigue. Ici tout était trop net, trop propre. Le balai de l'*avia* avait traqué jusque dans les coins la moindre toile d'araignée et ce plafond nu et sans vie pesait sur Jordi comme un couvercle. Il s'imaginait allongé dans un cercueil et croyait presque entendre les coups de marteau enfonçant les clous pour sceller la bière. Il étouffait…

Sans faire de bruit, il rejeta le drap et se leva. Prenant garde de ne pas faire claquer ses pieds nus sur le parquet bien lisse, il alla à la fenêtre et, insinuant son nez entre les volets entrebâillés, il respira à pleins poumons l'air de la nuit.

Ce soir-là, après le souper, le maître l'avait pris à part :

« Voudrais-tu rester vivre au mas, *fill* ? »

Jordi n'avait sû que répondre mais son cœur avait bondi d'entendre cet homme qu'il avait encore du mal à appeler « père » lui donner ainsi du « fils ». La gorge nouée, il n'avait pu que hocher la tête. Le maître lui avait ébouriffé maladroitement les cheveux :

« Alors, c'est dit. »

Jordi avait éprouvé comme un sentiment de fierté ; il s'était senti soudain plus important… jusqu'à ce qu'il surprenne le visage fermé de la mère. Et plus encore son baiser froid posé sur son front avant le coucher sous le regard tendu du maître et de l'*avia*. Il avait alors regretté très fort les bras ronds de tendresse de la Tata Lali et l'affection rugueuse du Cinto.

Avec un soupir, il abandonna la fenêtre et la brise nocturne. Tirant à lui l'édredon rouge, il s'allongea sur le parquet au bas du beau lit aux pieds de bois tourné.

4

Le pressoir trônait en majesté dans la cour du mas. On l'avait tiré de la remise attenante à la cave, le bois luisant, amoureusement nettoyé et frotté par Ficelle ; même ses roues avaient été graissées si bien qu'il avait glissé sans heurt, sans même un grincement, jusqu'à l'aire de terre battue bien plane qui lui était dévolue, suffisamment éloignée du pin pour ne pas risquer de voir des aiguilles acides tomber et se mêler au raisin. Il avait fendu les rangs des vendangeurs volubiles avec l'assurance nonchalante des monarques habitués à la dévotion des foules. Ficelle, qui veillait sur Sa Majesté avec un soin jaloux, avait prestement placé de grosses cales sous ses roues pour l'immobiliser et tous ses sujets s'étaient précipités pour déposer leurs offrandes à ses pieds, dans sa cuve circulaire. Depuis, le roi-pressoir siégeait en sa cour, ses deux énormes vis verticales dressées vers le ciel, indifférent au ballet des servants s'affairant, le dos courbé sur les barres métalliques qui, tour après tour, faisaient descendre la presse. Ils étaient deux de chaque côté, Roca et le Cinto de l'un, et de l'autre André et le jeune Augustin qui avait pris des épaules depuis sa première venue à Rivesaltes mais dont les yeux faisaient toujours autant de ravages. La taille ceinte d'une *faixa*[15] bien serrée pour leur tenir les reins, ils poussaient tous ensemble, deux pas en avant, puis reculaient pour replacer la barre, deux pas en arrière, et recommençaient. La masse compacte des raisins écrasés dont on exprimait le dernier suc résistait mais la presse, inexorable, continuait à s'abaisser.

Pour ne rien perdre du spectacle, les jumeaux s'étaient allongés à plat ventre sur le plateau de la longue charrette sur laquelle, au retour de la vigne, on pouvait aligner, deux par deux, jusqu'à douze comportes pleines. Le jus avait coulé pendant le transport et les planches poisseuses collaient à leur chemise ouverte et à leur peau. Leurs jambes nues étaient encore rouges jusqu'aux genoux après la partie de fouloir du matin ; ils avaient énergiquement refusé de laver les traces

15. Longue bande de tissu enroulée autour de la taille en ceinture.

glorieuses de leur participation à cette sarabande virile.

Ils avaient sauté sur les grappes à pieds joints, à qui éclabousserait le plus haut, jusqu'à ce que les hommes les rappellent à plus de modération et leur montrent comment se dandiner en roulant d'une hanche sur l'autre pour piétiner avec plus d'efficacité. Ce premier jus remonté dans le foudre de fermentation à l'aide d'une pompe à bras, les hommes avaient vidé à la fourche le marc qui restait dans le fouloir pour l'entasser dans une cuve où il resterait à fermenter quelques jours et où, par écoulement naturel, on recueillerait un deuxième jus.

Et l'après-midi, ils avaient transvasé le raisin foulé le lundi dans le pressoir où ils s'acharnaient à présent à en récupérer un troisième et dernier jus.

Des guêpes saoules bourdonnaient lourdement autour des seaux et des paniers vides. Les jumeaux eux-mêmes avaient la tête qui tournait un peu. Ils s'étaient partagé en douce le fond du gobelet que leur père avait laissé près de la pompe après avoir goûté le moût qui commençait déjà à fermenter. Ils échangeaient leurs impressions, un peu étourdis mais le cœur léger, un sourire béat aux lèvres.

Joan admirait le mécanisme du pressoir, la spirale régulière des vis, le synchronisme des pousseurs ; il avait une passion pour les outils et ne se lassait pas d'aller caresser les courbes douces et rebondies des demi-muids dans le chai et, dans la remise, la lame des sécateurs tout neufs et les bidons couverts de la poussière bleu-vert du sulfate de cuivre des pulvérisateurs Vermorel, alignés comme à la parade le long du mur. Jordi, lui, moins féru de technique, s'extasiait devant les muscles bandés des hommes en plein effort, leurs mâchoires serrées qui faisaient comme une boule sous chaque oreille et leurs regards absents, comme tournés vers l'intérieur où leur volonté mobilisait chaque fibre de leur corps fatigué. À huit ans et demi à peine, d'un coup d'œil il savait déjà jauger le jus qui coulait par saccades de la cuve circulaire du pressoir dans le seillon[16] et discourait en connaisseur de sa limpidité et de sa couleur.

Madeleine et Thérésina sortirent de la maison, une cruche d'eau fraîche et un *porró*[17] de vin à la main. La grande sœur avait quinze ans depuis le mois de juillet et relevait maintenant ses cheveux en chignon ; avec sa poitrine naissante sous sa blouse et sa jupe qui lui battait les talons, elle était passée en quelques mois du statut de gamine à

16. Baquet peu profond.

17. Récipient de verre à bec verseur allongé avec lequel on boit à la régalade.

celui de jeune fille et ça faisait tout drôle.

Les jumeaux se poussèrent du coude en la voyant rougir lorsque sa main frôla celle d'Augustin.

— Le père ferait bien de la surveiller, la *nota*[18], ou il faudra aller chercher le curé en courant ! ricana Jordi qui se donnait l'air averti de ces choses-là.

— T'as pas vergogne de parler comme ça de Thérésina ! protesta Joan que l'audace de son jumeau effarait parfois.

— *Ni dona prop de barons, ni estopa prop de tions*[19], cita sentencieusement Jordi.

Il connaissait tout un tas de proverbes ; Tata Lali en avait un florilège qu'elle citait suivant les circonstances de la vie et il les avait appris en même temps qu'il apprenait à parler.

Appuyés sur les barres du pressoir, les hommes se désaltérèrent longuement, en profitant pour souffler. Ils attendirent que les deux jeunes filles soient rentrées dans la maison préparer la traditionnelle collation offerte aux ouvriers du pressoir, anchois, oignons, fromage et figues, pour poursuivre leur conversation. Les mines étaient graves, le ton animé. Les jumeaux ne

18. Jeune fille.

19. Ni femme près d'homme, ni étoupe près de tisons.

comprenaient pas tout ce dont il était question mais ils tendirent l'oreille. Les vins se vendaient moins bien et chacun y allait de son explication : André évoquait la concurrence des vins étrangers, Jacinto la suralcoolisation et l'utilisation de raisins secs, Roca les tarifs ferroviaires trop élevés et Augustin qui voulait se montrer à la hauteur de ses aînés répétait : « Tout ça, c'est à cause de la fraude », le front têtu.

Le Cinto, qui était toujours le mieux informé grâce à ses camarades socialistes, était en train d'annoncer qu'une grande réunion allait se tenir à Perpignan pour décider d'une riposte quand le père donna le signal de la reprise du travail :

— *Basta*, arrêtez donc de cancaner comme de vieilles commères tremblantes. Vous connaissez la vigne : ce n'est pas parce que les cours sont en baisse cette année qu'il faut tout de suite parler de crise… Ça reviendra !

— Ah oui ? Et pourquoi votre monsieur Cassanyes toujours si pressé ne vous a-t-il encore fait aucune offre ?

Jacinto n'appréciait guère de se faire traiter de « commère » par le patron et entendait bien lui ouvrir les yeux.

— À monsieur Mestres, il a proposé quatre francs de moins au litre que l'an passé ! renchérit-il, sûr de son fait.

— Et comment le sais-tu ? Mestres te fait peut-être ses confidences ? grinça Jepe, cherchant à mettre son ouvrier en porte-à-faux.

— C'est le Guiu du mas Blanc qui me l'a dit. Allez-y voir si vous ne me croyez pas !

— C'est ce que je compte faire, et tout de suite ! Continuez seuls, j'ai une course à faire.

Joseph Fabrègues avait sa voix blanche des mauvais jours. Il n'allait quand même pas laisser le Cinto avoir une fois de plus le dernier mot ! Mesurant ses gestes comme à son habitude, le visage impénétrable, il tourna les talons non sans jeter :

— Et si Cassanyes ne donne pas assez, il n'est pas le seul barricailleur sur la place. Ils sont plus de quarante à Rivesaltes !

Il affichait l'assurance de celui qui n'avait que l'embarras du choix et, pour mieux encore donner le change, fit de la main signe aux jumeaux.

— *Holà, nens*[20], plutôt que de rester à gober les mouches, ça vous dirait une balade en charrette jusqu'au bourg ? Changez-vous vite. *Afanyeu-vos*[21] *!*

Joan et Jordi dégringolèrent de leur perchoir et coururent derrière leur père. Jepe gravissait déjà le perron de la maison à grandes enjambées. Sa hâte le trahissait ; il était ébranlé.

20. Petit garçon.

21. Dépêchez-vous !

Dès leur entrée dans la cuisine, l'*avia* intercepta Joan, poussant avec autorité Jordi vers sa mère. Elle ne savait plus que faire pour inciter sa fille à considérer de la même façon le jumeau grandi en nourrice et celui qu'elle avait couvé au mas. Non pas que Lucie rejetât Jordi : elle acceptait sa présence sans manifester de déplaisir, s'occupait de lui, de sa nourriture et de ses vêtements avec le même soin que pour Joan ; mais on sentait une distance. Elle le traitait plus comme un neveu que comme un fils. On aurait dit que les années de séparation avaient rompu les liens de chair qui les avaient unis alors que le petit était encore au chaud dans son ventre, caché sous son tablier. Quelque chose s'était cassé et rien ne pourrait plus le réparer.

Et lorsque Lucie dans la conversation disait « mon fils », la voix empreinte de fierté, il n'y avait pas à se demander duquel elle parlait…

Pourtant l'*avia* n'abandonnait pas. Les sermons et les exhortations ne servant à rien, elle en était réduite à ces ruses dérisoires, à ces stratagèmes quotidiens pour essayer de réveiller dans le cœur de sa fille cette flamme maternelle qui s'était, elle voulait le croire, seulement endormie.

La vieille femme soupira en frottant de plus belle le mollet de Joan. L'eau claire du baquet avait pris une teinte boueuse d'un brun-rouge incertain et la peau n'était pas encore propre. Comment faisaient les enfants pour se salir autant en si peu de temps ?

Profitant de ce qu'elle relevait la tête pour rajuster une mèche de cheveux sous son fichu noir, elle jeta un coup d'œil vers sa fille. À genoux sur le carreau de brique, Lucie étrillait les jambes de Jordi avec la même vigueur détachée qu'elle mettait à récurer le plancher du couloir, sans état d'âme. Le pire était que le petit s'en rendait compte. La mâchoire crispée, le regard fixé sur le crucifix et sa branche de buis bénit accroché au mur d'en face, il subissait sans une plainte ce nettoyage énergique qui le faisait vaciller par instants…

L'*avia* se mordit les lèvres. Baptistine, pauvre *boja*[22], tu aurais mieux fait de t'abstenir !

Se pliant péniblement en deux, elle reprit sa tâche, le cœur lourd.

Qui se souciait encore de ce qu'elle pouvait penser ? Sous les vêtements de deuil qu'elle n'avait pas quittés, comme c'était l'usage ici, depuis la mort de son mari, presque trente ans auparavant, elle était comme un fantôme que plus personne ne voyait. Lucie, sa fille unique, avait hérité du bien de son père qu'elle avait apporté à

22. Folle.

Joseph Fabrègues dans sa corbeille de mariage. Baptistine, seule et sans ressources, avait accepté l'invitation de son gendre à venir vivre au mas. Jepe n'y avait mis aucune condition mais elle se sentait son obligée et s'abstenait donc d'intervenir dans la marche de la maison, travaillant dur pour « payer » le gîte et le couvert généreusement offerts. Au début, il lui avait été difficile de retenir les remarques qui lui montaient naturellement aux lèvres mais elle s'y était habituée et finalement sa retenue lui avait valu le respect de son gendre.

Cependant, sa nature fière souffrait de cet effacement, même volontaire. Elle avait parfois l'impression de devenir transparente, d'avoir perdu son identité.

Lucie l'appelait « maman », Jepe « *sogra* », Thérésina et les jumeaux « *avia* » mais plus personne n'utilisait son prénom de Baptistine hormis la Fine Laforgue et le Firmin Camps, qui l'avait courtisée du temps de sa jeunesse et lui donnait encore du « Titine » quand il la croisait. Il lui arrivait d'éprouver la sensation d'être déjà morte.

Enfin, décrassés, les cheveux brossés, rhabillés d'à peu près propre, les jumeaux furent prêts à suivre leur père qui attendait sur le pas de la porte, les doigts tambourinant avec impatience sur le chambranle.

Comme d'habitude en période de vendanges, l'esplanade plantée de platanes était presque déserte ; on n'avait pas le temps de flâner à cette époque de l'année. Seuls quelques vieux, le chapeau noir enfoncé sur leur crâne dégarni pour éviter les effets pernicieux des courants d'air, regardaient les heures passer, assis sur des bancs autour de la fontaine, perdus dans la contemplation nostalgique des formes lascives des trois naïades dénudées représentant l'Agly et ses affluents qui se miraient dans l'eau du bassin. Ce gracieux spectacle devait raviver pour certains les souvenirs d'un temps qui ne reviendrait plus !

Face à la jardinière des Fabrègues qui entrait dans Rivesaltes, un masque de pierre grimaçant crachait son eau en même temps que son mépris ; il était tourné vers Peyrestortes, dont les habitants avaient refusé de participer au financement de la fontaine. Petite vengeance entre voisins !

Joan, que ces traits grotesques rebutaient un peu, détourna le regard mais Jordi, que peu de choses effrayaient et surtout pas les statues inertes, lui tira la langue avec effronterie.

Le négoce de vins de monsieur Cassanyes occupait une grande maison, boulevard Arago, avec cour attenante équipée d'une sorte de quai en pierres maçonnées ; les charrettes chargées de demi-muids entraient et sortaient par l'arrière, en suivant une rue étroite où elles avaient un peu de mal à manœuvrer.

Joseph Fabrègues immobilisa la jardinière devant la grande porte à double battant sculpté de losanges en relief qui marquait l'entrée des bureaux, côté boulevard, et sauta à terre.

— Restez là, *fills*, je n'en ai pas pour longtemps.

Comme il était encore sur le trottoir, une voix le héla :

— Bien le bonjour, maître Fabrègues !

Jepe se retourna et salua de deux doigts sur le bord de son chapeau l'homme qui passait, menant un cheval par la bride.

— Bien le bonjour, Estève. *Com vas*[23] ?

— *Vaig bé !*

Nul n'avait jamais entendu Estève Ribera répondre autre chose lorsqu'on lui demandait comment il allait. Ce n'est pas lui qui aurait grimacé en se tenant les reins pour se plaindre d'un lumbago ou qui aurait craché par terre en maudissant les taxes qui l'étranglaient comme le faisaient nombre de vignerons qui, peu désireux d'avouer leur prospérité, passaient leur temps à gémir. Lui, à l'entendre, il allait toujours bien.

Un éternel sourire auquel manquaient quelques dents écartelant ses joues creuses ombrées d'une

23. Comment ça va ?

barbe rêche, il se proclamait toujours content : « La vie est trop courte, disait-il, pour la passer à pleurer. » Feu *Mossen* Suirolles lui avait dit un jour en plaisantant qu'il aurait dû se prénommer non pas Estève mais Félix[24]. Ribera, qui n'entendait pas le latin, avait protesté, perplexe, qu'il y avait déjà un Félix dans la famille, son cousin de Claira.

Pourtant il aurait eu des raisons de se lamenter, l'Estève : propriétaire d'à peine plus de huit hectares de vignes, il peinait certaines années à nourrir sa nombreuse famille. Et justement, avec la mévente qui sévissait alors, on était dans une de ces années. Mais « *Vaig bé* » quand même !

— J'amène la Coquette à referrer chez Massot, précisa-t-il avec un coup de menton vers la jument qui profitait de cet arrêt impromptu pour laisser tomber un chapelet de crottin fumant sur la chaussée. Allez, je ne suis pas en avance. Adieu !

Jepe répondit d'un geste de la main, déjà repris par ses préoccupations, mais c'est d'un pas plus ferme qu'il entra dans les bureaux de Cassanyes.

Les jumeaux restèrent près de la charrette, un peu décontenancés. D'ordinaire, quand ils n'étaient pas à l'école bien sûr, leur père les faisait suivre partout car, disait-il, on n'était jamais trop jeune pour apprendre le métier. Et leur métier à

24. Heureux en latin.

eux, plus tard, ce serait de reprendre le mas et de « faire » de la vigne.

Cette fois cependant, il doutait suffisamment du déroulement de l'entretien pour vouloir tenir ses fils à l'écart.

Joan, songeur, se jucha sur un des brancards de la voiture et se perdit dans la contemplation des allées et venues le long du boulevard. Il y avait là deux ou trois rentiers, reconnaissables à leur chapeau melon et à leur canne de bambou, qui s'offraient une petite promenade pour s'ouvrir l'appétit avant le dîner, quelques ménagères pressées courant chez l'épicier acheter le sel ou la farine qui leur manquait, un groupe de gamins morveux accroupis comme des crapauds au coin d'un trottoir autour d'un jeu qu'on ne pouvait voir, des billes ou des osselets peut-être. Joan vit même passer, filant comme le vent suivant une trajectoire incertaine, une de ces nouvelles machines à deux roues qu'on appelait « *bicicletas* » et qui lui sembla d'un équilibre des plus instables. Mais surtout et partout, se croisant et se recroisant sur le boulevard et dans les rues adjacentes à grand renfort de claquements de fouet, les longues charrettes de vendanges chargées de comportes ou de tonneaux suivant qu'elles allaient au pressoir ou qu'elles en revenaient. Chaque rue avait le sien, parfois plusieurs. En se penchant un peu, Joan pouvait en deviner un, plus haut sur le boulevard ;

on l'avait sorti devant la porte d'une cour sans doute trop petite pour qu'on y manœuvre à l'aise et des hommes en casquette s'affairaient autour, ce qui avait l'air d'énerver un petit chien blanc et noir qui aboyait sans discontinuer.

Jordi, que l'attente impatientait, avait ramassé des cailloux ronds et plats et d'un geste vif, la main frappant la hanche comme il se devait, il les lançait sur la chaussée qui, tassée et retassée par le passage des roues, des sabots et des semelles, offrait une surface dure et lisse, idéale pour les ricochets. Les yeux écarquillés, il comptait silencieusement les rebonds, brandissant le poing lorsque la pierre qu'il venait de jeter en faisait un de plus que la précédente.

L'une d'elles rebondit si bien et si loin qu'elle alla heurter le bas de la jupe de mademoiselle Clara qui cheminait sur le trottoir d'en face. La buraliste se retourna et identifia immédiatement le coupable :

— Attends un peu que j'en parle à ton père, *closca*[25] ! Toujours une bêtise en train. Tu ne pourrais pas prendre un peu exemple sur ton *manyac*[26] de frère, non ?

Et la digne demoiselle poursuivit sa route vers sa boutique de la rue de la Font-de-la-Balma non

25. Enfant turbulent, « numéro ».

26. Gentil, sage.

sans manifester que la main lui démangeait de corriger l'audacieux « ricocheur ».

La *closca* et le *manyac*, c'est ainsi que la plupart des gens les désignaient et depuis près de trois ans qu'ils étaient réunis les jumeaux semblaient prendre à cœur de justifier leurs réputations respectives : Joan se sentait l'âme vertueuse d'un saint laïc tandis que Jordi se précipitait avec une rage joyeuse sur toutes les sottises qui passaient à portée de son cerveau imaginatif.

Le retour de son père, le regard sombre, l'empêcha de mettre à exécution celle qu'il mijotait déjà. Joseph Fabrègues avait sa mine des mauvais jours et il n'était pas temps de l'interroger sur l'issue de son entrevue avec Cassanyes. Dédaignant la charrette, il s'en fut à grandes enjambées le long du trottoir. Les jumeaux le suivirent sans un mot.

Il était presque six heures et la terrasse du Grand Café de la Bourse commençait à se remplir. Non que les Rivesaltais fussent particulièrement portés sur la bouteille : passant leur vie à soigner leurs vignes et leur vin, ils savaient les traîtrises de l'alcool et d'ailleurs, lorsqu'ils voulaient boire, ils avaient ce qu'il fallait d'abondance chez eux. Non, hormis quelques buveurs d'absinthe, les hommes ne venaient pas au café pour boire mais pour parler. Politique, religion, argent ou mauvais temps… peu importe ; il y avait toujours quelqu'un pour lancer la conversation et d'autres pour le suivre. Comme les femmes au lavoir, derrière l'école des garçons ou au bord de la rivière, c'est au café que les hommes débattaient de la vie du bourg, des grands soucis collectifs aux petits potins domestiques.

Jepe se laissa tomber sur une chaise libre et fit signe aux jumeaux de prendre place à côté de lui. À huit ans et demi, c'était la première fois qu'ils étaient ainsi admis parmi les hommes et Joan eut une légère hésitation. Mais Jordi avait déjà grimpé sur la chaise et, les deux coudes sur la table, les jambes se balançant dans le vide, il détaillait d'un air ravi les visages autour de lui.

Leur père commanda un Byrrh pour lui et une limonade pour les deux garçons.

Même s'il venait rarement trinquer ainsi avec eux, maître Fabrègues était honorablement connu de tous et, après avoir soulevé qui la casquette, qui le chapeau pour le saluer, tous les clients installés à la terrasse retenaient leur souffle en attendant de savoir ce qui l'amenait.

Il suffit à Jepe de se carrer contre le dossier de sa chaise et, le verre à la main, de lâcher un gros soupir pour donner le signal d'ouverture des débats. Tous se précipitèrent, soupirant à leur tour contre la crise, remâchant leurs inquiétudes, soupesant les signes et tâchant d'évaluer si la mévente était un accident ponctuel ou l'indice d'un effondrement à venir. Il y avait des silences lourds de gravité, des phrases précipitées qu'on ne finissait pas parce qu'enfin, qui pouvait savoir, n'est-ce pas ? des plaisanteries acides comme le jus d'un citron et qu'on avalait de la même manière, avec un sourire grimaçant. Les jumeaux écoutaient, le nez dans leur verre mais les oreilles grandes ouvertes. Pour une fois, même Jordi se tenait coi ; tout ce qui touchait à la vigne lui tenait autant à cœur qu'à son frère.

On en était à échanger, en baissant la voix parce que d'ordinaire chacun préférait les garder pour soi, les prix proposés par les différents courtiers et négociants en vins de Rivesaltes lorsque le Lluis Comes arriva en traînant sa patte folle.

Sa blessure, reçue l'arme à la main alors qu'il effectuait son temps au service de la nation, aurait normalement dû lui valoir la considération générale ; seulement, il avait été atteint alors qu'il participait avec les troupes « versaillaises » de monsieur Thiers à la prise du fort d'Issy tenu par les fédérés, les gardes nationaux ralliés à la Commune de Paris en insurrection. Et cela, dans une ville « rouge » où les socialistes n'hésitaient pas à briguer la mairie, ne pouvait se pardonner.

Un jour, à cette même terrasse de café, un des camarades de Cinto Marti avait apostrophé le malheureux Comes : « Mieux vaut mourir en insoumis que vivre en assassin ! » La tirade avait suscité les applaudissements nourris de ceux à qui, de toute façon, le choix ne s'était jamais posé. Et tant pis si Lluis Comes était encore à l'hôpital quand la Commune était tombée et que chaque bout de mur vide de la capitale avait servi à fusiller les insurgés, pour tous il était « le traître ».

Et comme son handicap lui avait permis de décrocher un poste de fonctionnaire à l'octroi, la haine des taxes était venue s'ajouter à celle de son passé militaire pour faire définitivement de lui un paria. Depuis, lors de ses rares sorties, il rasait les murs, les yeux au sol pour éviter une nouvelle apostrophe vengeresse…

Lluis Comes se glissa silencieusement derrière une petite table tout en bout de terrasse où le patron lui apporta son verre de vin blanc sans un mot. Mais très vite on l'oublia et le débat reprit avec passion.

Les chiffres volaient par-dessus la tête des jumeaux comme des oiseaux affolés que la peur faisait presque se télescoper. On se serait cru dans une vente aux enchères sauf que là les prix annoncés étaient de plus en plus bas. Chacun renchérissait avec une sorte de fièvre pour être le premier à annoncer l'apocalypse.

Tout de même, quand l'un, chapeau rejeté en arrière comme une auréole autour de son crâne dégarni, argua d'une amitié avec un employé d'une grande maison de Thuir pour avancer le chiffre dérisoire de onze francs le litre, on se récria bruyamment. Non, là c'était carrément impossible.

C'est alors qu'Estève Ribera repassa sur le boulevard, monté sur sa Coquette referrée à neuf. Sa casquette à bout de bras, il salua la compagnie de son sourire édenté en fredonnant un refrain de son imagination :

Patrons, bourgeois, ouvriers ou biffins,
Dans leurs verres il leur faut tous du vin !

Ce fut comme si un coup de tramontane avait d'un coup dissipé les nuages. Il y eut des soupirs de soulagement et des murmures amusés. Une voix haut perchée proclama, rigolarde :

— Heureusement, nous ne serons jamais comme les Anglais une nation de buveurs d'eau chaude !

On rit.

Jepe repoussa sa chaise et se leva. Il savait ce qu'il voulait savoir.

Le soleil déclinait et les ombres démesurées des platanes des Allées s'allongeaient jusqu'à l'entrée du boulevard. Bientôt, dans un ultime rougeoiement, l'astre du jour disparaîtrait derrière le Canigou et le ciel s'éteindrait. Il était temps de rentrer au mas.

5

— Ne vous inquiétez pas, vous restez avec nous. D'ailleurs il faut quelqu'un pour aider Thérésina à tenir la maison…

Près de la fenêtre aux vitres chauffées par un pâle soleil d'hiver, Joseph Fabrègues était penché sur la silhouette voûtée de la *sogra* engoncée dans ses vêtements de deuil qui paraissaient encore plus noirs qu'à l'ordinaire. Peut-être à cause des rides que les larmes avaient creusées sur ses joues.

Mais Jordi n'écoutait pas ce qui se disait à l'autre bout de la pièce. Debout, le dos raidi à en avoir les épaules douloureuses, les yeux secs, il fixait le visage cireux de sa mère sur son lit de mort.

Il n'éprouvait pas de chagrin comme Joan, qui pleurait doucement en caressant l'ourlet de la belle robe bleue au col montant bordé de dentelle dont on l'avait revêtue. Seulement de la colère. Une énorme et déchirante colère. Contre cette morte dont le front était désormais aussi froid que les rares baisers qu'elle lui accordait. Contre lui-même, qui n'avait pas su s'en faire aimer. Contre ce Dieu inexorable qui lui avait définitivement enlevé toute chance d'y parvenir un jour. Contre ce vide qui était en lui et qui resterait à jamais béant…

Le cœur battant à grands coups comme s'il voulait sauter hors de sa poitrine, les oreilles bourdonnantes, il s'arracha à la fascination de ces paupières closes comme autant de portes verrouillées à double tour derrière lesquelles sa mère resterait hors d'atteinte pour l'éternité et partit en courant.

Joan releva la tête avec un hoquet en entendant la porte claquer. Le père grommela un juron indistinct et voulut s'élancer à la poursuite du gamin pour lui apprendre à respecter la chambre d'une morte mais la *sogra* le retint :

— Laissez-le aller, Joseph… Il a besoin d'être seul.

Jordi n'alla pas loin. Traversant la cour en tempête, il grimpa d'un seul élan aveugle l'échelle qui menait au grenier de l'écurie, la soupente tout en longueur où on logeait en septembre les vendangeurs qui n'étaient pas des environs. C'était sa cachette secrète, son abri, son refuge…

Par une ouverture pas plus grande qu'une page de ses cahiers d'écolier, au ras du plancher, il pouvait voir les lignes régulières des rangées de ceps s'enfuir jusqu'à l'horizon des Corbières. Il lui arrivait de rester là pendant des heures, à plat ventre sur de vieilles toiles de sac en jute, le nez sur ses mains croisées à plat, humant les parfums mêlés des vignes et de la garrigue, l'imagination battant la campagne, loin, très loin du mas…

Cette fois encore le silence de sa retraite solitaire parvint à apaiser le tumulte qui grondait en lui. Les battements désordonnés de son cœur se calmèrent, la fièvre qui martelait ses tempes retomba et il finit par s'endormir, roulé en boule sous une vieille couverture où Bijou avait laissé quelques longs crins noirs et sa bonne odeur familière.

Joseph Fabrègues n'eut pas le loisir de méditer sur la fuite soudaine de son fils ; le curé était de retour.

Il était venu la veille au soir, escorté d'un enfant de chœur en surplis portant les burettes, donner l'extrême-onction à la mourante qui déjà ne reconnaissait plus personne. Il revenait à présent pour discuter du déroulement des funérailles.

Mossen Vidal avait été nommé curé de Rivesaltes après le mystérieux assassinat de son prédécesseur, *Mossen* Suirolles, par un homme masqué, un soir de carnaval. Jepe, qui allait le moins possible à l'église, n'avait eu que peu affaire à lui. La messe, l'instruction religieuse des enfants, c'était le domaine de la *sogra*. Jepe n'était intervenu qu'une fois, lorsque Jordi – évidemment – avait refusé de continuer le catéchisme. Quand il s'y était rendu pour la première fois, avec son frère, le prêtre lui avait offert une friandise. Il y était retourné mais la seconde fois, pas de bonbon. Il s'était senti grugé et avait préféré partir baguenauder au grand air dans la garrigue plutôt que de rester deux heures enfermé dans l'église. C'est du moins l'explication qu'il avait donnée à son père. Jepe soupçonnait plutôt l'influence des tirades anticléricales de Jacinto Marti. S'il ne bouffait pas du curé à tous les repas comme le mari d'Eulalia, maître Fabrègues ne leur vouait pas non plus un amour immodéré ; il avait cependant corrigé Jordi à coups de ceinture pour lui apprendre l'obéissance.

Jepe fit machinalement asseoir le curé dans la salle à manger et s'installa en face de lui, de l'autre côté de la table cirée que la *sogra* et Thérésina avaient débarrassée de son drap blanc protecteur en prévision des visites. Il entendait l'homme en soutane noire parler de messe, d'hymnes, de la place à attribuer à chacun dans l'église comme à travers un épais brouillard. Les mots lui parvenaient étouffés, déformés, vidés de leur sens.

La disparition brutale de Lucie l'avait laissé désemparé. Non qu'il ne pût vivre sans elle comme certains hommes faibles qui se sentaient perdus sans leur autoritaire « moitié » parce qu'ils n'avaient plus l'habitude de décider par eux-mêmes, mais il n'avait pas vu cette mort venir.

Bien sûr Lucie se plaignait depuis quelques mois de douleurs dans le bas-ventre, mais c'étaient là problèmes de femme et leur seule évocation, même à mots couverts, le gênait. Et puis la chute des cours du vin et la crise qu'elle annonçait peut-être le préoccupaient davantage. Il lui avait juste proposé de la conduire au bourg pour voir le médecin mais elle avait dit que c'était inutile. Même lorsque la souffrance s'était faite plus forte et qu'elle avait dû s'aliter, elle avait refusé qu'on fît venir le docteur. Il n'avait pas insisté malgré le visage de plus en plus soucieux de la *sogra*.

Un jour que Lucie avait repoussé une fois de plus l'assiette de soupe que sa mère lui apportait, il avait entendu la vieille femme marmonner dans sa barbe : « Pourquoi cherche-t-elle à se punir comme ça ? Ça a-t-il un sens de jouer les *martirs* ? »

Mais il n'avait pas compris. Se punir de quoi ? La *sogra* perdait la tête !

C'était si commode de l'accuser de radotage sénile…

Comment avait-il pu être aussi aveugle ? Au fond de lui-même il connaissait la réponse à cette question dérangeante : n'avait-il pas pensé lui aussi qu'elle méritait de souffrir pour la façon dont elle persistait à traiter Jordi ?

Lorsque, alarmé de la voir s'étioler, plus livide de jour en jour, comme si la vie s'échappait d'elle goutte à goutte, il avait fini par envoyer Ficelle chercher le docteur Parès avec la jardinière, il était trop tard. Le médecin qui était aussi le nouveau maire de Rivesaltes avait poussé un énorme soupir, s'était passé une main lasse sur les yeux et, tout en refermant la porte de la chambre derrière lui, avait prononcé : « Joseph, il va vous falloir du courage. »

Aucun reproche pour l'avoir consulté si tard. Juste un constat d'impuissance.

Jepe n'avait pas retenu grand-chose des explications savantes du docteur : il avait parlé d'un mal sournois qui rongeait les organes intimes de sa femme, ceux-là mêmes que Jepe ne nommait jamais, un mal contre lequel on ne pouvait rien. Lucie était morte deux jours après.

On l'enterra un mardi. C'était un de ces jours d'hiver catalan, froid et lumineux. Une tramontane coupante comme de la glace avait vidé les rues au passage du cortège funèbre. Quelques volets battant dans le vent sonnaient un glas rouillé et c'était comme si tout Rivesaltes avait pris le deuil. Les larges sabots du cheval qui tirait le corbillard glissaient sur la terre durcie par le gel et les plumets miteux qui surmontaient le dais oscillaient dangereusement à chaque embardée.

Après la messe, chacun avait pris sa place dans la colonne silencieuse : Thérésina avait rejoint à l'arrière le sombre bataillon des femmes, son bras sous celui de la *sogra* que soutenait de l'autre côté la Fine Laforgue ; ses frères étaient restés à l'avant avec le père.

Dans le Midi, le deuil, plus que tout autre événement de la vie, séparait les deux sexes : aux hommes la tête du défilé dans les rues, le visage grave au-dessus du col de chemise bien blanc, un crêpe noir noué autour de la manche de la veste ; aux femmes la veillée derrière les volets clos et la discrétion des derniers rangs du cortège où, voilés du même noir, leurs soupirs et leurs larmes se fondraient en un même murmure de douleur tel un chœur antique.

Au sortir de l'église Saint-André, Joseph s'était placé d'autorité entre ses deux fils et c'était ainsi, les deux gamins encadrant le père, qu'ils avaient commencé à suivre le corbillard, quelques pas devant l'oncle d'Espira et trois cousins lointains, en ligne, suivis de Roca, Marti, Ficelle et des ouvriers qui travaillaient régulièrement au mas, puis du docteur Parès, moustaches et courte barbe en pointe impeccables, menant la troupe des petits propriétaires et voisins. Les notables, ces grandes familles qui possédaient les plus vastes domaines et logeaient en ville dans de belles maisons modernes, avaient délégué leur régisseur ou leur grangier pour les représenter. Maître Fabrègues, dont les possessions quoique de taille respectable étaient loin de la superficie des leurs, n'appartenait pas à leur cercle.

Comme le voulait la coutume, on avait fait halte pour chanter le Salve Regina au pied de la statue de Notre-Dame du Portail qui contemplait le cortège de ses yeux morts du haut de sa niche. Puis, après avoir franchi le passage voûté sous la tour de l'hôtel de ville, on avait contourné le grand platane qui lançait ses longs bras nus vers le ciel au centre de la place pour prendre la rue qui menait au cimetière.

Le bel ordonnancement du cortège avait déjà commencé à s'effilocher.

Les enjambées du père étant plus longues que celles de ses fils de neuf ans et demi, à moins que ce ne fût leur gémellité qui fit naturellement et invinciblement se rapprocher les deux bessons, Jepe se retrouva ainsi à marcher seul, le regard fixé sans les voir sur les hautes roues cerclées de métal qui avançaient par à-coups et les glands de soie couleur argent qui tressautaient en cadence, les doigts triturant nerveusement le bord de son chapeau qu'il tenait sur son ventre comme une vieille son tricot.

Derrière lui, Joan cheminait en silence, le cou rentré dans les épaules, les yeux écarquillés comme s'il ne parvenait pas à croire à la réalité de ce qu'il était en train de vivre, à la réalité de cette boîte en bois où on avait enfermé sa mère pour la mener à sa dernière demeure... Plongé dans ce rêve éveillé qui lui évitait d'avoir à affronter la douleur en face, il ne se rendit pas compte tout de suite de l'étrange comportement de Jordi à ses côtés.

Ce fut en l'entendant soudain siffloter qu'il s'arracha à la fascination du cercueil et tourna la tête vers son jumeau.

Les mains dans les poches de sa culotte courte, le nez au vent, le menton haut, la *closca* marchait d'un air dégagé comme à la promenade du dimanche, rythmant ses pas d'un petit air martial sifflé entre ses dents. Il profita même d'une flaque gelée pour s'offrir une petite glissade qu'il termina par un gracieux entrechat, ponctué d'un clin d'œil à l'adresse de son frère dont il surprit le regard effaré.

— *A que jogues*[27] *?* murmura Joan en le tirant par la manche.

Jordi haussa les épaules et se dégagea, prenant un peu de champ pour continuer à son aise son numéro.

Joan jeta un regard terrifié sur le dos de son père mais fort heureusement, abîmé dans ses pensées, Jepe ne s'était encore rendu compte de rien.

Ce n'était pas le cas de tout le monde… Surgissant derrière lui, une main autoritaire s'abattit sur l'épaule du chenapan et l'immobilisa un instant.

— *Calma, nen*[28] *!* gronda le Cinto Marti de sa belle voix de basse, penché sur l'enfant qui avait grandi dans sa maison.

Mais Jordi n'avait pas du tout l'intention de se calmer. Avec un regard de défi, il s'arracha à l'étreinte du Cinto et, bondissant sur le trottoir, pirouetta avec vivacité, les bras tendus, les pans de sa veste ouverts dans le vent.

Le murmure de désapprobation qui courut le long du cortège fit cette fois se retourner Joseph Fabrègues.

Le cou cramoisi, les lèvres pincées, une veine bleutée saillant sur sa tempe, il toisa son fils de toute sa hauteur.

27. À quoi tu joues ?

28. Du calme, petit !

Jordi ne se démonta pas. Le front têtu, les mâchoires serrées, il rendit à son père regard pour regard.

Joan, pétrifié, se faisait tout petit, attendant l'explosion, et tous les assistants, retenant leur souffle, l'attendaient avec lui.

Le face-à-face se prolongeait et Jordi ne baissait toujours pas les yeux. La moustache tremblante de fureur, Jepe leva le bras, prêt à frapper.

Joan enfouit sa tête dans son bras pour ne pas voir. Il attendit le claquement sec de la gifle. Les cris. Les pleurs.

Mais rien. Juste un silence épais, presque solide, que la tramontane qui sifflait entre les tuiles et sous les porches faisait paraître encore plus compact.

Surpris, Joan risqua un œil par-dessus son coude.

Son père avait toujours la main levée, paume ouverte, mais, s'interposant entre Jordi et lui, le Cinto lui faisait face, les bras croisés sur la poitrine, très calme. Les deux hommes se touchaient presque et leurs haleines se mêlaient en un petit nuage dans l'air froid.

— Écarte-toi, Marti, finit par articuler Joseph, blême. C'est mon fils et je vais lui apprendre à…

— Vous ne croyez pas qu'il a déjà assez souffert comme ça ? l'interrompit le Cinto sans se départir de son calme ni bouger d'un centimètre.

Un moment, on crut que maître Fabrègues, achevant son geste, se laisserait aller à frapper son ouvrier et déjà le docteur Parès fendait les rangs pour intervenir.

C'est alors qu'apparut le curé, la barrette en bataille et la mine interrogatrice.

Depuis l'église, *Mossen* Vidal marchait devant le corbillard, ne levant le nez de son livre de prières que pour vérifier d'un coup d'œil que ses enfants de chœur n'en profitaient pas pour livrer un duel à coups d'encensoir, comme c'était arrivé une fois ; de ce qui pouvait se passer derrière la voiture, il n'avait aucune idée. C'est seulement lorsque, parvenu devant le calvaire qui surplombait la grille du cimetière, il s'était retourné qu'il s'était rendu compte que le cortège ne suivait plus, arrêté à quelques maisons de là sans qu'il sût pourquoi. Relevant sa soutane d'une main pour faire de plus grandes enjambées, il avait alors longé le corbillard abandonné qui lui masquait la scène et traversé la petite place pour s'enquérir des raisons de ce retard intempestif.

Son irruption déconcerta Joseph qui replia précipitamment son bras levé sur sa poitrine, un peu gêné.

Jacinto profita de cet instant d'hésitation pour se saisir de Jordi, qui n'avait plus du tout envie de faire le malin, et l'éloigner de quelques pas. Le regard du prêtre naviguait de l'un à l'autre, perplexe, sans parvenir à décider de la part de chacun dans la scène qu'il venait de surprendre. Dans le doute, il choisit de ne pas approfondir et de passer outre :

— Allons, mes chers enfants, dépêchons-nous. J'ai un autre enterrement à quatre heures et il ne faut plus traîner, les admonesta-t-il avec bonhomie.

Joseph, se rendant compte qu'il était désormais seul sur le trottoir et ne menaçait plus qu'un mur décrépi, abandonna la partie.

La main sur l'épaule de Jordi qui tremblait à présent convulsivement, le Cinto fit signe à son beau-frère, Roca, de remettre en marche le cortège. Il regarda sans mot dire les premiers rangs défiler devant lui puis, sans se tourner, sans même élever la voix, il interpella son patron :

— Je ramène le petit chez nous. On va le garder quelque temps. Ne vous inquiétez pas, ça va s'arranger…

Jepe ne répondit pas. Il fit juste signe que cela lui était égal. Puis, le visage toujours congestionné, il saisit la main de Joan et tous deux côte à côte reprirent leur place derrière le corbillard.

C'est ainsi, le père tenant le fils, qu'ils entrèrent dans le cimetière où le fossoyeur les attendait, appuyé sur sa pelle.

Jordi, resté dehors, les regarda s'éloigner sans une larme.

6

— Je te dis qu'il ne viendra pas… C'est un *covard*[29] !

Le Toni s'impatientait. Les jambes pendantes au-dessus de la Llobère, il battait le tambour avec ses talons sur le mur de pierre de l'aqueduc construit par les maçons de Jacques II au temps de l'éphémère royaume de Majorque. À plusieurs mètres sous ses semelles, de part et d'autre du pilier central qui soutenait les deux arcades du pont, la rivière étroite dévalait par ressauts écumants les pierres rondes qui tapissaient son lit.

— Il viendra, c'est mon jumeau ! trancha Jordi, la langue entre les dents, concentré – tailler un sifflet dans un roseau était une affaire plus délicate qu'il n'y paraissait.

Toni haussa les épaules : la relation de cause

29. Poltron.

à effet ne lui sautait pas aux yeux. Se penchant en arrière, il plongea une main nonchalante dans l'eau verte du canal qui courait paresseusement dans son dos avec un murmure cristallin. De longues herbes s'enroulaient en arabesques mouvantes dans le faible courant et venaient caresser ses doigts. Cette assurance qu'avait son frère de lait en parlant de son *besso* l'étonnait toujours. Après tout, si on comptait bien, les jumeaux avaient vécu moins de temps ensemble que Jordi et lui-même ! En comptant les six premières années, cela faisait maintenant huit ans que tous deux partageaient le même lit. Ça valait bien tous les liens du sang, sûr.

Après le malheureux incident de l'enterrement, le Cinto avait ramené Jordi chez eux le temps que « ça s'arrange ». Mais ça ne s'était pas arrangé.

Le gamin, qui n'avait pourtant pas sa langue dans sa poche, n'avait jamais pu mettre des mots sur ce qui l'avait poussé à faire ainsi le pitre derrière le corbillard qui emportait sa mère au cimetière. Ce deuil pour une femme qui l'avait refusé comme enfant lui avait semblé si dérisoire, une farce en fait ; alors par défi, par désespoir, il s'était moqué du chagrin qu'il ressentait quand même… Tout cela avait été si confus.

Il avait choqué tout le monde, mais ce n'était

pas pour lui déplaire. Son seul regret était la peine qu'il avait vue se peindre sur le visage de Joan.

En revanche, il ne regrettait pas son affrontement avec le père. Au contraire. Il éprouvait une sorte de fierté à lui avoir tenu tête. Le vieux chef du troupeau et le taurillon luttant, front contre front, cornes entremêlées. Étrangement, jamais il ne s'était senti aussi proche de son père qu'à ce moment-là.

Mais il ne pouvait y avoir plus d'un mâle dominant par enclos et Jordi se sentait plus à l'aise loin du mas et de l'autorité paternelle. Il était resté à Baixas.

Jordi avait terminé son sifflet. Le portant à ses lèvres, il en tira un coup bref et puissant qui interrompit net le ballet bourdonnant des abeilles autour des amandiers tout blancs. Premiers à fleurir, derniers à donner leurs fruits, disait la Tata Lali.

— C'est pas croyable ce qu'il fait bon pour un mois de janvier ! soupira le Toni en retirant son Chandail. On se croirait en avril ou même en mai… Les amandiers sont déjà en fleurs et si ça continue, les vignes vont pleurer[30] avant que la taille ne soit terminée ! Après la grêle de l'été

30. Exsudation au niveau des plaies de taille marquant la reprise d'activité des racines avant le retour des bourgeons.

dernier, ce serait une catastrophe…

— Te bile pas, dans deux ou trois jours, pas plus, le froid va revenir, gare aux engelures !

— Comment tu peux le savoir ? se récria Toni en clignant des yeux pour essayer de regarder le soleil levant en face.

— Je le sais, c'est tout…

Et le pire, c'était qu'il allait sans doute avoir raison. C'était presque énervant, cette connaissance intime que Jordi avait de la nature, comme un lien particulier qui lui faisait pressentir, interpréter les signes que les autres ne voyaient même pas. Le même genre de lien qui l'unissait à son jumeau…

— Et c'est pour ça que Joan va venir.

Jordi avait bondi à son tour sur l'aqueduc pour mieux guetter la venue de son frère.

— … parce que ce n'est pas normal qu'il fasse si beau comme il n'est pas normal qu'il sèche l'école. Et si tout va ainsi contrairement aux habitudes, son écart de conduite lui paraîtra moins « énorme » !

On entendit une pierre rouler et une pie s'envola avec un cri indigné.

— Tiens, qu'est-ce que je disais : le voilà !

Joan remontait prudemment l'étroit sentier qui longeait la Llobère, sur le haut des berges, posant précautionneusement un pied devant l'autre en essayant d'ignorer l'appréhension qui lui nouait l'estomac. C'était la première fois qu'il faisait ainsi l'école buissonnière. Ça avait bien fait rire Jordi lorsqu'il le lui avait avoué à Noël. Son frère s'était moqué de lui, le traitant même de « puceau », ce qui l'avait fait rougir jusqu'aux oreilles.

« Non, sans blague ? s'était esclaffé Jordi. À onze ans, t'as jamais eu envie de t'offrir une petite balade plutôt que de te faire suer sur une dictée ? Ben mon vieux, tu mérites une médaille ! » Et de raconter avec force détails comment lui-même désertait régulièrement les bancs de l'école de Baixas.

Joan s'était senti tout bête. Lui qui était si fier d'être le premier de la classe et, même s'il savait qu'il ne quitterait pas le mas, d'entendre monsieur Roig lui prédire une grande carrière d'ingénieur, il s'était vu dans les yeux de son jumeau comme un bambin pusillanime, un mouton bêlant… Et il avait eu honte.

Il avait relevé le défi. Après tout ce ne devait pas être si difficile, le maître n'était pas regardant sur la présence. Les travaux de la vigne retenaient souvent certains gamins chez eux où leurs bras étaient requis, il avait l'habitude.

Seulement Joan Fabrègues n'était jamais absent. Son père avait assez d'ouvriers pour se passer de lui et puis il aimait trop l'école… En novembre, il avait tenu à aller en classe malgré une fièvre de cheval qui le faisait transpirer à grosses gouttes sous son écharpe.

Non, ce n'était pas possible. Le maître le croirait cette fois à l'agonie, viendrait aux nouvelles et tout serait découvert.

C'est alors que Jordi avait sorti son atout de sa manche : et s'il prenait la place de son frère ? Monsieur Roig était nouveau à l'école et n'avait jamais connu les jumeaux ensemble. Ce ne devrait pas être difficile de le tromper !

Joan s'était incliné. Le risque était minime. Alors pourquoi donc se sentait-il aussi coupable ?

— Ah, te voilà tout de même !

Les bras écartés pour assurer son équilibre sur l'étroit parapet de briques, Jordi courut à la rencontre de son frère et, bondissant sur le sentier, atterrit devant lui avec la souplesse, gracieuse et inquiétante à la fois, d'un chat.

Joan se sentit obligé de se justifier :

— J'ai croisé « Elle » en chemin. Elle m'a regardé d'un drôle d'air… J'ai fait semblant de me relacer les souliers en attendant qu'elle soit passée. J'avais pas envie qu'elle aille cafter au père !

— La *bruixa* ? Qu'est-ce que tu veux que ça lui fasse que tu ailles à l'école ou pas ? D'ailleurs à son âge elle doit avoir la vue qui baisse… Elle t'aura même pas reconnu !

— Tu crois ? C'est elle qui nous a fait naître.

— Comme elle a fait naître la moitié des gamins des environs depuis trente ans au moins !

Embarrassé, Joan ajouta très vite :

— … et après j'ai dû faire un long détour pour éviter les Mestres qui taillaient leur vigne du figuier.

— Bon, ça va, l'interrompit son frère, t'es là, c'est tout ce qui compte. Maintenant faut pas traîner sinon tu vas me faire arriver en retard !

Sa saillie le fit rire et le Toni qui les avait rejoints entre-temps joignit son rire silencieux au sien. Joan, lui, eut un sursaut et jeta un coup d'œil inquiet vers les deux clochers qui haussaient leur tête carrée par-dessus le talus de la voie ferrée comme pour l'épier, lui rappeler qu'il était encore temps de changer d'avis… Quand le carillon de l'église s'ébranlerait, ce serait trop tard.

Jordi ne lui laissa pas le loisir de revenir sur sa décision :

— Allez, ouste, passe-moi ton tablier et ta veste !

Interloqué, Joan regarda sa blouse noire bordée d'un liseré bleu. Pourquoi son jumeau la voulait-il ? Il avait la même !

— Monsieur Roig va se demander comment tu as fait pour l'user autant en une nuit ! commenta

Jordi, rigolard, en exhibant un accroc tout frais près de l'ourlet effiloché de la sienne. Tata Lali y a renoncé. *Cuita-te*[31] *!*

Saisi d'une activité fébrile, Joan arracha son paletot de drap gris et déboutonna son tablier d'écolier. Ils échangèrent leurs vêtements en silence, sous les yeux intéressés du Toni.

Le dernier bouton rajusté, Jordi recula d'un pas pour juger de l'effet d'ensemble sur son jumeau. Puis il s'examina lui-même d'un regard critique de la tête aux pieds.

— Les souliers, *bon Déu* ! s'exclama-t-il en se frappant le front. J'ai failli oublier. Heureusement qu'on a la même pointure…

Ôtant prestement sa chaussure, il brandit sous le nez de son frère le cuir râpé maculé de boue.

— Désolé, monseigneur, de vous déposséder de vos beaux souliers bien cirés, mais ceux-là sentent trop la garrigue !

Et ce fut au tour des chaussures de changer de propriétaire.

Jordi s'appliqua pour une fois à faire de belles boucles à ses lacets et rabattit le haut de ses chaussettes pour masquer une tache.

— Et maintenant la touche finale…

Crachant dans ses paumes, il lissa soigneusement ses cheveux sur le côté et aussi sur

31. Dépêche-toi !

ses tempes, où les mèches avaient tendance à rebiquer. Enfin, apparemment satisfait, il prit son jumeau par les épaules et se tourna vers le Toni, quêtant son approbation :

— Alors, comment tu nous trouves ?

Son frère de lait répondit par un sifflement admiratif.

— *Mare de Déu*, on dirait les mêmes ! Alors ça, c'est fort…

Il n'en revenait pas. Son regard allait d'un jumeau à l'autre, stupéfait.

Un sourire malicieux illumina le visage de Jordi.

— Maintenant, il ne me reste plus qu'à me mettre dans la peau d'un élève modèle… Ce sera beaucoup plus dur ! Allez, *besso*, souhaite-moi… non, souhaite-« toi » bonne chance !

Il enfonça prestement son béret sur son front, s'empara de la gibecière de cuir contenant cahiers et livres puis, agitant la main en guise d'au revoir, il partit en courant.

— Profite de ta journée !

Le premier coup de neuf heures sonnait au clocher de l'église, repris en écho par la cloche de l'école qu'avait mise en branle l'élève de service, lorsque Jordi arriva, tout essoufflé, devant la grille. Il s'accorda quelques secondes pour reprendre haleine et se composer une attitude, sage et peut-être un peu inquiète, qui pourrait le faire confondre avec son jumeau. Surtout ne pas oublier de ne parler que français et d'ôter son béret en franchissant le portail ; le directeur, monsieur Bassède, ne transigeait pas avec le respect dû à l'institution scolaire.

Jordi n'avait rien oublié des trois années qu'il avait passées dans ces bâtiments austères, à façade de gros crépi sur soubassement en briques, derrière le haut mur qui cernait les deux cours. Allons, il était temps d'entrer.

Mais comme il franchissait la grille, il eut un coup au cœur. Une haute silhouette en costume sombre et souliers cirés, sourcils sévères et barbe noire bien taillée, était postée telle une sentinelle devant la porte du bâtiment central qui servait de logement au directeur. Zut, monsieur Bassède !

Jordi baissa la tête, fixant le gravier de l'allée tout en vérifiant d'une main que sa blouse était bien boutonnée, et pressa le pas comme il imaginait que son frère le ferait si par extraordinaire il lui arrivait un jour d'être en retard.

Il sentait le regard inquisiteur que le directeur dardait sur lui du haut des marches. C'est sûr, il allait être démasqué… Il avait tant de fois été convoqué pour recevoir un savon chez monsieur Bassède que celui-ci devait le connaître par cœur. C'était bien sa veine !

La bouche sèche, il continua à avancer, s'attendant à tout moment à entendre la voix de stentor du directeur l'interpeller. Du coin de l'œil, il saisit un mouvement du bras, une montre qu'on tirait ostensiblement du gousset… Ça y était.

— Encore en retard… Vous êtes décidément indécrottable !

Tous les Catalans roulaient les r lorsqu'ils parlaient français mais monsieur Bassède réussissait l'exploit de les rouler encore davantage. Tous les galets de l'Agly semblaient s'entrechoquer sur sa langue et ses semonces en prenaient une ampleur redoutable.

Jordi jura silencieusement entre ses dents. *Me cago en Déu*, Joan allait le tuer !

Monsieur Bassède ordonna sèchement :

— Suivez-moi dans mon bureau, monsieur Battle.

Jordi, abasourdi, perçut dans son dos le crissement du gravier sous les galoches de l'élève ainsi arrêté en plein élan et le bredouillement inintelligible du Fernand qui venait sans le savoir de le sauver en détournant sur lui l'attention du directeur.

Surtout, résister à la tentation de se retourner. Ne pas attirer l'attention.

Les épaules raides, Jordi obliqua vers l'aile où il savait trouver la classe de monsieur Roig, ne s'autorisant un soupir de soulagement que lorsqu'il fut hors de vue du directeur. Le coup était passé bien près !

Après cette alerte, le reste de la matinée lui parut facile. Quelques élèves qui avaient été ses camarades dans les petites classes le reconnurent mais, mis d'un clin d'œil dans la confidence, ils ne bronchèrent pas. Deux ou trois billets interrogateurs circulèrent de mains en mains le long des bancs de sapin et sous les pupitres mais Jordi renvoya d'un geste les explications à la récréation.

Quant à monsieur Roig, comme prévu, il ne se rendit compte de rien. Du haut de son estrade, il adressa même un vague sourire distrait à Jordi tandis qu'il se glissait à la place de son frère, le regard innocent et les bras sagement croisés.

Pendant ce temps, Joan découvrait avec un plaisir coupable les délices de l'école buissonnière. Malgré ses réticences initiales, le Toni s'acquittait de sa tâche de cicérone avec application. Il l'entraîna par des chemins connus des seuls initiés, à travers des buissons qui dissimulaient des ravines où le trop-plein des pluies s'écoulait à l'automne mais qui demeuraient à sec le reste de l'année, pour s'en aller retrouver d'autres garnements comme eux en rupture de classe.

Après les congratulations d'usage entre « habitués », Toni fit les présentations. Joan était le seul « nouveau » de la bande et il s'étonna que sa venue ne suscitât aucun commentaire. Il mesura à cet instant à quel point le prestige de son frère était grand. Il allait lui falloir être à la hauteur !

Toute la matinée, il courut, sauta, grimpa avec ardeur, relevant tous les défis, ne s'étonnant de rien du moins en apparence, mettant autant de cœur à soutenir la réputation des Fabrègues qu'il en mettait d'ordinaire à être le meilleur à l'école.

Et une fois de plus son « application » fit merveille. À midi, quand les gamins s'assirent à l'abri d'un fourré de chêne kermès pour dévorer les provisions dont ils avaient bourré leurs poches avant de quitter la maison le matin, il était définitivement adopté. Tout en mastiquant le quignon et le bout de fromage dont Jordi avait lesté sa veste, il savourait sa victoire. Son jumeau serait fier de lui ; il n'était plus « puceau » !

Cependant lorsque, après manger, tandis que circulaient à la ronde des cigares de sureau qu'on fumait bouche fermée, en avalant la fumée, comme des hommes, certains commencèrent à parler d'aller se battre avec ceux de Peyrestortes pour des insultes échangées la veille, le Toni intervint avec autorité :

— Jordi a dit : pas de conneries aujourd'hui. Et pas de bagarre…

Bien que le « chef » lui eût délégué son

autorité, ce veto n'alla pas sans soulever quelques protestations. On ne renonçait pas facilement à une bonne *espadragade*[32].

Le plus enragé était un gamin malingre aux genoux cagneux que les autres appelaient « Quimet », sans doute le diminutif de Joaquim. Une taie blanche voilait sa pupille droite et lui faisait un regard sournois qui mettait Joan mal à l'aise.

— Alors parce que Jordi n'est pas là, il faut qu'on se laisse traiter de *poca-solta*[33] sans réagir ! Y en a ras la casquette des histoires de Japote et Perote… On va leur montrer si les Baixanencs n'ont rien dans la tête !

— Ouais, renchérit un autre à la bouille ronde et aux cheveux ras, la prochaine fois que l'Émile du moulin me demande en rigolant si mon père a réussi à enterrer la taupe qui ravageait son jardin, je lui fais bouffer son soufre !

Les habitants de Baixas étaient la cible de nombreuses plaisanteries dans le pays. On les disait bêtes et crédules, et l'histoire de la taupe enterrée vive avait fait le tour du canton, comme celle de l'âne hissé par le cou en haut du clocher pour y trouver une herbe plus verte. Les enfants ne se privaient pas de relayer les blagues les plus méprisantes et c'était la cause de batailles rangées

32. Bagarre à coups de pierre.

33. Idiot.

mémorables, à coups de poing ou de cailloux, entre les garçons de Baixas et ceux de Rivesaltes ou de Peyrestortes.

— J'ai pas dit qu'on allait rien faire, trancha le Toni qui visiblement regrettait autant qu'eux de ne pouvoir en découdre sur-le-champ, j'ai dit pas aujourd'hui.

Il désigna Joan du pouce :

— Si jamais celui-là revient chez lui avec un bras en écharpe ou un œil au coquard, Jordi va se faire massacrer. Et nous, on aura intérêt à éviter le père Fabrègues si on ne veut pas avoir le derrière farci au gros sel... Vous savez qu'il a la gâchette facile !

L'évocation du fusil de maître Joseph refroidit même les têtes les plus chaudes et on reporta l'expédition punitive à un autre jour. Les Peyrestortais ne perdaient rien pour attendre !

À la place, on se mit d'accord pour aller musarder sur les bords de l'Agly...

Le lit de la rivière était un terrain de jeu idéal pour les garnements du voisinage. On pouvait se cacher dans les roseaux, patauger dans les flaques, construire des barrages avec les galets ronds et lisses... la place ne manquait pas.

Les voyageurs qui n'étaient pas habitués au climat méditerranéen s'étonnaient toujours de voir des lits si larges, aux berges si hautes, occupés par de si petits cours d'eau, presque des ruisseaux, qui paraissaient perdus au milieu.

Il aurait fallu qu'ils reviennent à l'automne quand les pluies d'équinoxe, ruisselant des Corbières, gonflaient soudain le paisible Agly, faisant gronder ses eaux devenues boueuses qui se ruaient alors droit devant elles sans se soucier des obstacles, charriant pierres et branches à l'assaut des piles du pont romain dans un lit devenu trop étroit pour elles.

Ou au printemps, quand l'hiver avait été rude et que l'eau de la fonte des neiges dévalait, pure et cristalline, des montagnes bleutées jusqu'à la mer turquoise du côté du Barcarès.

Bien sûr, ça n'arrivait que deux ou trois fois par an et les *forasters*[34] continuaient à se moquer de ces ponts démesurés enjambant ces vastes espaces de sable et de galets aux trois quarts à sec.

La douceur inhabituelle de la température avait fait un peu monter les eaux ce jour-là et sur la rive gauche de l'Agly, en face du gouffre de la Tour où les enfants se baignaient l'été car c'était le seul endroit où il y avait de l'eau, même en pleine sécheresse, des *bugaderes*[35] faisaient marcher leur langue en même temps que leurs bras.

À genoux dans des demi-caisses en bois qui

34. Étrangers.

35. Lavandières.

leur évitaient de mouiller leurs jupes, protégeaient leurs genoux des cailloux et leur fournissaient un point d'appui, elles étaient penchées sur leur planche à laver et, tout en frottant énergiquement le linge, elles causaient et causaient encore.

La sagesse populaire en avait fait un dicton : « *Rentar, picar, ensabonar i... xerrar, es el propi de les bugaderes*[36]. » Et comme la pratique ne manquait pas, elles parlaient beaucoup ; la chute des cours du vin trois ans auparavant n'avait été qu'un nuage passager et le ciel des propriétaires rivesaltais était redevenu serein en même temps que les affaires reprenaient.

— Attendez un peu... On va les faire taire !

Le Toni s'était accroupi au bord de l'eau et, les yeux plissés, étudiait attentivement le courant qui rebondissait sur une langue de sable, tourbillonnait autour d'un rocher avant de se rabattre vers les bavardes au travail. Il se releva avec un sourire canaille : il avait trouvé comment dédommager les copains de leur bagarre manquée contre ceux de Peyrestortes.

Faisant signe aux autres de le suivre, il se glissa sans bruit vers une petite anse protégée par un rideau de roseaux. Une odeur de vase assaillit

36. Laver, frapper, savonner et... parler, c'est le propre des lavandières.

les narines de Joan et il prit bien garde de marcher sur les cailloux pour ne pas laisser une chaussure dans la boue.

Parvenu à l'endroit stratégique que ses calculs lui avaient désigné, le Toni ordonna :

— Que tout le monde tombe la culotte. À mon signal, on pisse en visant là !

Et du doigt, il montrait un léger remous où l'eau se retroussait avant de prendre de la vitesse.

Il y eut des ricanements étouffés tandis que les boutons sautaient.

Joan hésita une seconde mais lorsqu'il vit les autres alignés comme à la parade, leur oiseau bien en main pointé vers la cible, prêts à arroser au signal du Toni, il n'eut d'autre choix que de se mettre en position.

Leur miction terminée, les arroseurs coururent se cacher dans les roseaux pour guetter l'effet produit par leur petite plaisanterie urinaire.

Il ne tarda pas.

Une des femmes retira soudain de l'eau la chemise qu'elle était en train de rincer avec une exclamation horrifiée, aussitôt imitée par sa voisine. Des volutes jaunâtres s'enroulaient gracieusement dans le courant qui venait battre le bas des caisses où les *bugaderes* étaient agenouillées.

— Mais c'est pas vrai. *Apolit*[37], Marguerite,

37. Attention.

c'est de la pisse ! *Quina putada*[38] ! Ah, les porcs…

Ce n'était pas la première fois que des galopins leur jouaient pareil tour et les lavandières eurent tôt fait d'identifier les coupables. Retrouvant leur langue, elles abreuvèrent d'injures bien senties les silhouettes qui s'enfuyaient en riant sous cape sous les arches du pont romain.

Tout en courant, Joan se retourna pour les voir, la coiffe en bataille, le poing brandi et le buste projeté en avant, leur promettre une correction dont ils se souviendraient. L'une d'elles le repéra.

— Ça m'aurait étonné que tu n'en sois pas, *closca !* Attends un peu que j'en touche deux mots à ton père, Jordi Fabrègues !

Introduisant le pouce et l'index entre ses dents, Joan répondit par un coup de sifflet moqueur qui l'étonna lui-même. Il se sentait capable de défier le monde. Dans la peau de son jumeau, il avait toutes les audaces.

La vue de l'aqueduc le dégrisa d'un coup. C'était bientôt l'heure de la sortie des écoles et, si tout s'était bien passé, Jordi ne devrait pas tarder à faire sa réapparition aux « Ponts mouillés ».

Joan se rendit compte avec stupéfaction que, tout à ses jeux, il ne s'était pas demandé une seule fois de la journée comment son frère s'en était tiré

38. Quelle vacherie !

avec monsieur Roig et il maudit son insouciance. S'il faut, le stratagème avait été découvert et le père, convoqué dare-dare par le redoutable monsieur Bassède, était à sa recherche, la ceinture de cuir à la main, prêt à lui flanquer la raclée de sa vie. La première en fait. Il sentait déjà les fesses lui chauffer !

Il blêmissait de minute en minute sous l'œil perplexe du Toni qui ne comprenait pas comment on pouvait se faire autant de souci pour quelques malheureux coups de ceinture. À la maison, le Cinto répétait rarement les choses deux fois et son fils, tout comme Jordi, avait reçu à maintes reprises son pied au cul !

Joan, sur des charbons ardents, en était déjà à imaginer le pire, l'envoi en pension loin de ses chères vignes, lorsqu'un sifflotement allègre quoiqu'un peu faux annonça l'arrivée nonchalante de son jumeau. De soulagement, il faillit lui sauter au cou.

Surpris par un tel débordement, Jordi le repoussa, sans brutalité mais fermement. Entre hommes, il y a des choses qui ne se font pas ! On a sa dignité, quoi...

Mais Joan ne prêta aucune attention à ses protestations. Il voulait savoir. Vite. Et avec les détails. Trépignant, il bombardait son frère de questions.

— Reprends d'abord ton bien !

D'un mouvement d'épaule, Jordi laissa tomber le cartable de cuir usé aux pieds de son frère. Puis, s'adossant négligemment à l'amandier en fleurs qui paraissait encore plus blanc, presque lumineux, dans l'ombre qui commençait à gagner :

— Allez, dis-moi : qu'est-ce que tu veux savoir ?

— Tout, haleta Joan. Monsieur Roig ne s'est rendu compte de rien ?

— De rien du tout. C'est allé tout seul !

Jordi crânait, les mains croisées derrière la tête, fier de son exploit.

Mais son jumeau se méfiait encore :

— Tu ne m'as pas fait avoir une mauvaise note au moins ? Parce que si le maître t'a interrogé sur la leçon…

— Tu me prends pour un *burro*[39] ? Je n'ai pas d'aussi bonnes notes que toi mais sans travailler je me débrouille pour avoir toujours la moyenne ! Si je voulais, moi aussi je serais le premier. D'ailleurs ce n'est pas si difficile, aujourd'hui j'ai compris le truc !

Jordi adressa au Toni un clin d'œil malicieux qui voulait dire : regarde un peu comme je vais le faire enrager.

— C'est simple, poursuivit Jordi, hilare, il suffit de lever le doigt. Et à chaque fois, ça ne

39. Âne.

manque pas, monsieur Roig proteste : « Oui, mon petit Jean, je sais que tu connais la réponse. Laisse un peu faire les autres. » Il n'y a plus qu'à baisser le doigt en faisant mine d'être déçu. Et voilà comment on devient le meilleur sans dire un mot. *Mare de Déu, germa*[40], tu te la foules pas !

Joan, les poings sur les hanches, les joues cramoisies, était la personnification même de l'indignation.

Mortifié, il grinça :

— J'espère que tu n'as pas parlé catalan... C'est que je n'ai jamais eu le témoin, moi !

Dans le combat incessant qu'elle menait contre ces langues régionales qu'elle s'obstinait à appeler indistinctement des « patois », l'école de la IIIe République avait inventé cette arme ultime de l'orthodoxie linguistique : un simple bout de bois qu'on appelait « témoin » ou « planchette » selon les endroits et dont écopait le malheureux qui laissait échapper un mot dans sa langue maternelle, en classe ou – plus souvent car dans le jeu on « s'oubliait » plus facilement – en récréation. Le dernier en sa possession à la fin de la journée se voyait infliger quelques coups de règle sur les doigts et une retenue, pour l'exemple. Il devait en outre copier cinquante fois l'article 13 du

40. Frère.

règlement stipulant que « le français seul sera en usage à l'école ».

Les élèves en venaient à s'épier mutuellement, guettant le moindre faux pas pour refiler à un autre le stigmate infamant annonciateur de correction paternelle. Simple et efficace.

Bien sûr à la maison et dans la vie de tous les jours, au travail, dans les magasins, tout le monde parlait catalan mais à l'école du moins seul le « français de France » comme disait l'*avia* était toléré.

Et qu'importe si au Moyen Âge il y avait eu des livres écrits en langue catalane alors même que les Français, trouvant la leur encore trop vulgaire, s'en tenaient au latin. Qu'importe si la Catalogne avait donné à l'Europe romane de grands penseurs comme Ramon Lull… Les « hussards noirs » de monsieur Jules Ferry croyaient dur comme fer que la République, une et indivisible, ne devait parler que d'une seule voix sous peine d'en mourir.

À l'évocation du « témoin » tant redouté, Jordi haussa les épaules en secouant la tête, affectant de dévisager son frère avec une commisération douloureuse.

— Mais tout te fait peur, mon pauvre… Et on dit que les gens de Baixas n'ont pas de cervelle ! Il suffit de ruser : en début de récréation, on choisit un petit, le genre à rester dans les jupes de sa maman, facile à effrayer, et on lui vole son béret ou, s'il n'en a pas, on lui pince le gras du bras, enfin ce qu'il faut pour qu'il se mette à gueuler bien fort, en catalan bien sûr sous l'effet de surprise. Et une fois qu'il a le témoin, il le garde toute la journée s'il ne veut pas se faire casser la figure à la sortie. Rien de plus facile !

Joan protesta faiblement : il n'aimait pas trop l'idée de pousser ainsi un plus faible à la faute. Mais il n'insista pas. Après tout Jordi s'était mis en quatre pour lui aujourd'hui, allant jusqu'à forcer sa nature et jouer les élèves modèles, ça valait bien de faire taire ses scrupules.

— Et toi, cette journée de « vacances » ? Ça t'a plu ?

— On a bien ri, le Toni te racontera.

Joan jeta un coup d'œil vers le ciel où les nuages dessinaient à présent des silhouettes fantastiques à l'encre de Chine.

— Il se fait tard et il faut que je rentre. *Gracies, germa*[41] !

— Quand tu voudras recommencer, fais-moi signe…

— Je crois qu'une fois suffit… l'aventure, ce n'est pas mon truc. Et puis je ne voudrais pas t'obliger à aller trop souvent en classe, tu pourrais y prendre goût !

41. Merci, frère !

Ils échangèrent une poignée de main virile, comme Jordi les aimait.

Les murmures conjugués du canal et de la rivière emplissaient la pénombre comme si, avec la fin du jour et des activités humaines, la nature reprenait la parole en même temps que ses droits sur le monde.

Les garçons se séparèrent. Jordi et le Toni, qui avaient encore un long chemin jusqu'à la petite maison bossue de la route de Calce, prirent leurs jambes à leur cou. Joan, qui pouvait déjà voir de là où il était la haie de cyprès protégeant le mas Fabrègues de la tramontane se détacher en ombre chinoise sur le disque translucide de la lune à son lever, s'accorda le temps de reboutonner la blouse et le paletot que son frère lui avait rendus avant de reprendre au pas de promenade le sentier qui descendait vers Rivesaltes.

Deux semaines plus tard, Joan finissait ses devoirs sur la table de la cuisine quand son père fit entrer les Mestres.

Jordi avait une fois de plus vu juste : après la douceur inhabituelle du début janvier, le froid avait fait un retour en force, gelant l'eau dans les fontaines, verglaçant les chemins et pétrifiant la végétation qui avait eu le tort de croire trop tôt à l'arrivée du printemps.

Le feu dans la cheminée ne suffisant pas à

réchauffer la pièce, l'*avia* avait glissé sous la table un seau à vendange métallique rempli de braises rougeoyantes que Joan, penché sur ses livres, enserrait de ses jambes à s'en faire cuire les mollets.

Il voulut néanmoins se lever pour saluer les nouveaux arrivants mais y renonça en voyant que personne ne faisait attention à lui.

Le père paraissait de mauvaise humeur et il comprit rapidement pourquoi en entendant les doléances d'Augustin Mestres.

— Tous mes clapiers ouverts, Joseph, fulminait-il en frappant du poing dans la paume de son autre main, tant pour rétablir la circulation dans ses doigts gourds que pour montrer ce qu'il aurait aimé faire subir au coupable. Toutes les portes béantes et mes lapins en train de gambader dans tous les coins. Il a fallu courir après jusque dans l'écurie. Quant à ceux qui sont partis dans les vignes, je peux leur dire adieu !

Il tapa violemment du poing sur la table, faisant gicler de l'encrier des gouttes violettes que Joan s'empressa d'éponger de son buvard.

Augustin Mestres était un sanguin et ses coups de gueule étaient célèbres dans le voisinage. Jepe aussi était en colère, la petite veine qui battait sur sa tempe et ses mâchoires crispées en une ligne dure en faisaient foi, mais comme à son habitude il s'efforçait au calme. Même s'il n'avait jamais pardonné à son fils son attitude lors de l'enterrement de sa mère et qu'il le croyait depuis capable de tout, il voulait se montrer juste :

— Tu es sûr que c'est Jordi qui a fait ça ?

— Je te rappelle qu'il avait déjà fait la même chose en novembre dernier, ce *brètol*[42] !

— Mais tu l'as vu ?

— Non, pas cette fois... mais c'est signé. C'est lui, je n'en démords pas malgré ce que prétend ma femme...

Antonia Mestres, celle-là même qui onze ans plus tôt avait exigé un docteur pour mettre au monde sa fille, était allée saluer l'*avia* et Thérésina qui ravaudaient au coin de l'âtre. Tout en échangeant avec elles les dernières nouvelles à voix basse, elle tendait ses mains glacées vers les flammes qui pétillaient joyeusement dans la cheminée. Cependant, les affirmations péremptoires de son époux lui firent dresser l'oreille.

— Je ne « prétends » rien, j'affirme, intervint-elle avec hauteur, en rejetant la grande cape de laine qui la couvrait jusqu'aux chevilles pour se camper, poings aux hanches, entre les deux hommes. Je sais ce que j'ai vu : jeudi, alors que je revenais de Rivesaltes, j'ai repéré un des jumeaux

42. Crapule.

en train de fouiner du côté des wagons-foudres, près de la gare.

— Mais lequel était-ce ? interrogea Jepe, la voix tendue.

La Tonia secoua la tête.

— Ça, je ne saurais le dire.

Son mari leva les yeux et les mains au ciel.

— … mais ce peut être l'un comme l'autre et on n'a pas le droit d'accuser sans être sûr ! conclut-elle en croisant les bras sur sa poitrine, le front têtu.

— Ma foi, c'est facile à vérifier…

Jepe se tourna vers Joan, toujours assis à la table, livres et cahiers ouverts devant lui, avec toutes les apparences de la plus grande application. À l'appel de son père, il s'interrompit, le porte-plume en l'air, et leva vers lui un regard qu'il réussit à rendre innocent alors qu'il n'avait pas perdu un mot de la conversation.

— C'est toi qui étais près des voies avant-hier, *fill* ?

Joan n'hésita pas :

— Moi ? J'ai passé l'après-midi à la maison. Monsieur Roig m'a prêté un livre de Jules Verne et je suis resté dans ma chambre à lire. Pourquoi ?

La Tonia poussa un cri de triomphe. La mâchoire de Joseph Fabrègues se relâcha :

— Donc c'était Jordi qui s'amusait à la gare. Cette fois, Augustin, il nous faut chercher un coupable ailleurs !

Mestres dut s'avouer vaincu et reconnaître à contrecœur qu'il avait accusé un peu trop vite. Mais, tandis que sa femme prenait congé des Fabrègues, il ajouta pour lui seul que ça valait pour toutes les fois où la *closca* n'avait pas été prise.

Joan sourit en l'entendant grommeler entre ses dents. Tout en arrondissant un magnifique point d'interrogation sur le papier quadrillé de son cahier, il glissa discrètement une main dans sa poche. Le bout de ses doigts vint caresser le rivet à grosse tête ronde et l'étiquette d'expédition déchirée portant l'adresse d'un certain monsieur Duchiron, marchand de vin, quai de Bercy à Paris, qu'il avait dénichés sur le ballast jeudi après-midi…

C'était la première fois que Joan fournissait un alibi à son turbulent jumeau. Ce ne serait pas la dernière…

7

Bon Déu, quina calor ! Jordi sentait la sueur couler en gouttes pressées le long de son dos, sous sa chemise. La réverbération du soleil sur la poussière blanche du chemin l'aveuglait et il avançait, les yeux mi-clos, la visière de sa casquette grise rabattue le plus possible sur son front, les bras encombrés par les deux chaises qu'il était chargé de transporter. Comment faisait le Renat pour marcher avec autant d'aisance, quatre chaises empilées en un fragile édifice sur sa tête, et une sous chaque bras ?

Jordi avait beau profiter au maximum de l'ombre des platanes, passant d'un côté de la rue à l'autre pour éviter les flaques de soleil, il crevait de soif. Heureusement, le Renat venait de s'arrêter devant une maison plutôt décrépite, ombragée par une opulente glycine mauve qui dissimulait les lézardes de la façade. On arrivait.

Jordi déposa son fardeau avec soulagement et, sortant son large mouchoir à carreaux de sa poche, s'en tamponna le front, les tempes et la nuque en lorgnant avec envie la porte, curieusement surmontée d'une lanterne peinte en rouge, qui ouvrait sur une pénombre prometteuse.

Qu'est-ce que son pantalon lui tenait chaud ! Il en venait à regretter ses culottes courtes qui lui laissaient les Jambes nues… Il aurait peut-être dû attendre la fin de l'été pour proclamer qu'il n'était plus un gosse et que désormais il entendait s'habiller en homme. Tout ça pour quelques poils naissants au-dessus de sa lèvre supérieure qui lui faisaient comme une ombre de moustache. Il s'était senti soudain tellement plus viril que Joan avec ses joues imberbes de fille !

Et c'est vrai que dans ce pantalon de coutil gris, il faisait plus que ses treize ans. Bien sûr les jambes étaient un peu trop longues et il devait les rouler à la cheville pour éviter qu'elles traînent sur ses *vigatanes*, mais il avait l'impression qu'ainsi attifé, on le prenait plus au sérieux. Or il tenait à ce que le Renat le traite comme un ouvrier à part entière.

Lassé des tours pendables de son fils et ne sachant que faire de lui pendant l'été, son père avait demandé à un de ses copains d'enfance devenu rempailleur de chaises de le prendre comme aide.

Joan pour sa part avait dû à son comportement exemplaire – et à son carnet de notes qui ne l'était pas moins et lui avait permis d'accéder sans coup férir au cours complémentaire – de rester au mas où il était chargé de mettre à jour la comptabilité. Jordi ne l'enviait pas : rester enfermé, penché sur le gros livre à couverture verte, à essayer de déchiffrer les indications sommaires portées de loin en loin par le père qui avait toujours été fâché avec les écritures, quel pensum alors qu'il faisait si beau dehors !

Mais maître Fabrègues voulait que ses affaires soient en ordre avant le mariage de Thérésina.

Après plusieurs vendanges côte à côte, à se lancer des regards à la dérobée à travers le feuillage des vignes, à se promener le soir main dans la main, à *festejar*[43] comme on disait ici, le bel Augustin aux yeux clairs avait fait bien des malheureuses en demandant la main de la demoiselle Fabrègues. Le père, qui avait pu apprécier le sérieux du jeune Cerdan, avait dit oui… à une condition : sa chère Thérésina, qui à vingt ans était désormais le portrait de sa mère, la mélancolie en moins, resterait dans la plaine. Pas question de l'emmener vivre dans les hauts cantons. La vie y était trop rude. Et surtout c'était trop loin…

43. Fréquenter.

Augustin n'avait jamais eu l'intention de s'installer à Lilo. Ni d'ailleurs de faire de la vigne ainsi que certains le lui suggéraient. Mais comme il savait déjà manœuvrer comme pas un quand il s'agissait d'argent, il s'était consciencieusement récrié, se plaignant que dans la plaine la terre était hors de prix et qu'il lui faudrait des années avant de pouvoir y acheter de quoi faire vivre une famille. Quant à travailler comme ouvrier pour un propriétaire, mademoiselle Thérésina méritait mieux, n'est-ce pas ? Lui qui ne voulait que son bonheur, que pouvait-il faire ?

Et comme il l'espérait, Jepe, faisant fi de son économie coutumière, proposa de les aider à s'établir.

Augustin ayant déjà réussi à acquérir, avec l'aide d'une vieille marraine dont il était le préféré, une parcelle bien placée dans le *regatiu*[44] de Saint-Estève, un village sur la rive gauche de la Têt, un peu en amont de Perpignan, Jepe fut trop heureux d'y ajouter en guise de dot un verger d'abricotiers, situé non loin de là, sur la route de Baho. L'ensemble permettrait au jeune ménage de vivre à son aise à seulement une demi-douzaine de kilomètres du mas paternel.

Les choses s'étant ainsi réglées à la satisfaction de toutes les parties, Thérésina s'était remise à la

44. Terres irriguées.

confection de son trousseau, passant les veillées à tirer l'aiguille avec l'*avia* à la lumière fumeuse de la lampe à pétrole. Il ne fallait pas perdre de temps, les noces étant prévues juste après les vendanges afin de permettre à la famille d'Augustin d'être de la fête qui s'annonçait déjà mémorable.

Et voilà pourquoi Joan s'usait les yeux à faire et refaire les comptes. Puisque Thérésina avait déjà reçu par avance sa part d'héritage, le père, qui n'avait pas perdu le sens des réalités pour autant, tenait à s'assurer que les jumeaux ne seraient pas lésés le moment venu. Quelles que soient ses préférences, il entendait être parfaitement équitable, Jordi devait bien le reconnaître.

De la même façon, la répartition du travail estival ne le désavantageait pas malgré les apparences. Au contraire. Même il n'était pas loin de s'estimer privilégié…

Que Joan le bon élève reste donc le nez dans ses cahiers comme à l'école, pour lui la classe était définitivement terminée et il était fier de gagner sa semaine à la sueur de son front comme un homme !

En plus les livraisons lui offraient l'occasion de belles balades même si elles ne le menaient, comme aujourd'hui, que dans les faubourgs nord de Perpignan, juste avant la barrière de l'octroi, dans un quartier du Vernet curieusement appelé « le Maroc ».

Jordi rempocha son mouchoir, reprit les chaises et pénétra d'un pas décidé dans la maison à la lanterne rouge où le Renat avait déjà disparu.

Derrière le rideau en grosses perles de bois et de verroterie censé empêcher les mouches d'entrer, il découvrit une pièce tout en longueur qui semblait être un salon. Quand ses yeux se furent accommodés à la pénombre, il put distinguer les meubles dépareillés où les chaises rempaillées du Renat voisinaient avec des fauteuils en peluche rouge sous un grand miroir au cadre doré. La peluche était râpée, la glace toute piquée, la crasse feutrait les tissus et éteignait les couleurs, des relents tenaces de soupe aux choux imprégnaient les rideaux fanés mais Jordi, qui n'avait jamais vu un intérieur pareil, en resta bouche bée d'admiration.

— Ne reste pas là planté comme le ravi de la crèche ! Approche un peu par ici…

Le Renat, goguenard, était attablé près de la fenêtre. Les mains posées à plat sur ses cuisses, il suivait avec attention les gestes de la femme en train de procéder pour lui à la cérémonie de l'absinthe. Le filet vert coulait doucement sur le morceau de sucre posé sur la cuillère plate à jours en équilibre sur les bords du verre. Soudain, le rempailleur leva la main et la femme se figea, cessant de verser.

Saisissant délicatement le verre, il le leva à

hauteur de son front pour le mirer dans la lumière. Le breuvage lui arracha une moue approbatrice. Il le porta religieusement à ses lèvres et entreprit de le déguster à petites gorgées.

L'homme qui lui tenait compagnie, de l'autre côté de la table, avait déjà fini le sien. Sa physionomie était étrange : ses cheveux et ses moustaches en croc, plaqués et comme cirés, étaient bien trop noirs et juraient avec les sillons et les taches qui tavelaient son visage. Il était loin d'être aussi jeune qu'il voulait en avoir l'air. Malgré la chaleur il portait un col dur que la sueur amollissait au pli du cou et il donnait au Renat du « mon cher René » avec un accent pointu exagéré qu'on aurait dit copié sur celui des acteurs qui venaient tous les ans apporter la bonne parole aux provinciaux incultes en leur présentant « les grands classiques », comme ils disaient !

Pointant un doigt négligent vers l'escalier obscur qui s'ouvrait dans l'angle de la pièce, il prononça ainsi, avec l'emphase d'une tirade de tragédie :

— Les filles dorment encore… Nous avons tout notre temps.

Et Jordi se dit à part lui que les enfants de ce bizarre petit homme avaient bien de la chance de pouvoir être encore au lit à neuf heures passées !

Il s'interrogeait encore sur l'âge de ces filles qui avaient ainsi le droit de faire la grasse matinée en semaine quand il se rendit compte que la femme s'adressait à présent à lui :

— Mais ne reste pas debout, mon petit poulet. Viens donc t'asseoir.

Jordi chercha du regard un siège de libre mais la femme avait rejoint les deux buveurs à la table et ils étaient tous pris. Il hésita à prendre une des chaises qu'il venait d'apporter et qui attendaient, empilées les unes sur les autres, qu'on veuille bien leur trouver une place, mais la femme fut plus prompte : tapotant sa jupe d'une main, un sourire engageant aux lèvres, elle l'invita à venir se poser sur ses genoux. Jordi sentit le rouge lui monter aux joues et incendier ses oreilles. Il ouvrit la bouche pour protester mais le Renat, qui avait fini son verre, lui adressa un clin d'œil malicieux.

— Allons, *nen*, tu ne veux pas faire de la peine à madame Louisa. Une invitation de la sous-maîtresse, ça ne se refuse pas...

Jordi jeta un regard perplexe à celle que son patron venait d'appeler madame Louisa. Elle n'avait pas du tout l'air d'une institutrice. Celles qu'il avait vues jusqu'ici en traînant du côté de l'école des filles portaient le chignon serré, le corsage boutonné haut dans le cou et la jupe d'un gris sans fantaisie ; madame Louisa qui souffrait sans doute de la chaleur avait, elle, largement ouvert sa blouse. L'échancrure laissait voir un caraco qui débordait de chair grasse et blonde ondulant librement au rythme de sa respiration oppressée. Elle avait dû être jolie autrefois, ses prunelles vertes pailletées d'or et son nez en retroussis en témoignaient encore, mais la graisse avait épaissi ses traits, noyant yeux et nez dans des bajoues flasques et couperosées, plissant son cou qu'un collier à grosses perles d'agate essayait en vain de dissimuler. Bien sûr c'étaient les vacances et même les maîtresses d'école avaient le droit de prendre un peu de bon temps mais un tel laisser-aller impudique mettait Jordi mal à l'aise.

Madame Louisa agita avec impatience sa petite main grassouillette :

— Je te fais peur, mon petit poulet ? Tu vas voir, je suis très confortable…

Jordi déglutit avec peine et posa une fesse prudente sur les cuisses épaisses qui tendaient le coton bariolé de la jupe. Lui passant un bras autour de la taille, madame Louisa l'attira contre elle, lui coinçant quasiment le nez entre ses seins houleux. Elle sentait le lait caillé, le lard rance et l'eau de Cologne bon marché, auxquels venait s'ajouter, à chacun de ses gestes, une odeur aigre de transpiration. Jordi, qui sentait le regard du Renat sur lui, retint un mouvement de recul.

Madame Louisa parut prendre son manque de réaction pour un encouragement puisque, tout en babillant, elle se mit à lui prodiguer chatouillis et agaceries d'une main experte.

— Regardez-moi comme c'est joli à cet âge-là. C'est tout en tendresse et en innocence… On en mangerait !

Jordi tentait en vain d'esquiver ces caresses appuyées mais ses trémoussements gênés ne faisaient que stimuler encore les ardeurs de la sous-maîtresse dont les doigts boudinés vinrent alors carrément tâter son entrejambe à travers le tissu du pantalon.

— Mais c'est que le petit poulet est déjà un jeune coq ! gloussa-t-elle avec des mines gourmandes. Il a bien raison de s'habiller en homme…

Jamais Jordi n'avait tant regretté ses culottes courtes de gamin. Mais pourquoi avait-il tant tenu à mettre ces maudits pantalons ?

Il n'avait qu'une envie : fuir loin de cette grosse femme dont il commençait à soupçonner que si jamais elle enseignait quelque chose, ce n'était sûrement pas la grammaire. Mais il était comme pétrifié, partagé entre le dégoût et l'excitation, pris de vertige dans l'attente de ce qui allait suivre.

Le Renat et son compagnon aux cheveux trop noirs avaient repoussé leur chaise pour mieux observer la scène, les bras croisés et un sourire égrillard aux lèvres ; il n'allait tout de même pas se couvrir de honte en éclatant en sanglots comme un gosse apeuré !

Serrant les dents, il s'efforçait d'arborer l'air blasé de celui qui est déjà passé par là quand, profitant de ce que son attention était fixée ailleurs, madame Louisa déboutonna prestement sa braguette pour saisir son vit à pleine main. La surprise arracha à Jordi un hoquet qui suscita l'hilarité des deux hommes. Mais il n'en était plus à se soucier de ce qu'ils pouvaient penser : la respiration coupée, il sentait son membre s'épanouir et durcir entre les doigts pressants.

Le matin, au réveil, il lui était déjà arrivé d'avoir *la trempera matinera*, comme disait le Toni en catalan, et les deux garçons comparaient leurs virilités naissantes avec des ricanements étouffés sous la couverture ; mais c'était la première fois qu'il en perdait ainsi le contrôle. Il avait beau se concentrer, ordonner intérieurement à son sexe de revenir à sa taille et à sa consistance normales, rien n'y faisait. Sa verge gonflée paraissait douée d'une volonté propre, comme si elle ne faisait plus partie de lui. Sauf que les pulsations lancinantes qui la parcouraient à présent diffusaient dans son ventre une onde de chaleur qui impatientait chaque fibre de son corps.

— Oh, oh, s'extasia madame Louisa, je crois que notre jeune coq est sur le point de pousser son premier cocorico !

Elle se leva sans lâcher sa proie.

— Suis-moi dans l'arrière-salle, je vais m'occuper de toi…

Le Renat poussa une sorte de hennissement triomphant tandis que l'homme aux cheveux trop noirs acquiesçait de sa voix affectée :

— Je crois, ma chère, que c'est votre devoir…

De ce qui suivit dans l'arrière-salle, Jordi ne garda plus tard qu'un souvenir confus. Les jupons douteux soulevés. Les cuisses grasses écartées. Son pantalon qui tombe soudain, entravant ses chevilles. Sa honte et son envie à la fois. La main qui guide sans ménagement son membre vers des profondeurs moites. L'autre qui pétrit ses fesses à l'air. Les petits bruits de bouche mouillés de la grosse femme sous lui, l'encourageant. Le brouillard dans sa tête. Les battements précipités de son cœur qui résonnent jusque dans le creux de ses reins. Et la déchirure brûlante…

Il sortit de la maison à la lanterne rouge la tête basse et le pavillon en berne. Étrangement vide. Les joues cramoisies, la gorge sèche, il gardait les yeux au sol, n'osant pas affronter le regard de son patron, appelant de tous ses vœux un éclair qui le foudroierait sur place, un abîme qui s'ouvrirait sous ses pas pour le faire disparaître.

Une main amicale se posa sur son épaule.

— Eh bien, te voilà un homme maintenant.

Il n'y avait pas trace d'ironie dans la voix du

Renat, plutôt comme une fierté émue. Il renouvela sa tape sur l'épaule en un geste d'adoubement viril : le gamin était désormais passé dans le camp des mâles…

Jordi releva la tête, le moral requinqué. D'accord, son dépucelage par une pute vieillissante d'un *bordell* de troisième zone n'avait rien de glorieux mais au moins il ne s'était pas dégonflé. Il avait assuré, à son corps défendant certes, ce qu'on attendait de lui et le résultat était là : comme le disait le Renat, il était devenu un homme, un vrai…

À cette pensée, et sans même en avoir conscience, il se redressa de toute sa taille, le menton conquérant, le pas martial, et il prit le chemin du retour en jetant des regards de droite et de gauche pour voir si quelqu'un dans la rue – ce rémouleur peut-être, ou cette *bugadera* pressée, son panier de linge à la hanche – se rendait compte de la transformation radicale qui venait de s'opérer en lui.

Ce soir-là, au lieu de rentrer directement dans la petite maison bossue de la route de Calce, ce qui faisait déjà une trotte, Jordi ne put résister au plaisir de faire un détour par le mas. Il fallait que Joan sache…

Lorsqu'il pénétra dans la cour à la nuit tombante, la famille prenait le frais devant la porte.

On avait sorti les sièges et le père écoutait Joan qui lisait à haute voix les nouvelles, L'Indépendant ouvert sur ses genoux. L'*avia* attendait patiemment que son petit-fils en ait fini avec le compte rendu de la séance de l'Assemblée, le récit de la prise de Fachoda par le capitaine Marchand et l'examen attentif des réclames de la dernière page qui vantaient les nouveaux outils agricoles enfantés par le progrès, avant de lui demander de lire le feuilleton quotidien « Le corso rouge ». Thérésina n'était pas visible, sans doute occupée à rêvasser à son prochain mariage dans sa chambre de jeune fille qu'elle allait bientôt quitter.

Joan fut étonné de voir son jumeau arriver à cette heure tardive. On ne l'attendait pas. Abandonnant un instant le journal, il le regarda saluer le père, la casquette à la main, un peu raide et compassé comme à chaque fois qu'il lui adressait la parole. Malgré les années, Jordi n'arrivait pas à se départir de cette réserve polie vis-à-vis de son géniteur. Rien à voir avec l'affectueuse complicité, même s'il y avait parfois des orages, qu'il entretenait avec le Cinto, père « adopté » plutôt qu'adoptif. Joan avait souvent la sensation étrange que, bien que jumeaux, son frère et lui n'avaient pas la même famille.

À une exception près cependant : l'*avia*, qui avait toujours aimé ses deux petits-fils de la même façon, avec peut-être même une petite préférence pour Jordi, pour « compenser ». Et celui-ci le lui rendait bien, perdant tout esprit frondeur devant la vieille dame en noir à qui il témoignait le respect le plus filial.

Malgré l'impatience qui se lisait ce soir sur son visage, il prit d'ailleurs le temps de l'embrasser tendrement, les deux bras autour du cou ridé, le nez dans son fichu sombre, comme le petit garçon qu'il se défendait d'être encore.

Ce ne fut que l'espace d'une seconde ; il se ressaisit aussitôt et c'est le Jordi de tous les jours, effronté et sûr de lui, qui vint inviter d'une bourrade son frère à le suivre :

— *Vine aqui, germa*, j'ai quelque chose à te dire…

Le rapport circonstancié qu'il fit de ce qui s'était passé l'après-midi dans la maison à la lanterne rouge du Vernet laissa Joan pantois. Un moment il crut même à une nouvelle facétie de son jumeau : Jordi maniait l'art du mensonge avec une habileté consommée, jouant la comédie avec un naturel et un aplomb qui parvenaient à tromper les adultes les plus prévenus contre lui… cependant jusqu'ici il ne lui avait jamais menti à lui, son autre lui-même, la « face solaire de Janus » comme l'avait qualifié un jour monsieur Bassède dans un élan de lyrisme pour le moins inattendu. Devait-il ou non prêter foi à ce qui pouvait apparaître comme vantardise pure et simple ?

Jordi dut jurer « croix de bois, croix de fer, si je mens je vais en enfer » et cracher au pied du figuier sous lequel ils s'étaient mis à l'abri des oreilles indiscrètes pour qu'il accepte de le croire. Les joues en feu, le souffle court, il écouta d'abord un premier récit, sincère sans doute, où son frère lui avoua entre deux ricanements gênés la honte et la panique qui l'avaient saisi, puis un second où Jordi se donnait le beau rôle et qu'il avait sans doute mis au point dans la charrette du retour vers Rivesaltes pour l'édification des garnements montés en graine qui constituaient son escorte habituelle. Au fur et à mesure qu'il racontait, Jordi s'échauffait, rajoutant des détails, ménageant des pauses où il se rengorgeait d'un air entendu pour laisser supposer qu'il y avait des choses que la modestie lui interdisait de dévoiler.

La nuit approchait à pas feutrés et les premières étoiles s'allumaient dans le ciel qui retrouvait des couleurs après la canicule blanche du jour. Le parfum lourd et sucré du figuier lui emplissant les narines, la flûte lancinante des grillons résonnant dans sa tête, Joan découvrait l'extraordinaire pouvoir des mots, un pouvoir jusqu'ici inconnu de lui, qui mettait le feu à son imagination et lui chatouillait bizarrement le ventre.

La lune était déjà haute lorsque Jordi quitta le mas. Joan avait bien protesté que, vu l'heure avancée, il n'avait qu'à rester dormir dans sa chambre, mais son frère était pressé de rentrer à Baixas pour raconter la version revisitée de ses exploits au Toni.

Il connaissait si parfaitement le chemin qu'il aurait pu le faire les yeux fermés mais l'*avia* tint à ce qu'il emportât une lanterne. Tout en lui tendant le *fanalet* allumé, elle lui souhaita une « Bonne nuit » de façon plus appuyée que de coutume, une affectueuse indulgence dans la voix. Quand même, une personne au moins avait remarqué qu'il y avait quelque chose de changé en lui, qu'il n'était plus le même !

8

La grève des cultivateurs
Va marcher avec vigueur
Mais nous en avons assez
D'être si mal payés

Chantons la carmagnole
Vive le son, vive le son
Chantons la carmagnole
Vive le son du clairon...

Dans l'air glacé de l'aube, la voix de Jordi résonnait haut et clair. Il sifflotait avec entrain le bis des premier et deuxième vers tout en marquant la cadence à coups de cisailles à long manche. Sur chaque rime un sarment tombait avec un claquement sonore. Le froid lui faisait les joues en carton et suspendait de petits glaçons à sa moustache mais il n'en continuait pas moins à chanter à tue-tête. Dans la rangée d'à côté, Joan retenait difficilement un sourire, s'émerveillant à part lui de l'extraordinaire vitalité de son jumeau… et de son sens de la provocation : plus loin dans la vigne, le père avait enfoncé sa casquette de velours jusqu'aux oreilles et relevé le col de sa vareuse, autant pour se protéger du froid que pour s'isoler des couplets révolutionnaires de son fils.

Le Midi viticole avait basculé comme le reste du monde dans le XXe siècle et la crise qui avait fait une apparition fugace en 1893 s'était installée durablement. Joseph Fabrègues, qui n'avait pas voulu tenir compte des mises en garde pessimistes du Cinto – surtout d'ailleurs parce qu'elles venaient de lui et qu'il préférait s'aveugler plutôt que de donner raison à ce « rouge » qui ne faisait même plus mystère de son adhésion au Parti ouvrier français –, était tombé de haut.

Les cours du vin avaient dégringolé jusqu'à huit francs l'hectolitre en 1901. La fraude par sucrage ou mouillage, la concurrence des vins algériens et italiens, la production d'eaux-de-vie de betterave freinant la distillation du vin excédentaire, le manque de vaisselle vinaire qui empêchait les vignerons de stocker et les obligeait à vendre vite et à bas prix, les taxes et les droits d'octroi, la campagne anti-alcoolique au nom de la santé publique après la publication de *L'Assom-*

moir de monsieur Zola… À la terrasse des cafés du boulevard Arago à Rivesaltes transformés en tribunes politiques, les arguments se croisaient, s'entrechoquaient. On se lançait mille raisons à la tête en cherchant fiévreusement les coupables, on commentait les éditoriaux des journaux, on se précipitait sur les comptes rendus des débats à la Chambre où les représentants de ce Midi qui s'était lancé avec tant d'enthousiasme dans la viticulture à grande échelle lors des décennies précédentes s'époumonaient pour obtenir des mesures d'urgence de leurs collègues qui traînaient les pieds. À chacun ses terres, à chacun ses électeurs.

Le député radical roussillonnais Jean Bourrat, dit *Toca-manetes*[45], faisait l'unanimité contre lui en prônant l'arrachage.

Et on se répétait, outré, cette apostrophe du député du Gard, Gaston Doumergue, à l'Assemblée : « On a planté beaucoup de vignes, on a négligé de planter en même temps assez de consommateurs. Voilà le mal ! »

Mais les vignerons qui faisaient leurs comptes répliquaient qu'ils produisaient moins en 1900 qu'en 1870, avant le phylloxéra… Fallait voir à pas les accuser !

45. Le serreur de mains.

La Chambre avait finalement adopté une loi renforçant le contrôle de l'État sur la production d'alcool… c'était peu mais ça avait suffi à redresser légèrement les cours, qui étaient remontés à seize francs en 1902 et même à vingt-quatre l'année suivante. Les propriétaires avaient repris espoir, renvoyant les Cassandre à leurs sinistres prédictions.

« Allons, avait triomphé Jepe, le ton toujours mesuré mais l'œil brillant, ce n'était après tout qu'une mauvaise passe, comme en 93 ! »

Debout dans la cour, les poings aux hanches, il avait lancé sa sentence comme un défi dans le vent, vers le couchant, dans la direction approximative de la petite maison bossue de la route de Calce.

La réponse du Cinto et de ses pareils ne tarda pas. Si les patrons refaisaient du profit, les ouvriers agricoles étaient de plus en plus mal payés sous prétexte de la crise. On leur avait enlevé trente centimes de l'heure et les graves gelées du printemps précédent avaient entraîné de nombreux licenciements. Ça ne pouvait plus durer ! Et de se mettre en grève pour obtenir une augmentation de salaire et une diminution du temps de travail. Dans le canton de Rivesaltes, ils étaient ainsi un bon millier sous l'impulsion de la Fédération des travailleurs agricoles du Midi à tenter le bras de fer…

Joseph Fabrègues avait cru pouvoir échapper à cette grève : quand les cours avaient chuté, il s'était vu contraint de se séparer de Roca et Ficelle. Oh, il avait fait les choses comme il fallait et ses deux ouvriers n'avaient pas eu à se plaindre ! Chaudement recommandé par lui, Pere Roca était entré comme régisseur chez les Besombes, qui comptaient parmi les plus grands propriétaires de Rivesaltes. Quant à Ficelle, il avait fait mentir toutes les mauvaises langues qui prétendaient que son surnom se référait à la taille de son cerveau : logé, nourri et blanchi au mas, ayant peu de divertissements en dehors, il avait économisé sou par sou un joli pécule qui lui avait permis de s'acheter une petite terre dans son village natal de Peyrestortes. Et lui qu'aucune fille n'avait jamais regardé du temps où il était ouvrier, il avait épousé, à la surprise générale, une veuve qui lui avait apporté en plus, dans la corbeille de mariage, une petite rente qui leur était bien utile maintenant que la vigne battait de l'aile.

Non, pas plus Roca que Ficelle – qui avait retrouvé soudainement son prénom de baptême de Mateu en même temps qu'il acquérait du bien – n'avait eu à regretter son départ du mas et Jepe, lui, s'était frotté les mains : n'avait-il pas deux grands fils pour le seconder ?

À dix-neuf ans, les jumeaux étaient désormais deux solides gaillards que le travail de la terre avait dotés de larges épaules bien découpées. Le regard droit sous des sourcils fournis, la moustache brune et virile ombrant une bouche sensible pour Joan, un rien canaille pour Jordi, c'étaient même de sacrés beaux gars qui faisaient tourner bien des têtes. Mais de cela, Jepe, qui avait fait jeunesse avant eux et qui savait combien il était pénible d'avoir son père sur le dos quand on voulait s'amuser, ne se mêlait pas.

Ils abattaient une rude besogne sans rechigner et c'était l'essentiel. Et ils avaient tous deux le sens du vin. Jepe n'était pas peu fier de les entendre comparer l'exposition des parcelles, de les voir égrener les mottes afin de trouver l'équilibre parfait entre l'argile et le calcaire qui ferait un terroir idéal, et apprécier le degré du moût au sortir du fouloir, et calculer le moment exact où il fallait arrêter la fermentation en ajoutant de l'alcool pour donner naissance au meilleur vin doux…

Un moment, il avait craint de perdre Joan. Le petit avait toujours été doué pour les études et Dieu sait de qui il pouvait tenir ça ! Il avait obtenu son certificat haut la main et le directeur de l'école en personne était venu au mas pour essayer de convaincre Jepe d'envoyer son fils au lycée à Perpignan. Monsieur Bassède assurait que

Joan n'aurait aucun mal à réussir le concours des bourses et qu'il serait bien dommage de ne pas saisir une telle opportunité.

Finalement, c'est Joan lui-même qui avait décliné l'offre : il était très reconnaissant à monsieur Bassède de s'intéresser à lui mais il ne voulait pas quitter la terre.

Jepe avait été soulagé. Non qu'avoir un ingénieur dans la famille lui aurait déplu, et il en connaissait plus d'un dans le canton qui en aurait été vert de jalousie, mais un « monsieur » de la ville en costume et souliers pointus ne l'aurait pas beaucoup aidé pour la taille ou les labours !

Donc Joan était resté et à eux trois ils arrivaient à faire tourner le mas. Comme le répétait avec envie Augustin Mestres, dont le fils aîné avait tiré un mauvais numéro et était parti faire ses trois ans à l'armée : « Heureux qui peut se permettre de n'embaucher des ouvriers que pour les vendanges ! »

Et c'était sans doute vrai… à condition d'avoir un autre fils que Jordi !

Comme faisant écho aux pensées de son père, celui qui pour beaucoup, malgré les années et le poil au menton, était resté la *closca*, haussa encore la voix pour entonner la strophe finale :

Certains bourgeois auraient voulu
Nous faire tomber sur le… nez

Mais leur coup a raté
Nous sommes tous syndiqués !

Chantons la carmagnole
Vive le son, vive le son
Chantons la carmagnole
Vive le son du clairon...

Et de sonner ironiquement la charge le pouce entre les lèvres, l'auriculaire levé vers le ciel qui avait hissé ce bleu si profond qu'on ne voit qu'en hiver quand aucune brume de chaleur ne vient en troubler la pureté. Le Canigou, encapuchonné de blanc jusqu'aux Aspres[46], se détachait sur l'azur, divinité tutélaire majestueuse dont la masse formidable écrasait de son indifférence les soubresauts qui révolutionnaient la plaine à ses pieds.

Jordi fit retentir un nouveau coup de « clairon » narquois. Bella, la jument qui avait remplacé à l'écurie Bijou, mort l'année précédente, leva la tête du brin d'herbe qu'elle était en train de débusquer entre deux pierres.

Jepe serra les dents, tâchant de se concentrer sur le pied de vigne qu'il taillait à coups de cisailles précis. Deux ou trois yeux de « réparation » par courson et, clac, le sarment tombait. Un

46. Contreforts du massif.

cep équilibré devait affecter la forme d'une coupe et le symbole lui plaisait.

Le soleil de janvier poursuivait sa courte ascension, faisant fumer la terre qui se réchauffait peu à peu. Deux rangées plus loin, largement devant car sa taille avait suivi le rythme de sa chanson, Jordi était reparti pour une nouvelle *Carmagnole des ouvriers agricoles*. Jepe jura à mi-voix en décapitant un sarment avec une ardeur renouvelée.

Il n'aurait jamais dû laisser le gamin si longtemps chez ce rouge de Jacinto Marti. Le petit en avait adopté les idées et les façons.

Quand il était revenu pour de bon au mas, à seize ans, il avait ainsi refusé tout net d'habiter dans la maison. Pourtant, Jepe lui avait aménagé la chambre en face de celle de Joan, au premier étage. Jordi ne lui avait même pas jeté un regard. Traversant la cour d'un pas décidé, il était allé poser son sac dans la soupente au-dessus de l'écurie. Une paillasse, un édredon rouge, une caisse retournée pour poser la lampe à pétrole, une table branlante pour écrire, une chaise et une planche sur des briques empilées pour ranger les brochures syndicales ou politiques qu'il ramenait des réunions auxquelles il se faisait un devoir d'assister, la *République sociale* du socialiste narbonnais Ernest Ferroul et aussi un gros livre rouge avec des arabesques dorées sur la couverture que Joan avait reçu à la distribution des prix et qu'il lui avait offert, *La Jangada* de Jules Verne, et il s'était fait sa tanière. Jepe avait protesté : « Que diront les voisins s'ils apprennent que je loge mon fils comme un simple ouvrier ? »

Jordi avait ricané. « Si c'est la seule chose qui vous inquiète, père, je crains que vous n'alliez au-devant de graves désillusions ! »

Jamais un mot grossier mais toujours cette politesse cinglante et glacée comme la tramontane d'hiver.

Cap de burro[47] ! Ma pauvre Lucie, qu'as-tu fait là ? Et que t'ai-je laissé faire ?

Depuis, pas un repas sans l'entendre répéter les revendications de ses camarades en grève, pas un rassemblement – un « mitingue » comme il disait – sans qu'il fût au premier rang, aux côtés du Cinto et de son fils Toni.

Heureusement, malgré ses mots d'ordre révolutionnaires entonnés à toute heure du jour, il continuait, lui, du moins, à travailler…

C'est alors qu'un groupe apparut sur le chemin qui bordait la vigne sur son petit côté. Jepe se redressa en se tenant les reins. *Bon Déu*, chaque année la terre se faisait plus basse ! Il allait avoir

47. Tête de mule !

cinquante ans en octobre et son dos payait le tribut des longues heures passées courbé sur les vignes pour tailler, biner, soufrer, sulfater, vendanger… Et encore devait-il s'estimer heureux : dans son jeune temps, il aurait dû partir faire la guerre aux Prussiens et Dieu sait dans quel état il serait revenu… s'il en était revenu ! Mais son père, qui sentait peut-être sa fin prochaine, s'était saigné aux quatre veines pour lui acheter un remplaçant et le garder au mas. Deux ans plus tard, on retrouvait le vieux allongé face contre terre à côté de sa charrue. Le cœur, avait dit le docteur appelé par les gendarmes.

Jepe passa machinalement la main sous sa veste de gros velours et tâta sa poitrine. Tant que la breloque marcherait, ça irait…

En bas de la vigne, le groupe se rapprochait. Jepe plissa les yeux pour essayer de distinguer les nouveaux venus. Il y avait là le Nissou du mas Rombeau, Bastouil et Jorda, et le « Menut » du mas Barrère… Tous des jeunes. De là où il était, Jepe ne parvenait pas à mettre un nom sur chacune des silhouettes mais il était sûr de connaître tous ces garçons. À l'occasion, certains comme Jorda avaient même travaillé pour lui. Des ouvriers en grève.

Jepe fit la grimace quand il vit qui les menait, le mouchoir rouge noué autour du cou et le bâton à la main. Il n'aimait pas le Pepi Mercader, et il n'était pas le seul. On disait qu'il avait du sang gitan dans les veines et qu'il était prompt à sortir le couteau au moindre mot un peu haut ; la vérité c'est qu'il avait la langue bien pendue et qu'il savait comme pas un entraîner ses « camarades » dans la direction qu'il avait choisie. En général la plus radicale. Quand on le voyait apparaître, sûr, la bagarre n'était pas loin.

Malgré leurs différences d'opinions, Jepe avait du respect pour le Cinto, pas pour Pepi qu'il aurait bien voulu écraser sous le talon de sa chaussure comme le serpent qu'il était !

Brandissant son bâton, mi-salut mi-menace, le Pepi héla Jordi :

— Alors, Fabrègues, on a rejoint son camp ? Celui des jaunes…

Jordi eut un haut-le-corps sous l'insulte. Laissant tomber ses cisailles, il se précipita à grandes enjambées vers le provocateur.

De sa rangée, Joan fit un geste comme pour le retenir mais son frère l'ignora et alla se planter, le regard sombre et les poings faits, devant le Pepi goguenard.

— Répète un peu ce que tu viens de dire.

L'autre ne se laissa pas intimider.

— Si tu étais de notre camp comme tu le cries sur tous les toits, tu serais avec nous en train de faire le tour des vignes pour débusquer les briseurs de grève et pas ici avec tes cisailles et ton *amo* !

— C'est pas son patron, c'est son père, intervint Jorda à voix basse en jetant un regard effaré vers « maître Joseph » qui observait la scène à distance. C'est pas pareil…

Mais le Pepi n'avait pas l'intention de se taire. Il avait visiblement préparé sa tirade et rien ni personne ne pourrait l'empêcher de la lancer à la face de ce faux jeton de Jordi Fabrègues. Il haussa même le ton pour être bien entendu de tous les présents :

— Justement, Fabrègues, c'est là le problème. Tant qu'il s'agit de parler, tu es un ouvrier, mais quand il faut agir, alors là tu te souviens que tu es fils de maître !

L'apostrophe souleva quelques murmures mais Joan n'aurait pu dire si c'était d'assentiment ou de réprobation. Le dos de son frère se raidit et il vit ses muscles jouer sous son paletot élimé aux coudes, prêt à bondir. Joan fit un pas en avant pour le retenir mais, sans même se retourner, Jordi lui fit signe qu'il maîtrisait la situation. Cela, Joan n'en doutait pas… mais ce qui l'inquiétait, c'était plutôt de savoir jusqu'où sa fougue entraînerait son jumeau !

— À la réunion, hier soir, au bourg, reprit Jordi, je ne me souviens pas qu'il ait été question de ces « patrouilles »…

— On n'a pas besoin de syndicat pour savoir ce qu'on a à faire ! C'est pas à eux de décider…

— Et c'est à qui ? À toi peut-être…

Le mépris incommensurable avec lequel il avait prononcé le « toi » frappa le Pepi en pleine face. Ceux qui l'avaient suivi jusqu'ici reculèrent d'un pas, déjà prêts à l'abandonner. Le Gitan tenta désespérément de reprendre l'avantage. Se redressant sur ses ergots, il fanfaronna :

— Pourquoi pas… Ça t'ennuie ?

— Ce qui m'ennuie, c'est que pour un représentant d'ouvriers agricoles tu n'as pas passé beaucoup d'heures à travailler dans une vigne cette année !

La voix dangereusement calme, Jordi détachait chaque mot avec soin et chacun d'eux, atteignant sa cible, faisait se décomposer un peu plus le Pepi.

— C'est vrai que la contrebande de cigarettes, ça prend du temps… Faut s'en occuper…

Le Gitan était d'ordinaire plutôt beau gosse et plus d'une fille, un peu trop naïve, s'était laissé prendre au velours qu'il savait mettre dans son regard sombre… avant de s'en repentir amèrement. Mais en ce moment précis, la jalousie qui le dévorait et qui crispait ses traits le rendait laid. Il éructa :

— Ce qui te défrise, c'est que c'est pas toi qui commandes…

La réponse lui vint non de Jordi mais d'une voix derrière lui :

— … en fait on préférerait. Sans mentir, Jordi,

on a confiance en toi. Allez, comme au bon vieux temps…

Joan reconnut l'enragé aux genoux cagneux qui voulait tellement en découdre avec les garnements de Peyrestortes, celui qu'on appelait « Quimet ». Il avait grandi mais son œil crevé lui donnait toujours cet air un peu sournois qui faisait qu'on s'en méfiait. Pourtant c'est le respect qu'on pouvait lire dans le regard qu'il posait sur Jordi.

— Dis-nous ce qu'il faut faire et on te suivra. Tous. Pas vrai, vous autres ?

Les « autres » opinèrent bruyamment. Oubliant le Pepi, muet de rage, ils se précipitèrent pour entourer Jordi, chacun voulant parler plus haut que l'autre pour clamer son allégeance. Levant les deux mains devant son visage, Jordi les fit taire en riant :

— D'accord, d'accord… je viens avec vous.

Puis, redevenant sérieux :

— Mais pas de conneries. Ce n'est pas en jouant les gros bras et en brandissant des gourdins qu'on obtiendra satisfaction, du moins pour l'instant. Laissez le syndicat négocier avec les propriétaires, les camarades savent faire et déjà dans certains villages ils ont eu gain de cause. On va y arriver… Sans vous, sans nous, les propriétaires ne suffiront pas à la tâche…

— Les petits peut-être, mais les gros ? s'inquiéta le Nissou du mas Rombeau. Ils menacent de faire venir des hommes d'Espagne !

— S'ils le font, alors il faudra changer de ton. En attendant, jetez vos bâtons... Le petit père Combes[48] cite notre mouvement en exemple, c'était écrit dans *L'Indépendant*. Il faut que ça continue si on ne veut pas voir débarquer la troupe. Je sais, Quimet, que ça ne te déplairait pas de faire le coup de poing avec les pioupious mais eux, ils ont des fusils Lebel ! Alors, *calma !*

Ils promirent en se congratulant, bras dessus, bras dessous, sûrs déjà de la victoire. Joan se revit soudain assis à son pupitre à l'école, son livre d'histoire ouvert devant lui au chapitre sur la Révolution française, fasciné par une illustration reproduisant un tableau célèbre : *Le Serment du jeu de paume*. Le cadre était différent, les personnages aussi, pourtant l'élan était le même, brouillon, confus mais sincère et exalté.

Seul le Pepi restait à l'écart. Le visage convulsé de rage, il s'était reculé jusqu'à un taillis de chêne kermès aussi épineux que son caractère pour observer la scène. Il avait solidement empoigné son gourdin à deux mains et paraissait balancer sur ce qu'il allait en faire. La haine qui flambait dans ses yeux fit frissonner Joan qui ouvrit la bouche pour prévenir son jumeau... Mais, se voyant surpris, le Pepi laissa retomber son bâton. Ce n'était pas le bon moment.

48. Le président du Conseil.

Les exclamations redoublèrent. Le Gitan cracha par terre et, contournant silencieusement le taillis, se retira sans attirer l'attention.

Déjà les autres entraînaient Jordi. Il fallait l'avertir. Pris d'un sinistre pressentiment, Joan tenta de retenir son frère. Il le saisit par la manche.

— Que vas-tu faire avec eux, *germa* ? Le Gitan n'a pas tort : tu n'es pas ouvrier... À la mort du père, tu seras patron !

— Moi *amo* ? Jamais !

— Tu hériteras du mas avec moi.

Jordi se dégagea en souriant.

— Il ne peut y avoir qu'un seul maître et ce sera toi... *mestre Joan Fabrègues !*

— Tu ne peux pas renier ton nom, Jordi Fabrègues...

— Et toi, ne renie pas ta terre... Tu n'as pas l'air de te rendre compte : si on ne réagit pas, la vigne en mourra !

Happé par vingt mains, réclamé par dix bouches, il s'éloignait déjà. Reprenant en chœur la *Carmagnole des ouvriers agricoles*, les grévistes mirent le cap sur Rivesaltes.

Bella qui attendait toujours, attelée à la charrette, hennit doucement.

Dans le haut de la vigne, les cisailles cliquetaient à nouveau furieusement. Le père s'était remis au travail.

9

Le flaviol entama sur une note haute et aigrelette qui sonnait le début de la danse. Garçons et filles entremêlèrent leurs mains pour le *ball*. Une lutte sourde, à grand renfort de sourires en coin et de coups de coude discrets, opposait trois demoiselles d'ordinaire fort amies mais qui pour l'heure étaient à deux doigts d'en venir aux cheveux. C'est que l'enjeu était de taille : il s'agissait de savoir laquelle aurait l'honneur d'occuper la place tant convoitée entre les jumeaux Fabrègues.

Cette danse traditionnelle catalane voulait en effet que les filles, prenant appui sur les épaules des garçons qui les flanquaient de part et d'autre, soient soulevées par ceux-ci à intervalles réguliers. Être portée aux cieux par les bras, forts et doux à la fois, de Joan et Jordi était un privilège très disputé. D'abord ils étaient d'égales taille et vigueur et on ne risquait pas de se retrouver à gigoter là-haut de guingois devant tout le bourg à s'en rendre ridicule. Et ensuite ils étaient beaux garçons, ce qui ne gâchait rien.

Cette fois, c'est la Madeleine Abelanet qui fut la plus rapide. Elle vint se glisser, la coiffe un peu de travers et les joues roses d'émotion, entre les deux frères qui avaient attendu patiemment la fin de la dispute, en habitués.

À chaque bal, c'était la même histoire et les anciens, assis tout autour de la place de la mairie sur les chaises qu'ils avaient apportées de chez eux, commentaient les manœuvres des jeunes filles à marier à voix basse, l'œil sévère ou attendri selon qu'ils trouvaient leur conduite trop provocante ou que le souvenir de leur propre jeunesse leur faisait écraser une petite larme. Âgés de vingt ans maintenant, les Fabrègues étaient de beaux partis et celles qui réussiraient à se faire passer la bague au doigt n'auraient pas à se plaindre.

Surtout avec Joan. Intelligent, posé, sérieux, les éloges pleuvaient à son égard. C'était à se demander s'il avait un seul défaut. Pas assez audacieux peut-être, auraient soufflé toutes celles qui lui faisaient les yeux doux et attendaient en vain qu'il leur volât un baiser.

Ah, ce n'était pas comme le Jordi ! À la *closca*, il ne fallait pas lui en promettre. Nul besoin de lui balancer longtemps son jupon sous le nez, autant agiter la cape rouge sous celui du taureau ! D'ailleurs pas une ne résistait. Un seul sourire qui illuminait d'un éclair blanc son visage tanné par le travail au grand air à travers sa moustache sombre et la jeune fille la plus sage s'abandonnait à des rêves dont elle n'aurait jamais osé parler à son confesseur !

Elles avaient beau le savoir *gran parlador*[49], coureur, farceur, porté à l'occasion à boire plus que de raison lorsque la passion des débats lui donnait soif, ne reculant alors devant aucune frasque avec ses compagnons de beuverie, aimant terroriser le bourgeois et « casser du curé »... elles ne s'en laissaient pas moins prendre à son charme de « mauvais sujet ».

Joan séduisait les parents mais c'était Jordi qui faisait succomber les filles. Toutes. Les Marie, les Marguerite, les Madeleine, les Clara et les Léontine. Même la timide Anna Maria Mestres du mas Blanc qui, étant sa voisine, le voyait pourtant presque tous les jours et cependant ne pouvait répondre à son salut sans rougir. Et même la cadette des Py, une des plus grandes familles de Rivesaltes, qui lui glissait des regards alanguis en se cachant de ses parents derrière son ombrelle.

Bien sûr, hormis quelques gourgandines dont la réputation était de toute façon déjà perdue,

49. Beau parleur.

aucune n'aurait osé aller plus loin que quelques rubans défaits et un corsage froissé par des mains pressantes dans le coin obscur d'une cave ou au fond d'un *casot*[50] en bord de vigne, en cachette évidemment sous peine de recevoir des mains paternelles la raclée de sa vie. Mais leur imagination enfiévrée prenait la suite et une œillade, un frôlement leur faisaient la semaine. Alors une main au creux de la taille qui vous soulève comme une plume lors du *ball*, il y avait de quoi nourrir les rêves de plusieurs nuits !

Cette fois, pour la fête du village, c'était donc au tour de la Madeleine Abelanet de faire pâlir d'envie toutes ses amies. Elle s'appliquait à se faire la plus légère possible, bien cambrée pour un envol gracieux, les pieds pointés dans les *vigatanes* rouges haut lacées, et son rire perlé saluait triomphalement chaque ressaut.

Mais le *ball*, c'était bon pour les demoiselles effarouchées, celles que la fréquentation de l'école des sœurs du Saint-Sacrement avait entretenues dans la méfiance du mâle. Les autres, celles à qui le contact d'une main ne suffisait pas, attendaient impatiemment que les danses traditionnelles qui débutaient ainsi chaque bal pour permettre aux anciens de ne pas regagner leur lit trop tard cèdent la place aux danses plus

50. Cabane.

modernes comme la polka et surtout la mazurka, qui permettait aux garçons de serrer la taille de leurs cavalières un peu plus qu'il ne faudrait en toute impunité.

Alors, à la nuit tombante, sous le platane de la place de la mairie dont on avait dû tailler une des grosses branches, trop longue, qui arrêtait les aiguilles de l'horloge, quand l'ombre se faisait obscurité, les corps se rapprochaient et les yeux pouvaient sc parler sans contrainte.

Seulement ce soir-là, ces demoiselles en furent pour leurs frais de toilette. Neuf heures n'avaient pas encore sonné au clocher de l'église qu'une vingtaine d'hommes se regroupaient au coin de la Boucherie et charcuterie centrale et hélaient Jordi avec de grands moulinets de bras. C'était l'heure de la réunion.

Profitant de ce que les musiciens de la *cobla*[51] faisaient une pause pour se rafraîchir le gosier avant d'entamer une nouvelle série de danses, Jordi prit distraitement congé d'une Madeleine Abelanet en nage et fort dépitée et, entraînant son frère après lui, rejoignit ses camarades qui quittaient déjà la fête. Et tant pis pour la musique qui énervait les cœurs, tant pis pour le magnifique ciel d'août étoilé qui invitait les amoureux à la promenade…

51. Orchestre catalan.

Les anciens qui profitaient encore un peu de la fraîcheur du soir, si reposante après la canicule de la journée, avant d'aller se glisser dans leurs draps, se poussèrent du coude en voyant les mines des jeunes filles s'allonger.

— *Mira les noies*[52], ricana le *padri* Cazals appuyé des deux mains sur sa canne, la *closca* les a laissées le bec dans l'eau… Pas de *passejada*[53] ce soir, il ne leur reste plus que les yeux pour pleurer ! Ah, si j'avais quelques années de moins, j'irais bien en consoler quelques-unes !

— Non mais, écoutez-le, ce vantard, se récria son compère Trilles en s'étranglant de rire dans le grand mouchoir avec lequel il était en train d'essuyer son front dégarni mouillé de sueur. Mais tu tomberais raide mort avant la fin de la première danse !

— Parle pour toi, ronchonna le vieux tonnelier, j'ai de beaux restes… J'en étonnerais plus d'un, « môssieur » Trilles !

— Allez, tu te fais du mal… Et puis avec ce qui se passe, comment veux-tu avoir le cœur à ça ? Ah, je ne sais pas comment font les jeunes : ils mettent autant de rage à danser qu'à manifester ! *Mira* le Menut du mas Barrère, épais comme une brindille que c'est tout juste s'il ne s'envole pas

52. Regarde les jeunes filles.

53. Promenade.

les jours de tramontane… cet après-midi il attaquait le *Babau*[54] de carton avec entrain au trou du *forn*, tout à l'heure il suait à grosses gouttes lors du *ball* pour soulever la Mimi de l'Angèle qui doit pas peser loin du quintal, et le voilà parti pour la réunion avec les pieds qui lui dansent encore !

— Ah, ce sont de braves petits ! C'est pas drôle d'avoir vingt ans aujourd'hui avec cette crise que bientôt on en arrivera à laisser pourrir le raisin sur la vigne, ça coûtera moins cher ! *Mare de Déu*, à sept francs l'hectolitre, c'était bien la peine de tout replanter après ce bon Dieu de phylloxéra ! Ça vaut même plus le soufre et la bouillie bordelaise qu'on met dessus.

— Et il paraît que, cette année, les cours vont encore chuter. On parle de six francs l'hectolitre…

À l'énoncé de ce chiffre misérable, les deux vieux secouèrent la tête, accablés. Trilles replia soigneusement son mouchoir humide avec un soupir :

— Si j'avais à nouveau leur âge et si c'était à recommencer, je ferais pas de la vigne… Je me ferais marin et je partirais aux colonies, comme le docteur Parès quand il était jeune… Il paraît qu'il

54. Monstre légendaire qui avalait les enfants. Figure principale du folklore rivesaltais dont une représentation est lapidée lors de la fête du village.

était médecin sur une canonnière qui a remonté un fleuve chez les nègres, au Gabon… Et regarde, maintenant les vins d'Algérie viennent concurrencer les nôtres. L'Afrique, c'est l'avenir. Ici c'est fini, le Midi est en train de crever…

— Mais vas-tu te taire, vieux corbeau, oiseau de malheur ? Si on se serre les coudes, si on est tous unis, il faudra bien que ces messieurs de la Chambre les prennent, ces fichues mesures contre la fraude. C'est de la terre à vigne ici, le bon Dieu l'a faite pour ça ! On a toujours fait du vin et on continuera…

Comme il achevait sa fière tirade, le dernier coup de neuf heures sonna au clocher de Saint-André. Il y eut un mouvement, des raclements de chaise sur le bord du trottoir, des bonsoirs échangés : il était l'heure pour les anciens de rentrer, leur siège sous le bras. Trilles étouffa un gémissement en soulevant le sien. Mal de dos, mal du vieux vigneron !

Avisant une ombre sous le porche à côté de l'hôtel de ville, le *padri* Cazals le houspilla :

— Prends exemple sur l'Estève Ribera. Bien ou mal, crise ou pas crise, tout lui va…

Et levant sa canne en guise de salut, il appela :

— *O Estève, com vas ?*

L'Estève ne répondit pas par son « *Vaig bé* » habituel ; il se contenta de lever une main machinale avant de disparaître dans l'ombre du porche, vers les ruelles du vieux village qui tournaient autour de l'église pour « casser » le vent. Il est vrai que les musiciens de la *cobla* avaient repris leur souffle et menaient un train d'enfer aux danseurs, si bien qu'on ne s'entendait plus guère !

Au départ, la réunion était prévue comme d'habitude chez Jorda dont la remise pouvait contenir à l'aise une douzaine de personnes, trente en se serrant, mais finalement on décida de rester dehors, sur la place où se tenait le marché tous les lundis, à la fraîche, autour de la fontaine qui laissait couler de sa conque de pierre une eau murmurante. Il n'y avait là que les plus engagés dans le mouvement, ceux qui voulaient agir et piaffaient d'impatience, trouvant que les choses n'allaient pas assez vite à leur goût. Jordi bien évidemment était de ceux-là, et doublement puisqu'il se partageait entre Rivesaltes et Baixas où le Cinto menait aussi le combat. Gagné par l'enthousiasme de son frère, Joan se laissait volontiers entraîner dans ces débats où les orateurs s'échauffaient mutuellement et au terme desquels le gouvernement finissait immanquablement cloué au pilori et les prolétaires de la vigne vainqueurs grâce à leur union fraternelle, tout en se demandant où tout cela pourrait bien mener. Jordi lui reprochait son scepticisme, Joan répondait qu'il faisait simplement usage de sa raison, mais comme disait la Tata Lali : « *Els germans s'estiren els cabells i no es fan mal*[55] », et leurs désaccords ne les empêchaient pas de se rendre à toutes les réunions, comme ce soir-là, bras dessus, bras dessous.

Le Miquelet Serradell et son cousin Giralt, qui n'avaient jamais pu danser en rythme et fuyaient par conséquent les bals, étaient déjà adossés à la façade du bureau des « Postes, Télégraphes et Téléphones », comme l'indiquaient les lettres capitales peintes au-dessus des fenêtres du rez-de-chaussée, près de l'affiche vantant la Caisse d'épargne postale ; le journal déplié entre eux deux, ils découvraient les nouvelles du jour à la lumière jaune d'un réverbère.

— Vous avez vu qu'ils ont sorti les fusils en Bretagne ? les interpella le Miquelet tandis que son cousin, qui n'avait jamais été très doué en lecture du temps où il usait, contraint et forcé, ses fonds de culotte sur les bancs de l'école, en était encore à déchiffrer l'article de *L'Indépendant*. Dans plusieurs patelins, ils se sont barricadés dans l'église pour empêcher les agents de l'État de faire l'inventaire ! Le préfet du coin veut envoyer les pompiers pour les déloger... Moi, à leur place, j'irais pas ! Z'ont toujours été

55. Les frères se tirent les cheveux mais ne se font pas mal.

plus royalistes que le roi et plus catholiques que le pape là-bas… D'ici qu'ils leur tirent dessus ! Crever pour un encensoir et deux chandeliers, très peu pour moi…

— C'est pas ici que ça arriverait, répliqua fièrement le Menut en allumant une cigarette. On a quand même été les premiers à installer une cloche à l'hôtel de ville pour sonner le glas lors des enterrements civils ! Le docteur Parès y est allé carrément… Jusqu'aux journaux de Paris qui en ont parlé ! *L'Aurore*, celui du « J'accuse » de Zola, l'a même donné en exemple à la France entière.

— Ça a fait un de ces baroufs quand même, se gondola Jorda qui les avait rejoints à son tour. L'évêque était *furios*. Comment il a dit déjà ?… une « grotesque parodie » ! Qui sait si *Mossen* Vidal ne va pas sortir sa pétoire pour défendre la réserve de scapulaires de sa confrérie du Mont-Carmel ? Vous imaginez la Marquière en train de menacer les gendarmes avec son face-à-main !

La marquise de Lavaur, la « Marquière » comme on l'appelait, était un personnage à Rivesaltes. Elle n'hésitait pas à faire déplacer l'évêque pour bénir ses nombreuses vignes et lorsqu'elle entrait dans l'église, la messe s'arrêtait jusqu'à ce qu'elle se soit assise.

— Moi, j'aimerais bien faire l'inventaire de l'école des sœurs, renchérit le Menut avec un sourire graveleux.

— De toute façon avec la crise, la séparation de l'Église et de l'État, c'est pas notre problème, trancha Jordi en haussant les épaules. Ces histoires de cloches, ça arrange bien le « lapin de Tautavel[56] ! » et sa clique radicale, histoire de détourner l'attention des vrais problèmes. Mais on ne s'y laissera pas prendre : on a d'autres lois à faire voter, nous ! Allez, venez, vous autres.

Ils suivirent docilement et s'installèrent autour de la fontaine, qui sur un banc que Jorda avait tiré de sa remise, qui sur la margelle, qui par terre. Après tout, ce n'était pas une réunion officielle, la vraie aurait lieu dans deux jours au café Dabèze avec toutes les formes et la solennité nécessaires. Ils voulaient seulement se mettre d'accord sur ce qu'ils y diraient…

— Donc, comme vous le savez, le troisième congrès de la Fédération des travailleurs agricoles du Midi aura lieu du 13 au 16 août…

D'un bond, Jordi était monté sur la margelle plate pour lancer le débat. Joan se cala confortablement le dos contre l'écorce écaillée d'un platane : il adorait écouter son jumeau discourir. Jordi n'élevait jamais la voix, ne tonnait jamais, un doigt pointé vers le ciel, ne prenait jamais de

56. Surnom donné au docteur Parès, originaire de ce village des Corbières, pour sa capacité à rebondir.

pose avantageuse, la main sur le cœur, comme aimaient à le faire certains orateurs du syndicat ; il parlait d'une voix égale, le regard intense, tellement imprégné du sujet qu'il voulait développer, tellement convaincu qu'il n'avait aucun mal à convaincre les autres, par contagion. C'était fascinant de voir ses auditeurs suspendus à ses lèvres tandis qu'il déroulait le fil de son discours et les amenait à la conclusion qui s'imposait.

Cette fois-ci cependant, il fut interrompu par le bruit d'une cavalcade dans la rue.

Pascual Balaguer et le « Féfé » Camps déboulèrent sur la place en pouffant de rire, ce qui ne fut pas du goût de Raymond Gendre, lequel apostropha vertement les deux retardataires :

— C'est à cette heure-ci que vous arrivez ? On avait dit neuf heures… Et évidemment, même pas un mot d'excuse ! Cette jeunesse n'a aucun respect…

Le Raymond avait la quarantaine et militait déjà depuis plusieurs années. Chargé de famille, il perdait souvent patience devant l'insouciance de ses jeunes camarades, de ces deux-là en particulier, il fallait bien le dire, qui avaient l'air de ne rien prendre au sérieux…

— Mille excuses, Raymond, bouffonna le Féfé en ôtant son béret d'un geste large comme s'il s'agissait d'un haut-de-forme à huit reflets, mais nous avons été retenus par notre devoir… Il fallait bien que quelqu'un console les demoiselles déçues par le départ sans tambour ni trompette de notre bourreau des cœurs !

— On leur a fait faire un tour de piste à chacune, expliqua le Pascual, un sourire béat aux lèvres. On n'a jamais eu autant de succès : elles se sont jetées sur nous comme la misère sur le pauvre monde !

— La Marie Longues-Jambes n'a pas arrêté de me frôler, renchérit le Féfé en roulant des yeux concupiscents. Je vous dis pas l'état dans lequel ça m'a mis… Elle en voulait, la drôlesse ! Ah, si j'avais pas promis de venir à la réunion…

— *Qui té més qué callar, sempre és qui més enraonar*[57] *!* lança une voix moqueuse. *Mira* le Jordi, lui, il fait mais ne dit rien…

Jordi ne répliqua pas. Depuis son dépucelage précoce dans la maison de passe du Vernet, sa réputation était faite et même s'il avait bien moins de bonnes fortunes que ses camarades lui en prêtaient, il laissait dire, se drapant dans un silence entendu qui permettait toutes les interprétations et donnait naissance aux rumeurs les plus folles qui flattaient son orgueil de mâle.

Il attendit donc quelques minutes avant de couper court aux commentaires égrillards des uns et des autres :

57. Qui devrait le plus se taire est toujours celui qui parle le plus !

— Bon, la récréation est terminée. Et si on en revenait aux choses sérieuses ? On a un congrès à préparer, je vous le rappelle. Il serait peut-être temps de réfléchir avec ce qui vous sert de cerveau plutôt qu'avec ce que vous avez dans le pantalon !

Mouchés, les jeunes se turent tandis que les « vieux » ricanaient en silence. Dans le calme revenu, Jordi put entrer dans le vif du sujet :

— Vous savez que le député Bartissol vient de proposer de créer une association pour vendre directement le vin aux consommateurs…

— Comme si l'idée venait de lui ! grommela Raymond Gendre entre ses dents. Les socialistes l'ont eue bien avant et ils ont réussi à écouler leur production auprès de leurs coopératives de consommation de la région parisienne…

— Peu importe qui a eu l'idée, le coupa Miquelet Serradell, si ça marche ! Ce n'est pas parce que Bartissol est un homme d'affaires et un conservateur qu'il faut forcément rejeter sa proposition. On n'est pas en mesure de faire la fine bouche…

La discussion devint générale. La crise s'aggravant, les propriétaires avaient rejoint leurs ouvriers dans la contestation, prenant au passage la tête du mouvement, ce qui n'était pas du goût des vieux syndicalistes comme Raymond Gendre ou le Cinto qui craignaient suivant leur propre expression de se faire, à l'arrivée, « cocufier » par les patrons !

La population se divisait en deux camps : il y avait ceux, pragmatiques, qui pensaient que rien ne pourrait se faire sans l'union de tous ceux qui vivaient de la vigne et que les grands propriétaires auraient peut-être suffisamment de poids politique pour faire enfin pencher la balance du bon côté. Et ceux qui se méfiaient d'eux, ayant eu un aperçu de leur « loyauté » lorsqu'ils avaient dénoncé les accords passés avec les ouvriers grévistes l'année précédente. Comme c'était commode de montrer du doigt le sucrage abusif et la fraude qui cassaient les cours, du coup on ne parlait plus des salaires !

On avait bien vu les limites de leur engagement lorsque certaines municipalités de l'Aude avaient envisagé de démissionner et de proclamer la grève de l'impôt. Les propriétaires avaient refusé de ravitailler la caisse chômage et l'initiative avait capoté. Non, décidément, il n'y avait rien à attendre d'eux. Il valait mieux agir chacun de son côté.

C'était à chaque fois les mêmes arguments, les mêmes invectives qui ne menaient à rien… Toujours perché sur la margelle de la fontaine, Jordi tenta de relancer le débat :

— Bon gré mal gré, on est tous dans le même bateau et nous serons sauvés ou nous coulerons tous ensemble… On réglera les comptes avec les patrons après. En attendant, est-ce que quelqu'un a des propositions concrètes à faire pour le congrès ?

Le silence qui accueillit ses paroles permit d'entendre, au loin, par-delà l'écran des maisons, les derniers échos du bal sur la place de l'Hôtel de Ville. Il était en train de se conclure traditionnellement sur une sardane mais la musique de la cobla manquait d'entrain et de conviction. Il est vrai que si la plupart des jeunes gens s'étaient éclipsés, la ronde devait avoir une drôle de mine…

C'est alors que la voix de Joan s'éleva. Jusque-là il était resté spectateur, laissant se dérouler devant lui la même tragi-comédie qu'il avait déjà vue et entendue des dizaines de fois. Il la connaissait tellement par cœur qu'il pouvait prédire qui allait parler et prononcer la réplique à sa place. Mais ce soir, il avait décidé d'en changer un peu le déroulement si prévisible et somme toute stérile en lançant une idée qui lui tenait à cœur :

— On nous dit que c'est parce que nous produisons trop que les cours s'effondrent : si nous gardions une partie de notre vin, ils devraient remonter. Il faut absolument que nous nous dotions, individuellement pour ceux qui en ont les moyens ou en coopérative pour les autres, de fûts et de cuves de garde. On n'aurait plus à vider le vin non vendu de la récolte précédente pour faire de la place à celui de l'année. J'ajoute que je suis convaincu que la qualité y gagnerait... le bon vin devient encore meilleur avec l'âge.

Il reprit son souffle, étonné que tous l'aient laissé aller jusqu'au bout de sa tirade sans intervenir. L'espace d'une seconde, il crut même que les esprits, miraculeusement touchés par la voix de la raison, se tourneraient enfin vers l'avenir, pour éviter qu'une telle situation se reproduise...

Et ce fut la curée. Parlant tous en même temps, les camarades protestèrent avec véhémence que, s'ils gardaient leur vin, les courtiers iraient acheter encore davantage en Algérie ou à l'étranger et que le remède serait pire que le mal. Et avec quel argent vivrait-on en attendant ? Déjà le boulanger commençait à perdre patience : les encoches s'ajoutaient aux encoches sur la planchette où il tenait le compte des pains vendus à crédit et ils étaient de moins en moins nombreux à pouvoir le payer.

Debout sur la margelle, les bras croisés sur la poitrine, Jordi regarda son jumeau et haussa imperceptiblement les épaules...

— Bien sûr qu'elle est bonne, ton idée... Mais tu ne peux pas expliquer à un homme qui a faim et ne voit rien venir sur la table ce qu'il doit faire une fois le repas terminé !

Les deux frères revenaient à pas lents par les Allées. Le vent qui soufflait continuellement sur eux depuis leur plantation avait penché les troncs des platanes qui paraissaient tituber tous du même côté, comme des soldats qui garderaient dans l'ivresse l'habitude de marcher au pas. Joan et Jordi avaient laissé derrière eux la statue de la Minerve casquée sur son piédestal, qui de son bras levé paraissait leur souhaiter le bonsoir.

À l'angle de la promenade, une lumière brillait encore au premier étage de la belle maison bourgeoise des Olive. Joan rougit et pressa le pas en espérant que Jordi ne remarquerait pas son trouble. Il ignorait encore pourquoi il ne lui avait rien dit. Lui, à sa place, n'aurait pas hésité. Vous pensez : une femme mariée, et l'épouse d'un des notables de la ville qui plus est… ça avait une autre allure qu'une pute sur le retour, aussi accueillante soit-elle !

Cela faisait trois ans déjà. Joan entendait encore son père raconter avec animation sa rencontre avec les Olive dans une rue de Rivesaltes : Monsieur qu'un héritage avait fait rentier, les favoris plus sel que poivre, la panse avantageuse du bourgeois bien nourri, commandant un quartaut[58] de « ce muscat dont on m'a tant parlé, père Fabrè-

58. Tonneau de soixante litres.

gues », et Madame, toute jeune et menue sous son chapeau à voilette, insistant de sa voix musicale : « Vous n'avez qu'à envoyer votre grand fils, celui qui semble si sérieux et raisonnable. Bâti comme il est, ce tonneau ne l'embarrassera guère ! Qu'il passe par la cuisine et qu'il me demande… »

Il s'était senti bêtement flatté de la confiance que lui témoignait la jeune madame Olive, qu'il n'avait jamais vue que de loin. Jamais il n'aurait cru qu'elle l'avait remarqué. Et puis c'était bon pour le mas : monsieur Olive connaissait beaucoup de monde et, si le vin lui plaisait, peut-être y aurait-il d'autres commandes…

Joan s'était changé aussitôt et avait pris la jardinière pour aller livrer le tonneau comme convenu. Il s'était présenté à l'office et avait demandé madame Olive, toujours comme convenu. Mais ce qui s'était passé ensuite n'avait rien eu de convenu : la jeune femme, en robe bleu pâle avec des entre-deux de dentelle, l'avait entraîné à sa suite sous prétexte de lui montrer où il devait déposer le tonneau. Mais au lieu de la cave ou du cellier, il s'était retrouvé dans une sorte de petit salon aux jalousies baissées, des mains impatientes déboutonnant la chemise propre qu'il avait passée pour faire bonne impression.

Elle s'était jetée sur lui avec une fougue qu'on n'aurait guère attendue d'un petit bout de femme aussi frêle et lui, le grand dadais de dix-sept ans aux bras vigoureux, au torse élargi par les travaux de la vigne, il n'avait pas su comment la repousser. Elle l'avait embrassé partout, avec fureur, désespoir même, se frottant contre lui en gémissant qu'elle avait besoin d'une jolie figure devant ses yeux, d'une peau douce et ferme contre la sienne pour changer de son vieux mari flasque et poussif. Joan n'avait rien eu à faire ; la dame lui avait mordillé l'oreille, malaxé les épaules, ouvert le pantalon avant de le pousser, éberlué, dans une profonde bergère.

Des rais de lumière où dansaient un peu de poussière et une mouche zébraient le papier peint vert bronze du mur d'en face. Sur la cheminée de marbre blanc, une pendule dorée au mécanisme apparent égrenait un tic-tac cristallin. Dehors, sur l'esplanade, des passants se croisaient, se saluaient, et leurs conversations montaient comme un bourdonnement jusqu'à la fenêtre entrouverte sur la brise légère de juin.

Il n'avait pas compris comment elle s'était retrouvée en corset et pantalon de dentelle que déjà elle le chevauchait, ses seins à l'aréole épanouie se balançant en rythme sous son nez. Sous la pression de ses cuisses, le corps de Joan avait répondu comme s'il n'avait fait que ça toute sa vie et son ventre était allé à la rencontre du sien, s'enfonçant encore et encore plus profond, jusqu'au vertige. Lorsqu'elle s'était abattue sur lui avec un sanglot rauque, il avait fermé les yeux et respiré la nuque moite où les cheveux noirs mouillés de sueur frisottaient sous le chignon à moitié défait en se répétant, incrédule : « Ça y est, moi aussi je l'ai fait... »

Ensuite elle s'était rhabillée en bavardant gaiement comme si elle poursuivait une conversation mondaine entamée de la façon la plus formelle dans ce salon. Il avait rajusté maladroitement pantalon et chemise tandis qu'elle lui servait une tasse du café qu'une bonne au visage impénétrable était venue apporter. Sa tasse bue, elle l'avait gentiment mais fermement poussé vers la porte. Au moment où il s'arrêtait sur le seuil, ne sachant comment prendre congé, elle avait planté un baiser sur sa joue en chuchotant à son oreille : « Toi, je sais que tu ne diras rien... Ce sera notre secret ! »

Il avait descendu l'escalier jusqu'à l'office comme un somnambule. La cuisinière en coiffe l'avait payé pour le vin sans faire de commentaire ; si elle avait surpris quelque chose, elle avait appris à se taire.

Quand il était sorti sur l'esplanade, le soleil de midi l'avait ébloui et il s'était demandé s'il n'avait pas rêvé ce qui venait de se passer. Mais l'impatience qui taraudait encore ses reins au souvenir de cette étreinte aussi tumultueuse que brève était bien réelle. C'est presque à tâtons qu'il était remonté sur la jardinière et il était heureux que Bella connût par cœur le chemin de retour au mas car lui-même n'en vit rien.

Et effectivement il n'avait rien dit à personne. Pas même à Jordi. Pas même lorsque les autres brocardaient sa virginité persistante, émettant des doutes colorés sur sa virilité, demandant, faussement naïfs, s'il envisageait de succéder à *Mossen* Vidal à la cure… Il s'était tu. Ni par orgueil, ni par honte, seulement parce qu'il aurait eu l'impression de trahir ce secret que l'impétueuse amazone avait semblé tenir pour acquis sans qu'il eût rien promis. Le temps qui passait le faisait de plus en plus délicieux à son souvenir, comme ces bonbons qu'enfant il gardait sur la langue au lieu de les avaler pour que le goût s'en prolonge et laisse dans sa gorge l'écho de sa douceur sucrée bien après qu'ils eurent disparu.

Monsieur Olive n'avait jamais racheté de muscat aux Fabrègues et Joan n'était plus retourné dans la belle maison sur l'esplanade. Lorsqu'au hasard des rues il lui arrivait de croiser la fougueuse madame Olive pendue au bras de son ventripotent époux, elle faisait mine de ne pas le voir mais elle parlait soudain plus fort, plus vite…

— Tu vois loin et c'est bien. Il faut préparer l'avenir… mais si la fraude continue et que la crise perdure, d'avenir, nous n'en aurons plus.

Jordi n'avait pas remarqué son trouble… à

moins qu'il eût deviné quelque chose mais choisi de faire semblant de l'ignorer. Parfois Joan se demandait si quoi que ce soit le concernant pouvait échapper à son jumeau…

Il s'arrêta un instant pour rafraîchir son front brûlant à l'eau de la fontaine aux nymphes. Le genou plié, un pied sur le bord du bassin, Jordi poursuivit son raisonnement :

— Les autres hésitent encore à passer à l'action mais j'ai bien peur que la suite des événements ne décide pour eux. Les faillites se multiplient. Tu as vu la dernière page de *L'Indépendant* ? Tous les jours on y annonce des ventes aux enchères… Quand la coupe débordera, ça va faire mal !

— Qu'est-ce que tu veux ? L'insurrection ?… On croirait entendre le Pepi !

Jordi fendit l'air d'un geste belliqueux comme s'il écartait d'un revers de main un adversaire invisible.

— Laisse ce boutefeu où il est ! Et tu me feras le plaisir de ne pas me comparer à cette vipère… Non, ce que je dis c'est qu'il faut se tenir prêt !

Contournant la fontaine, il retrouva un instant son âme de gamin et tira la langue au masque grimaçant qui crachait toujours son eau en direction de Peyrestortes.

— Salauds de fraudeurs, on aura votre peau !

Et son rire triomphant rebondit d'arbre en arbre jusqu'aux étoiles…

10

Tout le village convergeait vers la salle des conférences. Dans les maisons de Baixas, ce soir il ne restait que les petits enfants sous la garde d'une aïeule. Tous les autres marchaient dans les rues, seuls ou en groupe, le col relevé, le capuchon de la pèlerine rabattu pour éviter la morsure du vent d'hiver. On était loin pourtant de la joyeuse effervescence qui faisait affluer la population vers la place où les fagots amoncelés attendaient d'être enflammés à la Saint-Jean, loin également du recueillement joyeux qui la faisait monter à l'église la nuit de Noël pour célébrer la naissance du Sauveur. En ce soir de février, il y avait de la colère et du désespoir dans l'air.

Des conciliabules fiévreux ralentissaient la marche qu'un juron accélérait à nouveau au moment de franchir les remparts qui enserraient le village. La porte de Narbonne vomissait un flot ininterrompu vers les deux écoles jumelles, celle des filles à gauche, celle des garçons à droite, où il était rejoint par les affluents venus des faubourgs et des mas dans la campagne.

La lueur sourde des lanternes balancées à bout de bras révélait par instants les traces sanglantes laissées sur les murs par le vin qui avait coulé dans les rues à l'automne lorsqu'il avait fallu vider les cuves encore pleines avant les vendanges. Voir ces torrents vermeils dévaler les venelles étroites, ça avait été comme voir Baixas se vider de son sang, de ses forces vives. Un crève-cœur. On avait espéré cependant que la saignée serait bénéfique à la viticulture malade. Les grosses gelées de mars avaient restreint la nouvelle récolte qu'on espérait écouler plus facilement. Hélas, elle ne s'était pas mieux vendue ; les cuves étaient à nouveau pleines et les bourses désespérément vides.

Deux ans sans faire rentrer d'argent, c'était plus que n'en pouvaient supporter les petits propriétaires qui composaient pour l'essentiel la population. À bout de crédit, le ventre creux, certains avaient même dû se résoudre à quémander un peu de nourriture pour leurs enfants. On les appelait les « mendiants du crépuscule » car ils attendaient la fin du jour, juste avant que les verrous ne soient tirés pour la nuit, à cette heure que l'on dit entre chien et loup où l'ombre avale peu à peu les recoins et les contours, pour aller heurter à la porte des notables et des propriétaires plus aisés. En catalan, on les désignait aussi sous le nom de *vergonyosos*, les « honteux », car ils se coiffaient d'un large capuchon ou d'une toile de sac pour qu'on ne pût pas les reconnaître.

Tout en marchant, Jordi scrutait à la dérobée les visages émaciés aux joues creuses de ceux qu'il dépassait, essayant de deviner lesquels en étaient réduits à une telle extrémité. La veste flottant sur leur torse amaigri en dénonçait certains. Le regard un peu trop fixe qui évitait celui des autres révélait également une détresse soigneusement cachée. En ces jours sombres où la saisie les menaçait, la dignité était le seul bien que personne ne pouvait leur enlever.

Encadré du Cinto et du Toni devenu avec l'âge la force de la nature qu'il promettait d'être enfant, Jordi monta rapidement les marches qui menaient à la salle des conférences, sur le côté de l'école des garçons. Le bâtiment, hors les murs, sur la route d'Espira, était le dernier du village et, derrière le préau, les vignes s'étendaient à perte de vue, rappelant à chacun la terrible situation : contrairement aux bourgs et villages situés plus bas dans la plaine, Baixas ne vivait que pour et par le vin. La faillite de la viticulture signerait son arrêt de mort.

La salle était déjà bien remplie et c'était à se demander comment on allait pouvoir faire entrer tout le monde. Une table avait été installée sur une estrade et les notables du village avaient pris place derrière en rang sévère, la mine grave.

Le Cinto entraîna ses deux « fils » vers le fond, un peu à l'écart : il désapprouvait cette confiscation du mouvement par les « nantis » comme il disait, la voix chargée de mépris. Il s'adossa donc au mur, les bras croisés sur la poitrine, et attendit.

— Mes amis, il est temps de commencer…

Joseph Tarrius s'était levé et réclamait le silence. Ce pharmacien à l'opulente barbe poivre et sel qui faisait comme deux pointes sur sa poitrine large était également propriétaire et président du syndicat des vignerons. Habitué à parler et à ordonner, il en imposait.

Après quelques remous, le silence se fit.

— Mes amis, poursuivit-il, vous savez pourquoi nous sommes réunis ce soir : le percepteur est arrivé à la mairie cet après-midi.

Un grondement sourd parcourut l'assistance tandis que l'homme assis à la droite de Tarrius inclinait ses joues bien remplies et sa barbichette pour acquiescer : Henri Thomas, le maire.

Le pharmacien laissa le tumulte s'apaiser avant de continuer :

— Il vient comme chaque année à la même époque percevoir nos impôts. Or ces impôts, nous ne pouvons pas les payer !

Il avait enflé sa voix tout en abattant son poing

sur la table avec fracas, soulevant une tempête d'approbations véhémentes.

— Beaucoup d'entre vous n'ont plus un sou vaillant, reprit-il *sotto voce*, et n'arrivent même plus à nourrir leur famille. Comment pourriez-vous payer ?

Un rictus goguenard découvrit les dents du Cinto en entendant le passage du « nous » au « vous ». Tarrius n'avait pas poussé l'audace oratoire jusqu'à s'inclure dans les miséreux sans « un sou vaillant » ! Lui, il avait encore largement de quoi payer !

— C'est pourquoi, en accord avec monsieur le maire ici présent, poursuivit-il tandis qu'Henri Thomas acquiesçait une nouvelle fois, nous vous avons invités par son de tambour et publication à ne pas venir devant le représentant de l'État et à vous abstenir de tout versement. Et nous vous avons tous conviés ici pour vous faire part du texte des pétitions que nous adressons solennellement ce jour, mardi 19 février 1907, aux pouvoirs publics… Je laisse monsieur Farines jeune vous en faire lecture…

Joseph Tarrius se rassit et François Farines, « Farines jeune » pour tous les Baixanencs, se leva dans le mouvement comme si la scène avait été réglée à l'avance. Le nouvel orateur, qui faisait également partie de ceux qui avaient du bien, les « nantis » du Cinto, lissa d'un doigt appliqué sa belle moustache en pointe, toussota pour s'éclaircir la voix et annonça :

— La première est destinée à monsieur Georges Clemenceau, président du Conseil. Je lis : « La commune de Baixas, incapable de payer l'impôt, est sous le coup d'expropriations en masse. Il n'est qu'un impôt que nous puissions payer et que nous payons encore, c'est celui du sang ! »

Des applaudissements saluèrent cet « impôt du sang » et, en suivant, toutes les formules frappantes ou lyriques trouvées par les rédacteurs. « Avec rien, peut-on payer quelque chose ? » fit l'unanimité et « La misère qui était à nos portes en a franchi le seuil ; elle est venue s'asseoir au foyer sans feu, à la table sans pain » fit couler quelques larmes.

La pétition demandait que les villageois soient exonérés d'impôts cette année et annonçait qu'ils étaient résolus à s'opposer par la force aux saisies qui pourraient être ordonnées pour les obliger à payer.

François Farines termina par un vibrant « La population de Baixas en appelle à la justice et à la solidarité sociale » qui fit se lever tout son auditoire. Dans les premiers rangs, la voix aiguë d'une femme glapit :

— C'est la grève !

Ce cri sembla soudain électriser Jordi jusqu'ici

attentif au côté du Cinto. D'un bond, il sauta sur le banc qui courait le long du mur et levant le poing s'écria :

— Oui, soyons les premiers à faire la grève de l'impôt !

— Les premiers ! reprit le Toni en écho en imitant son frère de lait.

Des dizaines de poings se levèrent aussitôt et les clameurs couvrirent la voix de l'orateur qui avait entamé la lecture de la seconde pétition, plus technique, adressée au ministre des Finances, Joseph Caillaux. Les vignerons n'avaient pas besoin qu'on leur rappelle que le fruit de leur travail ne couvrait même plus les frais d'exploitation. Les chiffres, ils les connaissaient par cœur : quatre cents francs l'hectare… On en était bien loin !

On se précipita dans le tumulte pour apposer son nom au bas des documents que le député Brousse devait emporter avec lui à Paris pour les lire devant ses collègues de la Chambre. Huit cents signatures furent ainsi recueillies en quelques minutes tandis qu'on votait pour constituer une commission de six membres chargée de coordonner le mouvement.

Jordi vit du coin de l'œil le correspondant de *L'Indépendant* noter soigneusement les six noms dans son carnet : Joseph Tarrius et Farines jeune évidemment, mais aussi Gilles Pascot, Jean Bobo-Bobo, Jean Cazeblanque-Roig et Joseph Moliner.

— Ces messieurs les nantis restent entre eux ! grommela le Cinto en se frayant un chemin vers la sortie, suivi du Toni.

Jordi hésita un instant puis résolut de rester. L'excitation faisait courir son sang plus vite dans ses veines et son cœur battait la chamade. Il ne voulait rien manquer de ce qui était en train de se passer : imaginez, enfin on allait agir et c'était Baixas qui montrait l'exemple !

— Regarde, *germa*, on est en première page !

Jordi pénétra en courant dans la cour du mas en brandissant au-dessus de sa tête un journal à moitié déplié. Écartant le livre de comptes sur lequel Joan était penché, le front soucieux, faisant et refaisant sans cesse les mêmes calculs sans parvenir hélas à en changer les résultats, il étala triomphalement sur la table *Le Matin* qu'il était allé chercher à la gare.

L'interpellation du député Brousse à la Chambre avait eu un retentissement extraordinaire et *Le Matin* avait envoyé un journaliste enquêter dans ce petit village du Midi qui osait dire « non » à l'État. Son article faisait donc la une, comme on disait dans la presse, une semaine exactement après la réunion dans la salle des conférences. Et avec une photographie, s'il vous plaît !

— *Mira, germa*, s'impatientait Jordi en lissant du plat de la main le papier imprimé qu'il avait quelque peu malmené dans son enthousiasme. En haut il est écrit : « La détresse en Roussillon ». Et dessous, en gros, le titre : « CONTRIBUABLES EN RÉVOLTE »… C'est de nous qu'il parle ! Et le journaliste a repris ensuite notre formule : « L'impôt du sang, oui ! L'impôt du fisc, non ! »

— Écrite ainsi, tu ne trouves pas qu'elle est un peu ambiguë ? s'inquiéta Joan, en se penchant à son tour sur le journal. On a l'impression que vous demandez à verser votre sang plutôt que votre argent…

— T'occupe, balaya Jordi, trop énervé pour s'attarder à de telles nuances, l'essentiel c'est qu'on en parle ! Tu as vu la photographie ?

Joan fit la moue, exagérant à plaisir sa réticence histoire de faire marcher un peu son frère.

— Elle n'a rien d'extraordinaire, cette photographie : une rue de Baixas avec une charrette et des enfants ! Ils auraient pu montrer… je ne sais pas, moi… les cuves toujours pleines ou la banderole du comité au fronton de la mairie, par exemple.

— Mais tais-toi donc, tu n'es qu'un *esgarriacries*[59] ! s'emporta Jordi qui n'était guère d'humeur à supporter les critiques en ce jour glorieux. Ah, ce n'est pas à Rivesaltes que ça arriverait… Pas de danger que le docteur Parès

59. Rabat-joie.

sonne la révolte contre son copain Clemenceau !

— Arrête d'ergoter... Lis plutôt !

Joan, plus impatient qu'il ne voulait l'avouer de découvrir ce que le journaliste avait bien pu écrire, s'apprêtait à se plonger dans l'article quand il vit du coin de l'œil son père, attiré par les éclats de voix, sortir sur le pas de la porte. Bien sûr il restait à distance, s'acharnant à fourgonner sa pipe éteinte pour se donner une contenance, mais Joan savait qu'il mourait d'envie lui aussi de savoir ce qui était écrit dans le journal de Paris, même s'il se serait fait couper un bras plutôt que de l'avouer.

Lorsque les propriétaires avaient décidé de prendre la tête de la contestation, Jepe s'était tout naturellement rendu aux réunions, bien décidé à faire entendre sa voix jusqu'ici respectée de tous. Seulement les positions extrêmes de Jordi lui avaient fait du tort et on ne s'était pas privé de lui faire comprendre, à mots couverts, qu'il était dommage qu'il ne sache pas mieux « tenir » son fils.

Il en était revenu blême de rage et de honte, et une violente dispute l'avait opposé à la *closca* qu'il avait sommée, au comble de la fureur, de choisir son camp. Mal lui en avait pris : Jordi lui avait répondu sur le même ton que c'était déjà fait. Son camp, c'était et ce serait toujours celui du Cinto et de tous les travailleurs opprimés. Il s'était précipité dans sa soupente pour faire son baluchon et Joan, qui avait couru après lui, avait dû déployer des trésors d'éloquence pour le convaincre de rester au mas. Le père, lui, l'aurait bien laissé partir sur le moment mais, une fois la colère un peu retombée, il avait dû se rendre à l'évidence : Joan et lui ne suffiraient pas à la besogne seuls et il n'était évidemment pas question d'engager quelqu'un pour les aider, ils n'en avaient plus les moyens. S'il ne supportait plus les idées que Jordi avait dans la tête, il avait besoin de ses bras…

Ravalant ses griefs, il avait choisi de ne plus évoquer la situation devant ses fils. Il allait aux réunions de son côté mais sans intervenir, s'estimant indigne de prendre la parole puisqu'il n'avait pas su affirmer son autorité de *pater familias*. Il s'imposait comme une mortification de rester en retrait, laissant la jeune génération occuper le devant de la scène…

Cet effacement volontaire mettait parfois Joan mal à l'aise mais il n'était pas facile de discuter avec le Jepe, surtout quand sa fierté était en jeu ! Charitable, il s'éclaircit la gorge et se mit à lire à haute voix, faisant des commentaires à la cantonade comme s'il n'avait même pas remarqué la présence de son père :

— Ça commence bien, s'esclaffa-t-il un peu trop fort, *Le Matin* confond le mistral et la tramontane ! C'est sûr que, vu de la capitale, Perpignan ne doit être qu'un faubourg de Marseille ! Tant pis pour la géographie, ce n'est pas l'essentiel... à part ça, que dit-il ? « La petite ville de Baixas vient d'ajouter à l'histoire des grèves un chapitre inattendu sous la poussée de la misère et de la faim »... « bourses vides et poings tendus »... « une assemblée houleuse et mouvementée »... « au premier meuble touché dans la plus humble maison, le tocsin doit sonner pour appeler tous les hommes armés de gourdins, de fourches ou de fusils »... Eh bien, dis donc, c'est une nouvelle révolution qu'il annonce !

— Tu ne crois pas si bien dire, l'interrompit Jordi qui faisait lui aussi mine de ne pas voir son père toujours sur le pas de la porte, sa pipe éteinte à la main. Savoir que le percepteur était reparti les mains vides, ça les a secoués ! Certains personnages proches du pouvoir nous accusent déjà de vouloir déstabiliser la République, de fomenter un nouveau coup d'État et que sais-je encore !

— Ça ne me fait pas rire, moi. Clemenceau n'est pas le petit père Combes, il ne se gênera pas pour envoyer la troupe !

— *No et preocupis*[60], le député Brousse a écrit

60. Ne t'inquiète pas.

à Gilles Pascot pour l'assurer qu'il avait demandé l'abandon des poursuites envisagées… Tu aurais vu le Pascot se rengorger du « votre cordialement dévoué Emmanuel Brousse » !

— N'empêche que j'aime mieux ça ! maugréa Joan avec un haussement d'épaules.

— Pour l'instant, ils ne peuvent rien contre nous, fanfaronna Jordi qui, le journal à bout de bras, ne se lassait pas de contempler le titre en caractères gras. Salses envisage de nous suivre. Et des messages de sympathie nous arrivent de partout. Le comité en a même reçu un d'Arbois dans le Jura, tu te rends compte ! Une carte postale représentant leurs vignerons en train de manifester l'année dernière… Le mouvement va s'étendre, c'est sûr.

Il se leva et se frappa la poitrine du poing.

— Écoute bien ce que je te dis, germa, ça ne fait que commencer !

Mais le regard de défi qu'il lança vers la porte ne trouva personne. Le père était déjà rentré.

11

Un frémissement parcourut la foule massée aux Barques du Bourg[61], le long du canal de la Robine. D'abord léger comme une brise se faufilant en bruissant entre les branches des platanes, il enfla bientôt jusqu'à se transformer en un grondement tel la tramontane, ou plutôt le cers comme on disait ici dans l'Aude, mugissant l'hiver sous les portes des mas.

— Ferroul avec nous, Ferroul avec nous... scandaient des milliers de poitrines enthousiastes.

Jordi se hissa sur la pointe des pieds pour voir monter à la tribune le maire de Narbonne, reconnaissable à la luxuriante barbe blonde à deux pointes qui masquait sa chemise à col dur.

Ôtant son chapeau, le docteur Ferroul serra solennellement la main de l'homme au visage

61. Le cours Mirabeau.

émacié sous son habituel Cronstadt[62] : Marcellin Albert.

La foule éclata en vivats et Jordi vit du coin de l'œil, entre le canotier fleuri d'une élégante exaltée et la casquette garance d'un « pioupiou » du 100e d'infanterie, deux hommes en pardessus et chapeau melon noter furtivement quelque chose dans leur carnet. Des policiers en civil.

— Qu'ils notent donc, rigola Jordi en poussant le Toni du coude, qu'ils notent qu'aujourd'hui, 5 mai 1907, nous sommes quatre-vingt mille rassemblés à Narbonne ! Tu te rends compte ? La semaine dernière à Lézignan nous n'étions encore que vingt mille... Les jours des fraudeurs sont comptés : les gueux sont en marche !

Car Jordi avait vu juste.

Parti de Baixas, le mouvement s'était répandu dans toutes les campagnes du Midi comme le feu dans l'herbe sèche. Un petit village de l'Aude, qui n'avait jamais fait parler de lui jusqu'ici, près de Vinassan, au contact des coteaux du Minervois et de la plaine narbonnaise, avait repris le flambeau et donné à la contestation l'organisation et l'impulsion décisive qui lui manquaient : Argeliers.

Menée par Albert, ancien cafetier et propriétaire viticulteur, Bourges, un marchand de biens,

62. Chapeau mi-haut.

et Cathala, un gros propriétaire, une délégation de quatre-vingt-sept villageois avait remis en mars à la commission d'enquête chargée par la Chambre de faire le point sur la situation de la viticulture une pétition portant quatre cents signatures prônant, comme Baixas l'avait déjà fait, la grève de l'impôt et la démission des corps élus tant que remède ne serait pas apporté à la fraude.

Jordi avait frissonné de plaisir et d'excitation en lisant l'appel lancé en avril par Le Tocsin, le journal créé par Cathala pour appuyer le mouvement. Encore aujourd'hui, il pouvait en réciter par cœur les premières lignes : « Nous sommes ceux qui travaillent et qui n'ont pas le sou, nous sommes les proprios décavés ou ruinés, les ouvriers sans travail ou peu s'en faut, les commerçants dans la purée ou aux abois… Nous sommes ceux qui crèvent de faim ! »

Et le comité d'Argeliers, prenant le relais du comité régional viticole défaillant, s'était lancé dans l'organisation de grandes réunions de masse qui drainaient dimanche après dimanche de plus en plus de monde. À pied, à bicyclette, en charrette, en char à bancs, en train, on venait de très loin assister à ces prises de parole enflammées, en brandissant pancartes et banderoles où le désespoir et l'exaspération du Midi s'écrivaient en lettres capitales et en formules aussi colorées que vigoureuses.

Avant les discours, il y avait toujours un grand défilé de toutes les délégations par les rues de la ville. Celle d'Argeliers, organisatrice, ouvrait bien sûr la marche, immédiatement suivie de celle de Baixas, mise à l'honneur pour avoir été la première commune à décréter la grève. Jordi n'en était pas peu fier et il n'aurait raté pour rien au monde ce moment où, le jarret tendu, la *faixa* rouge autour des reins, la casquette crânement inclinée sur l'oreille, il foulait le pavé des boulevards d'un pas martial au son des tambours et des clairons devant une double rangée de badauds ébaubis qui l'acclamaient tandis que les femmes lui envoyaient des baisers. Il avait l'impression de mener derrière lui une armée au combat.

Au grand dam du Cinto, internationaliste et pacifiste convaincu, il avait été déçu de ne pas partir à l'armée. Lorsque leur classe avait été appelée, les jumeaux s'étaient rendus à l'hôtel de ville pour le tirage au sort dans des états d'esprit très différents : Joan sans appréhension bien qu'un peu gêné puisque, quoi qu'il arrivât, Jepe avait tenu à consacrer ses dernières économies à lui acheter un remplaçant ; Jordi, qui avait refusé énergiquement qu'on en usât de même avec lui – ce que d'ailleurs le père ne lui avait pas proposé –, croisant les doigts pour partir. Il rêvait de se faire marin afin de s'embarquer pour les colonies. Si la terre ici ne nourrissait plus son homme, autant s'en aller loin.

Seulement, il n'avait pas eu de chance : il avait tiré un bon numéro. Pas de service. Après un bref moment d'abattement, il s'était précipité pour proposer à son frère, qui, lui, en avait tiré un mauvais, de s'en aller à sa place, sous son nom même pourquoi pas, ce ne serait pas la première fois qu'ils échangeraient ainsi leurs rôles, les militaires n'y verraient que du feu... mais le Dédé Romeu, le remplaçant officiel, n'avait rien voulu entendre : sixième d'une famille sans le sou, il tenait à son petit pécule.

Le cœur en berne, Jordi avait dû renoncer aux rêves de grand large que son vieux Jules Verne, écorné à force d'avoir été lu et relu, lui avait mis dans la tête.

La seule chose qui lui avait mis un peu de baume au cœur, c'était que le Toni non plus n'était pas parti. C'était à peine croyable quand on voyait sa carrure et la force qui se dégageait de lui mais il avait été réformé : il avait les pieds plats !

Puisque l'armée n'avait pas voulu d'eux, les deux frères de lait prenaient leur revanche en défilant, dimanche après dimanche, derrière la pancarte de Baixas proclamant encore et toujours « Pas de revenus, pas d'impôts » et « Le sucre, voilà l'ennemi. Vive le vin naturel ! »

— Vive Ferroul ! se pâmait une jeune excitée en canotier à ruban bleu pâle qui brandissait spasmodiquement une pancarte sur laquelle était peint un thermomètre indiquant visiblement une température très basse et qui représentait, c'était écrit au-dessus, le « degré de patience » des manifestants qui allait en s'émoussant.

D'ailleurs, en dessous, la demoiselle avait ajouté au pinceau une sentence en forme de maxime : « Le temps passe, le temps lasse. »

La danse de la pancarte tendue à bout de bras semblait amuser prodigieusement un bambin qui ne devait guère avoir plus de six ans et qui dominait l'assistance, perché sur les épaules de son père. Agrippant d'une main la chevelure paternelle, il essayait de l'autre d'attraper le bout de planche virevoltant au-dessus de la marée de chapeaux, de « cravates » blanches[63] et de casquettes. Amusé, Jordi lui adressa un petit signe amical et le *nen*[64] lui renvoya un sourire auquel manquaient deux dents.

Le ciel bas roulait de gros nuages sombres au-dessus de la tour carrée de l'hôtel de ville et du chevet de la cathédrale, de l'autre côté du canal. Mais le temps maussade ne parvenait pas à refroidir l'enthousiasme des manifestants.

Le maire de Narbonne étendit ses deux mains devant lui pour demander le silence avant de

63. Coiffe des Languedociennes.

64. Petit garçon.

prendre la parole et Jordi se sentit poussé vers l'avant par le désir des milliers de manifestants de ne rien perdre de ce qu'il allait dire. Il s'abandonna à cette poussée, les yeux fermés. Il aimait cette promiscuité joyeuse et fervente, ce contact charnel, épaule contre épaule, qui les faisait tous se fondre en un seul corps, ces milliers de poitrines qui amplifiaient sa voix, toutes ces forces additionnées qui le faisaient plus grand, plus puissant, un géant presque devant qui ces messieurs de Paris ne pourraient que s'incliner.

Joan en revanche détestait ça. Là où son jumeau voyait une étreinte fraternelle, lui parlait de bousculade sauvage, de respiration coupée, de pieds écrasés. Jordi avait bien essayé de l'entraîner avec lui à Béziers, Lézignan et maintenant Narbonne mais son frère s'était dérobé. Bien sûr qu'il soutenait le mouvement mais l'Aude, l'Hérault, c'était trop loin et il fallait quelqu'un pour s'occuper des vignes… À quoi servirait d'obtenir gain de cause face aux fraudeurs si le Midi n'avait plus de vin à vendre ? Que Jordi aille donc représenter les Fabrègues aux manifestations, lui resterait pour soufrer et sulfater.

Le jeudi précédent, il était quand même allé à la réunion tenue par des délégués d'Argeliers dans la salle de la Société générale de secours mutuel à Rivesaltes. Ceux-ci avaient exhorté la population à faire le déplacement à Narbonne le dimanche et

Mouche le camionneur avait même proposé de mettre des chevaux et des véhicules à la disposition de ceux qui répondraient à cet appel. Tout le monde avait applaudi mais finalement Baixas était la seule délégation du département présente à Narbonne. Tant pis, elle avait été d'autant plus acclamée !

Sur l'estrade, le docteur Ferroul haranguait la foule de sa voix puissante de tribun.

— Mon père doit être vert de rage, chuchota le Toni, la main en paravent devant sa bouche pour ne pas être entendu de ses voisins. Il ne supporte pas Ferroul !

— La « girouette » comme il l'appelle, renchérit Jordi de la même manière. Allié des royalistes, tenté par le boulangisme, puis anarchiste, régionaliste, guesdiste et maintenant socialiste…

— C'est vrai qu'il y a beaucoup de vent dans le Midi, pouffa le Toni, alors forcément, il tourne…

— Je crois qu'il est surtout « ferrouliste ». Et ça, le Cinto ne le lui pardonne pas… D'ailleurs, il est où ? s'interrompit Jordi en se haussant sur la pointe des pieds pour jeter un regard circulaire sur les milliers de visages attentifs tournés vers l'orateur. Tu l'as vu ?

Le Toni esquissa un vague geste de la main vers le canal.

— Sans doute sur le quai… ou du côté des

halles. Tu sais bien qu'il se met toujours à l'écart. Il refuse de frayer avec la délégation des « nantis »…

— Un mouvement qui réunit les ennemis de classe et rejette toute référence politique, il n'avale pas !

— Moi, j'ai bien aimé ce qu'a dit le camarade Gleizes tout à l'heure : « Il n'y a plus ici qu'un parti, c'est le parti de la viticulture. » Ça sonne bien !

Il ne put poursuivre. Le maire de Narbonne avait terminé son discours en demandant la libération immédiate des camarades grévistes de Cruzy emprisonnés et les applaudissements crépitèrent. Jordi et le Toni joignirent sans rechigner leurs bravos à ceux de la foule en délire. On vota dans la foulée les félicitations à la petite commune de Tourronzelles, près de Lézignan, dont les habitants avaient tous fait le déplacement au lieu de voter pour les élections municipales.

C'est alors que Marcellin Albert, resté jusqu'ici en retrait, s'avança. C'était étrange, le pouvoir que pouvait avoir sur les foules cet échassier efflanqué, tout de noir vêtu, que dans son village on appelait *lou cigal*, la « tête folle », tandis que les manifestants lui donnaient de l'« Apôtre » et du « Rédempteur ». Mais un des délégués d'Argeliers ne leur avait-il pas dit qu'Albert aimait le théâtre et qu'il jouait lui-même en amateur ?

« Roi des gueux », ainsi que le surnommaient certains journalistes, c'était LE « rôle » de sa vie et il y mettait toute sa passion et toute sa conviction !

De ses deux mains noueuses, il crocheta la rambarde de la tribune drapée de rouge et, se penchant presque à tomber sur les premiers rangs, il lança :

— Camarades, prêtons un serment solennel comme avant nous nos ancêtres révolutionnaires, qui avaient juré de ne pas se séparer avant d'avoir donné une Constitution et une République à la France…

Il sortit un papier de sa poche et, la main sur le cœur, commença à lire :

— Constitués en comité de salut public pour la défense de la viticulture, jurons de nous unir pour la défense viticole et de la défendre par tous les moyens !

— Nous jurons, hurla la foule comme un seul homme tandis qu'une forêt de bras se levait.

Albert attendit que le tumulte s'apaise un peu pour poursuivre, le regard étincelant :

— Celui ou ceux qui, par intérêt particulier, par ambition ou par esprit politique, porteraient préjudice à la motion première et par ce fait nous mettraient dans l'impossibilité d'obtenir gain de cause seront jugés, condamnés et exécutés séance tenante !

— À mort, vociféra la foule en transe, à mort !

Sur l'estrade Marcellin Albert parut vaciller, comme effrayé lui-même par la curée générale qu'il venait de lancer.

Malgré l'excitation qui lui avait fait lever la main et brailler « Nous jurons » de toute la force de ses poumons, Jordi marqua aussi un temps d'arrêt, son sourire figé par une crispation involontaire. Maintenant, ils ne pouvaient plus reculer. Il faudrait aller jusqu'au bout !

Debout, viticulteurs !
C'est trop, trop de malheurs
Luttons, luttons,
Et, sans faiblir, ensemble nous vaincrons !

Jordi passa le portail du mas en fredonnant *La Marseillaise des viticulteurs*, les mains dans les poches de son pantalon, le col de sa veste relevé car il faisait encore très frais à cette heure matinale. Le jour naissant repeignait le paysage en couleurs pastel, fragiles comme un souffle, délicates comme la courbe de la joue d'une fillette de seize ans que la vie et les trahisons n'ont pas encore abîmée.

De verres de rouge bus entre camarades pour fêter la réussite de la manifestation et trinquer au succès de la prochaine en « dernier petit coup pour la route », le Toni et lui avaient repris trop tard le chemin du retour pour espérer rentrer qui à Baixas, qui à Rivesaltes avant la nuit. Les autres membres de la délégation étaient dans le train depuis fort longtemps, peut-être même déjà arrivés, quant au Cinto qui faisait toujours bande à part, il connaissait tellement de monde dans la région qu'il devait lui aussi être loin, et ils s'étaient retrouvés tout seuls, quelque peu éméchés quoiqu'encore à peu près d'aplomb sur leurs jambes, à chercher un moyen de transport à la sortie de Narbonne. Un bourrelier compatissant leur avait fait une place à bord de sa charrette mais il n'avait pas pu les mener plus loin que Lapalme, au bord de l'étang à salins. Les deux frères de lait avaient continué à pied jusqu'à Fitou, où une veuve accueillante et esseulée leur avait offert le gîte et le couvert la semaine précédente, au retour de Lézignan. Elle avait même alors poussé « l'hospitalité » jusqu'à accueillir Jordi dans son lit où il avait passé une nuit fort agréable quoique peu reposante après la manifestation de l'après-midi. Aussi, c'est avec un clin d'œil coquin à l'adresse du Toni que, la veille au soir, il avait toqué à sa porte.

Malheureusement la veuve avait de la visite, son frère, et si elle accepta de leur ouvrir sa grange pour qu'ils puissent se reposer sur des toiles de sac empilées, il n'avait évidemment pas été question de la rejoindre dans sa chambre. Le regard désolé qu'elle avait jeté à Jordi en lui tendant sa lanterne et un quignon de pain avait assez dit combien elle le regrettait.

Était-ce la frustration d'avoir dû renoncer aux caresses de leur hôtesse ou sa hâte à raconter à Joan ce « serment des fédérés » prêté par des milliers de mains levées, mais Jordi n'avait pu trouver le sommeil. Il faisait encore nuit quand, n'y tenant plus, il avait réveillé le Toni qui ronflait béatement, la tête renversée en arrière, comme seuls peuvent le faire ceux qui sont en paix avec eux-mêmes. Faisant fi des protestations ensommeillées de son frère de lait, il l'avait traîné par les rues obscures jusqu'à la route où ils avaient arrêté un roulier aussi matinal qu'eux qui s'en allait à Perpignan.

Fils du Midi, debout !
Nous irons jusqu'au bout
Luttons, luttons,
Et sans faiblir...

Toujours chantant, Jordi poussa la porte de la maison, prêt à appeler son frère à pleins poumons pour le faire descendre s'il n'était pas déjà dans la cuisine, quand le refrain mourut sur ses lèvres.

L'*avia* s'affairait déjà près de la cheminée, ce qui n'avait rien d'étonnant puisque, malgré son âge, elle était toujours la première levée ; sauf que ce matin elle était penchée sur un jeune garçon dont Jordi ne pouvait distinguer les traits puisqu'il cachait son visage dans ses deux bras repliés en sanglotant à fendre l'âme. En entendant la porte s'ouvrir, il leva la tête et Jordi reconnut Jacquot, le benjamin d'Estève « *Vaig bé* » Ribera, un drôle de sept ou huit ans aux oreilles décollées sous le béret enfoncé jusqu'au ras de ses yeux rougis. L'*avia*, un bol de café fumant à la main, lui tapotait l'épaule de sa vieille main parcheminée où les veines bleutées transparaissaient à travers l'ivoire translucide de la peau.

Jordi, le cœur serré, pressentit un drame.

— Que se passe-t-il ? articula-t-il d'une voix sans timbre. Pourquoi le Jacquot pleure-t-il ?

Et, saisi soudain par le silence de la maison obscure :

— Et pourquoi le père et Joan ne sont pas là ?

L'*avia* eut un geste las vers l'arrière de la maison.

— Ils sont partis chez l'Estève dès que le petit est venu prévenir…

Le Jacquot eut un hoquet aigu comme un couinement de souris et la vieille femme s'interrompit pour lui chuchoter quelque chose à l'oreille.

— Prévenir de quoi ? s'impatienta Jordi. Il est arrivé quelque chose ?

— Les huissiers doivent venir saisir la maison des Ribera ce matin et l'Estève s'est barricadé dans sa cave. On ne sait pas ce qu'il y fait mais le petit dit qu'il a son fusil…

Au mot de « fusil », le Jacquot eut un nouveau hoquet convulsif.

— Ton père et Joan sont partis aussitôt essayer de le raisonner…

Seul un juron étouffé lui répondit, suivi du claquement d'une porte et du crissement des graviers giclant sous les semelles des *vigatanes* de Jordi.

Jamais il n'avait couru aussi vite. Les coudes le long du corps, la mâchoire crispée, il dévalait l'étroit chemin en pente qui menait chez les Ribera, de l'autre côté du canal. Ses pieds martelaient le sol en cadence, pulvérisant les crêtes durcies des ornières. Plus vite. Encore plus vite. *Bon Déu*, comment n'avait-il rien vu, rien compris ? Pourtant, il avait sûrement lu l'annonce dans *L'Indépendant*. Tous les jours, il y en avait une page entière… les vignes, les maisons, les charrettes, les meubles mis aux enchères à un prix dérisoire, parce qu'on n'avait plus rien. Comme tout le monde, il sursautait en voyant inscrit le nom de Rivesaltes, de Baixas ou de Peyrestortes… D'après la description du bien, quand il y en avait une, il essayait de deviner de qui il s'agissait… Oui, il avait sûrement lu celle concernant l'Estève. Mais il ne l'avait pas reconnue. Comment imaginer que « *Vaig bé* », celui qui allait toujours bien, qui ne se plaignait jamais… Quel crétin tu fais, Jordi Fabrègues ! Incapable de voir plus loin que le bout de ton nez… Vite. Pourvu qu'il ne soit pas trop tard.

Tout en se traitant mentalement de tous les noms, il coupa le dernier virage, sauta par-dessus une touffe de hautes herbes et déboula comme un fou dans la cour de terre battue où un petit groupe se tenait, silencieux.

D'un coup d'œil, il reconnut la femme de l'Estève à sa jupe fatiguée dont la couleur délavée hésitait entre le verdâtre et le gris. Elle se tordait les mains, soutenue par sa fille aînée qui n'avait même pas eu le temps de finir de se coiffer puisque ses longs cheveux bruns pendaient encore, libres, jusqu'au milieu de son dos. Deux autres enfants en blouse dont il ne pouvait discerner le sexe se serraient contre elles. Quelques pas devant cette grappe pitoyable, trois hommes conversaient à voix basse : le fils aîné d'Estève, Joan et le père.

C'est alors que Jordi prit conscience du raffut infernal qui résonnait dans la remise. Des chocs, des bruits métalliques, du bois qui éclate, du verre qui se brise… on aurait dit qu'un esprit démoniaque était en train de tout saccager, tout réduire en miettes.

Il esquissa un pas pour aller voir, raisonner peut-être le forcené, faire quelque chose en tout cas… mais Joan, qui l'avait finalement aperçu, le retint :

— N'approche pas, il menace de tirer si on intervient. Le père a essayé de le faire sortir : il l'a insulté en disant qu'il ne laisserait personne l'arrêter. On a envoyé un des gosses chercher les gendarmes…

Soudain, les deux battants de bois s'ouvrirent en grand sous une poussée rageuse et l'Estève parut, tout dégoulinant de sang.

Jordi étouffa un cri avant de se rendre compte que l'Estève, qui hurlait et gesticulait comme un beau diable, n'était pas blessé. Il était couvert de vin.

Derrière lui, dans la remise, c'était le chaos.

Les tonneaux renversés, les fûts éventrés à la hache laissaient s'écouler à gros bouillons toute la production de l'année qui n'avait pas trouvé acheteur. Des torrents écarlates cascadaient entre les comportes brisées, s'engouffrant sous l'arche dérisoire de leur cerclage de fer resté debout comme le cerceau à travers lequel bondissait le petit chien au cirque.

— Depuis deux jours, il ne parlait plus, expliquait le fils aîné en chuchotant. Il restait assis à la table, l'œil fixe comme s'il regardait quelque chose que lui seul pouvait voir. On l'interrogeait, il n'entendait pas…

— Mais pourquoi ne nous avoir rien dit ? protesta Joan sur le même ton. On aurait peut-être pu…

— Empêcher les huissiers de venir ? grinça le jeune homme. Et puis ce n'est pas le genre de la famille d'aller se plaindre !

Jordi écoutait les phrases échangées, les yeux toujours fixés sur l'Estève. Il ne pouvait détacher son regard de la silhouette ensanglantée qui se démenait en lançant des imprécations incompréhensibles vers le ciel qu'elle semblait menacer de son arme levée, en une pantomime macabre. La scène avait quelque chose d'irréel. À la fois grotesque et effrayante.

Enfin, Estève sembla se calmer. Il cessa sa danse effrénée et, prenant son fusil à deux mains, il le serra contre lui, comme s'il était le dernier ami qui lui restait, son ultime réconfort.

— NON !!!

Jordi hurla avant même d'avoir compris ce qu'il s'apprêtait à faire ; son instinct avait été plus rapide que sa raison.

La détonation le coupa sèchement, figeant toutes les personnes présentes dans la cour et faisant s'égailler une volée de moineaux qui en emportèrent l'écho sur leurs ailes.

Le corps de « *Vaig bé* » Ribera tournoya, tomba en arrière et s'abattit dans une grande éclaboussure. Le sang et le vin se mêlèrent dans une même mare vermeille.

12

— Fais-moi la courte échelle, *germa*, que j'aille en couper quelques petites branches.

Embrassant le tronc raviné du grand pin qui ombrageait de ses aiguilles sombres la cour du mas, Jordi se hissa d'un coup de reins jusqu'à la fourche où il s'installa à califourchon, son couteau à virole à la main, pour couper deux ou trois rameaux qu'il brandit triomphalement au-dessus de sa tête.

— Un cadeau pour le préfet Dautresme ! C'est bien lui qui nous a conseillé, puisque la vigne ne nous faisait plus vivre, de l'arracher et de planter à la place des amandiers et des pins ? On les lui fera bouffer en salade, ses *pinyes*[65] !

Rempochant son couteau, il dégringola à terre, les branchettes entre les dents.

65. Pommes de pin.

Le père qui attendait, assis dans la jardinière devant le portail, fit claquer son fouet en l'air avec impatience. Il était plus que temps d'y aller !

Jordi épousseta son pantalon du plat de la main et fit la grimace en jetant un coup d'œil à sa paume poisseuse :

— Et m… je me suis mis de la résine ! Ça colle… Tant pis, je n'ai pas le temps de me changer !

Prenant appui sur un des rayons de bois de la haute roue, il saisit le bras que lui tendait Joan et se hissa à ses côtés, derrière le père. Sans même attendre que ses fils soient assis, celui-ci ordonna à Bella, toujours vaillante malgré les ans, d'avancer.

Déjà sur la route, d'autres véhicules prenaient en procession le chemin de Perpignan : charrettes de vendanges à long plateau, calèches découvertes, landaus à capote, chevaux et bicyclettes que dépassaient les automobiles à pétrole à grand renfort de coups de trompe.

Hommes, femmes, enfants, jeunes et vieux, on y allait par familles entières. L'*avia*, qui n'avait pourtant pas l'habitude de se plaindre, avait cette fois maudit amèrement ses rhumatismes qui l'obligeaient à rester au mas.

Un sifflet aigu retentit dans la gare, prolongé à dessein par le machiniste qui semblait à lui seul vouloir donner le signal du départ de cet exode vers le chef-lieu du département. Les cheminots s'étaient joints au mouvement depuis le début : si le vin ne se vendait plus, c'était autant de trains en moins. Au temps de la prospérité, pas moins de cent trente employés travaillaient à charger et expédier les wagons-foudres à la gare de Rivesaltes. Aujourd'hui, combien en restait-il ?

Crachant et soufflant, le train bondé s'ébranla vers Perpignan au moment précis où la voiture des Fabrègues passait sous le pont du chemin de fer.

La Compagnie du Midi avait accordé un demi-tarif aux manifestants, mis en circulation des convois supplémentaires et rajouté des wagons pour pouvoir emmener tous ceux qui venaient de l'Aude et de l'Hérault et de tout le département des Pyrénées-Orientales. Depuis le matin, il était prévu une arrivée de train toutes les dix minutes à la gare de Perpignan.

Les Rivesaltais devaient s'entasser dans celui de Narbonne, tout comme les habitants de Peyrestortes et Baixas arrivés par le *mata burros*[66], le petit train à vapeur assurant la ligne transversale. Les rails vibraient depuis l'aube au passage des voitures pleines à craquer.

Le père arrêta la jardinière, le temps de voir

66. Littéralement « tueur d'ânes ».

défiler les drapeaux tricolores et les banderoles qui s'agitaient aux fenêtres tandis que le convoi prenait de la vitesse vers Le Vernet.

Car après Béziers, Lézignan, Narbonne et Béziers à nouveau le dimanche précédent, c'était au tour de Perpignan de sonner le rassemblement du Midi viticole pour une de ces manifestations apolitiques et pacifistes – le comité de défense viticole y tenait – dont le cérémonial était désormais bien rodé.

Revenus enthousiastes et plus résolus que jamais de Narbonne, convaincus que la victoire était désormais à portée de main, les membres du comité de Baixas, qui avaient pris tout naturellement la tête du comité départemental, n'avaient eu de cesse de montrer que la mobilisation des Catalans n'était pas moindre que celle de leurs voisins audois.

Ils en avaient appelé à tous leurs « frères de misère », exhortant par voie de presse : « Organisez-vous pour crier comme à Narbonne à ceux qui veulent nous affamer : les maîtres, c'est nous ! »

Les « gueux » ne voulaient plus subir et se taire. Ils avaient même posé un ultimatum au gouvernement. C'était une idée de Ferroul qui l'avait imposée malgré les réticences d'Albert et du comité d'Argeliers : « Si à la date du 10 juin, le gouvernement n'a pas pris les dispositions nécessaires pour provoquer le relèvement des cours, la grève de l'impôt sera proclamée et le comité envisagera s'il y a lieu de prendre des dispositions plus énergiques ! »

Ces messieurs de Paris qui préparaient, enfin, une loi contre le mouillage des vins et les abus du sucrage devaient comprendre qu'il y avait urgence et que les « forçats de la vigne » ne les lâcheraient pas avant d'avoir obtenu gain de cause.

« Forçats de la vigne, tu parles, maugréait le Cinto qui, contrairement à la plupart, gardait encore sa lucidité dans le tourbillon des événements. Comme si les grands propriétaires risquaient comme nous de crever de faim ! Ils n'organisent plus de brillantes réceptions et ne vont plus prendre les eaux à Vernet-les-Bains ou à La Preste... La belle affaire ! Comment ces "coffres-forts" osent-ils parler de privations ? »

Mais qui l'écoutait ? Propriétaires et ouvriers fraternisaient tandis que les adversaires politiques d'hier, qui refusaient jusqu'ici de se saluer et interdisaient à leurs femmes de se parler, partaient ensemble à la manifestation, bras dessus, bras dessous. Cette « union sacrée » faisait chaud au cœur de ceux qui n'avaient plus rien et se grisaient de mots et d'espérance pour ne plus entendre gargouiller leur ventre vide...

Le train avait disparu derrière la colline en lâchant un dernier panache de fumée aussitôt dissipé par une rafale de tramontane.

Les genêts en fleurs allumaient des soleils entre les vignes et les premières cigales déguisaient cette fin de printemps en début d'été. Les cimes enneigées du Canigou paraissaient flotter dans l'air bleuté du matin comme un nuage léger, le seul dans toute l'immensité du ciel au-dessus de leurs têtes.

Muntanyas regalades
Son las del Canigó
Que tot l'estiu floreixen
Primavera i tardor...

Joan fredonnait tout en mâchouillant une aiguille de pin qu'il avait arrachée d'un coup de dent à la branchette que son frère lui avait passée à la boutonnière.

Sur la route, la longue colonne des charrettes s'étirait à perte de vue vers le sud. Heureusement les organisateurs, instruits par l'expérience, avaient tout prévu y compris les endroits où voitures et chevaux pourraient être laissés pendant la manifestation.

Toutes les instructions avaient été publiées la veille dans le journal.

Au pas, les uns derrière les autres, on échangeait

saluts et nouvelles, gourdes d'eau fraîche et *porrós* de vin.

Les Fabrègues avaient ainsi été dépassés par l'élégant cabriolet conduit par Mateu « Ficelle », méconnaissable dans son complet havane, les cheveux gris fer bien coupés et les joues rasées de frais. La rente de madame lui permettait d'échapper à la crise mais il n'avait pas oublié ses longues années de labeur dans les vignes et il tenait à en être.

Puis la charrette des Mestres du mas Blanc les avait rattrapés un peu avant le petit pont sur la Llevanera et depuis les deux voitures cheminaient côte à côte. Le vieil Augustin avait entrepris le père sur les dernières nouvelles de la Chambre, approuvé silencieusement de la tête par la Tonia, raide dans ses habits du dimanche, un immense panier en osier sur les genoux. Elle tenait sa fille fermement par le bras, sans qu'on puisse savoir si c'était pour l'empêcher de tomber en cas de cahot brutal ou de répondre au sourire enjôleur des jeunesses qui passaient. Toute proprette sous sa coiffe blanche empesée, Anna Maria risqua un œil par-dessus l'épaule de sa mère en arrivant à hauteur des Fabrègues mais elle battit bien vite en retraite lorsqu'elle vit s'agiter nonchalamment la main de Jordi, mollement étendu à l'arrière de la jardinière.

— *Mare de Déu*, c'est à croire que tu lui fais

peur ! s'amusa Joan dont le signe de tête amical n'avait pas eu l'air d'intimider autant la demoiselle. Elle est rouge comme la crête d'un coq ! Qu'est-ce que tu es encore allé lui raconter ?

— Moi ? Rien du tout… mais depuis toute petite je lui fais cet effet-là. Va comprendre pourquoi…

— Il y a longtemps qu'elle n'est plus petite, apprécia Joan à voix basse en se penchant en arrière sous prétexte de ramasser son chapeau qui avait fort opportunément glissé. Elle s'est faite plutôt mignonne, tu ne trouves pas ?

— Oh, moi, je la vois toujours avec son sarrau et ses nattes ! répondit distraitement Jordi en sautant prestement à terre. J'en vois là-bas de Baixas… Je vais faire un bout de route avec eux.

Et il s'éloigna à grands pas. Joan n'eut pas le temps de voir si la rougissante Anna Maria était déçue car au même moment la clochette du tramway demanda le passage et Jepe fit une nouvelle fois claquer son beau fouet en bois de micocoulier de Sorède pour prendre les devants.

Le tram brinquebalant prenait son élan pour aborder la côte mais, alourdi par les grappes humaines qui s'accrochaient à ses marchepieds, il eut le plus grand mal à atteindre le sommet. La plaque de tôle qui vantait sur son toit les mérites du chocolat Menier brilla un instant au soleil avant qu'il bascule vers Le Vernet.

Au fur et à mesure qu'on approchait de Perpignan qui offrait au soleil de mai la croûte dorée de ses toits percée par le clocheton de la cathédrale Saint-Jean et les tours de briques rouges du Castillet, on rattrapait ceux qui étaient partis à pied dès avant l'aube.

— *Mira* qui voilà ! s'exclama Joan en désignant d'un coup de menton une silhouette claudicante sur le bord de la route. Ce ne serait pas le Lluis Comes ? Qu'est-ce qui lui prend de faire le chemin en marchant avec sa patte folle ? Il a les moyens de se payer le train…

— C'est un vœu qu'il a fait, expliqua le père Mestres en revenant à leur hauteur. Il dit qu'il veut participer aux souffrances des vignerons !

— Celui-là, gronda le père Fabrègues dans sa moustache, il ne sait plus comment se faire pardonner sa « trahison » durant la Commune. Pourtant, avec tous ces événements, personne n'y pense plus depuis longtemps… sauf lui. Comme dit la *sogra*, il fera pénitence jusqu'à la fin de ses jours !

— La conscience, c'est quand même quelque chose de terrible, approuva Mestres que la sienne ne tourmentait guère même quand il piquait un de ses accès de colère, dont la violence faisait fuir toute sa famille.

Sur cette bonne parole, on changea de conversation. De toute façon, le boiteux était déjà loin derrière, suant et soufflant avec une abnégation de martyr dans la poussière soulevée par les sabots et les roues.

Jordi réapparut peu après. Il les attendait, debout sur une borne de pierre d'où il bondit pour sauter dans la jardinière lorsqu'elle passa à sa portée.

— Tous les Baixanencs âgés de plus de douze ans ont fait le déplacement, annonça-t-il triomphalement. Figurez-vous que le curé s'est proposé pour garder les enfants pendant que leurs parents allaient manifester !

— L'évêque va en avaler sa mitre, ironisa Joan. Le *cura* donnant la main aux rouges !

— Tu sais bien que le mouvement est a-po-li-ti-que, martela son frère, avec un geste de son poing fermé comme pour le lui enfoncer dans la tête. Même les royalistes le soutiennent, alors…

— Ça ne leur fera pas de mal, aux gamins de Baixas, de passer un dimanche à l'église, intervint le père Mestres qui, bien que se vantant de voter radical, ne ratait jamais une messe dominicale.

— Et s'ils en ont marre d'écouter les prêches de *Mossen* Boutigna, ils pourront toujours admirer le retable. Avec toutes ces statues dorées, il y a de quoi faire ! soupira Jordi au souvenir des heures qu'il avait passées à les détailler quand la

Tata Lali, qui ne partageait pas l'intransigeance de son époux à l'égard de la religion, le traînait après elle aux vêpres.

Celle qui l'impressionnait le plus, c'était le pélican, perché tout en haut de l'immense panneau de bois sculpté. Le voyant bouche bée, la tête renversée en arrière, la Titine Bobo, une des bigotes qui semblaient hanter les lieux en permanence, lui avait expliqué que cet oiseau, comme le Christ, ouvrait son cœur pour donner à manger à ses enfants. Du haut de ses trois ans, Jordi n'avait pas vraiment compris la symbolique de l'eucharistie mais il était resté très impressionné par cet animal capable de s'offrir en pâture à ses petits. Et même aujourd'hui, à vingt-deux ans, il ne manquait jamais de le saluer mentalement quand d'aventure il entrait à Notre-Dame-des-Anges.

Ils étaient entrés au Vernet et la barrière de l'octroi se profilait déjà au bout de la rue de plus en plus encombrée quand on leur fit signe avec de grands moulinets de bras de ranger la voiture sur le côté. Avec le monde qui affluait de tout le département, il était impossible d'aller plus loin ; il fallait continuer à pied.

Tout en dételant Bella qui allait rejoindre plusieurs de ses congénères déjà occupés à se désaltérer dans une cour proche que les propriétaires, solidaires, avaient mise à la disposition des manifestants, Jordi poussa son jumeau du coude. Avec un clin d'œil coquin, il lui désigna le bâtiment qui leur faisait face : c'était la maison à la lanterne rouge, le claque miteux où il avait perdu sa virginité neuf ans auparavant. La glycine avait disparu et sur le pas de la porte, où de curieuses guirlandes de boules de liège avaient remplacé le rideau en perles de bois et de verre coloré, les « filles » du moment se pressaient, en faisant de grands signes amicaux aux passants. À les voir ainsi, échevelées, la mine chiffonnée après une nuit sans sommeil, serrant d'une main leur grand châle à franges sur leurs dentelles trouées, il sourit au souvenir de son ingénuité qui lui avait fait imaginer de sages écolières en vacances.

Remontant d'un coup d'épaule la courroie du bissac qu'il portait en bandoulière, il leur rendit leur salut. Avec de petits cris ravis, elles lui renvoyèrent des baisers du bout des doigts qu'il fit mine de saisir, ce qui parut les mettre au comble de la joie. Attirée par le caquetage dissipé de ses pensionnaires, une silhouette massive apparut derrière elles et leur intima aigrement l'ordre de rentrer. Au collier de perles d'agate qui étranglait son cou désormais épais comme une cuisse, Jordi reconnut, le souffle coupé, madame Louisa. Les années avaient fait prospérer sa graisse que son corset ne parvenait plus depuis longtemps à comprimer. À travers le tissu noir de son corsage au col montant, censé sans doute lui conférer une tournure respectable, il pouvait voir les marques en creux des baleines qui martyrisaient sa chair.

Jordi jeta à la dérobée un regard gêné à son jumeau mais heureusement Joan, courbé en deux pour glisser les cales sous les roues de la jardinière, n'avait pas remarqué l'imposante matrone.

À cet instant, elle tourna vers eux son petit nez en pied de marmite et Jordi ne put résister à la tentation de s'incliner galamment, cachant son émotion sous une ironie qui s'adressait autant à lui qu'à elle. Mais madame Louisa ne reconnut pas son « petit poulet ». Les lèvres serrées, le dos réprobateur, elle écarta les guirlandes de liège et disparut à l'intérieur.

Avec un haussement d'épaules, Jordi hâta le pas pour retrouver Joan et le père qui s'étaient joints au flot humain qui s'écoulait vers le pont de pierre enjambant la Têt.

Pour entrer dans Perpignan, c'était une véritable cohue. La rue étroite qui prolongeait le pont faisait goulet d'étranglement et il fallait piétiner sur plusieurs centaines de mètres avant de déboucher sur les quais de la Basse qui bordaient le centre-ville. Le grand terrain vague qui servait de dépôt aux diligences et de parc à chariots sur la rive gauche était plein depuis l'aube et les voitures s'y alignaient en rangs serrés, leurs brancards levés vers le ciel comme autant de bras, préfiguration silencieuse de la manifestation qui devait démarrer dans quelques heures.

Fendant la foule, les Fabrègues franchirent le pont sur la Basse et, laissant à leur droite la porte fortifiée du Castillet, ils remontèrent d'un bon pas la promenade des Platanes où ils avaient donné rendez-vous à Thérésina et à son mari.

Ils les trouvèrent un peu plus haut, sur les terrains encore en friche laissés par le dérasement des remparts, le long de la ligne du tramway de Canet. Le député Bartissol, qui était aussi ingénieur – et avait le nez pour les affaires –, avait été chargé par la municipalité de commencer à raser les murs de briques qui enserraient l'ancienne capitale du royaume de Majorque pour permettre à la ville de s'étendre plus à son aise. Depuis trois ans, ceux de Saint-Jacques et ceux de la ville neuve étaient ainsi tombés, libérant de vastes étendues qui attendaient d'être mises en construction.

De nombreuses familles s'étaient installées là, assises dans l'herbe encore verte, autour des paniers dont elles tiraient quelques provisions pour se restaurer avant d'entamer la longue marche de l'après-midi. La chère était maigre et se réduisait pour certains aux sempiternels oignons accompagnés d'un quignon de pain. L'oignon, cru, au gros sel, cuit, en salade, était devenu l'essentiel du régime des plus pauvres et ceux même qui s'en délectaient auparavant ne les mangeaient plus qu'à contrecœur à force d'en faire tous leurs repas.

Heureusement, nombreux étaient les gens de la plaine, ceux qui vivaient non pas de la vigne mais de la culture des fruits et des légumes, qui tenaient à montrer leur solidarité en approvisionnant les communes en lutte. Baixas voyait ainsi arriver régulièrement, tôt le matin, des charrettes chargées de légumes et même de pain envoyées par les municipalités de Pézilla-la-Rivière ou de Toulouges. Dès cinq heures et demie, les membres du comité de défense viticole pouvaient ainsi distribuer des vivres aux familles dans le besoin qui se pressaient place du Ball. On y allait non plus en se cachant sous un grand capuchon comme au temps des mendiants du crépuscule, mais la tête haute, presque fier de porter les stigmates du martyre de la viticulture.

Les Fabrègues, eux, recevaient directement des provisions par Augustin, le mari de Thérésina, qui faisait le trajet depuis Saint-Estève jusqu'à deux fois par semaine pour leur apporter des artichauts, des tomates ou des haricots dont ils distribuaient le surplus aux voisins. Jordi en apportait aussi de pleins paniers à la petite maison de la route de Calce qui semblait se faire de plus en plus bossue avec les ans. La Tata Lali aussi se voûtait et les rhumatismes l'obligeaient à économiser ses mouvements. Comme son estomac la faisait également souffrir, Jordi lui mettait de côté les plus tendres des légumes de l'Augustin. Bien sûr, elle avait vergogne à accepter : « Il y a tant de malheureux et toi, tu me traites comme une princesse ! » se défendait-elle en rougissant. Mais Jordi savait comment vaincre ses scrupules : « *Val més poc i bo que molt i dolent*[67] », lui répétait-il. Et la Tata Lali, qui n'aurait jamais osé aller contre la sagesse des proverbes dont elle avait fait une règle de vie, capitulait.

— *Els meus padrins*[68] sont là ! Ils sont arrivés !

L'enfant ne se sentait plus de joie. Bondissant comme un cabri, il déboula vers eux et s'accrocha à leurs cous sans cesser de brailler son refrain ravi.

— Holà Jepe petit, fais d'abord un gros *petó*[69] à ton vrai *padri* !

C'était un jeu dont ils ne se lassaient jamais. Lorsqu'après avoir perdu un premier enfant en couches, Thérésina avait donné le jour au fils tant attendu, elle avait tenu à l'appeler Joseph, comme

67. Mieux vaut peu et bon que beaucoup et mauvais.

68. Mes parrains.

69. Bisou.

son grand-père, et avait choisi Joan comme parrain… Tout en promettant à Jordi qu'il aurait le prochain pour filleul. Mais Thérésina avait du mal à mener ses grossesses à leur terme et le « prochain » avait tardé. Finalement c'était une « prochaine » qui était arrivée, une petite Lucie comme sa grand-mère disparue, et Augustin avait alors fait valoir les droits de son aîné André au cas où la famille ne s'agrandirait plus ; par les temps qui couraient, mieux valait ne pas avoir à nourrir une famille trop nombreuse et puis pourquoi mettre en danger la vie de Thérésina ?

Jordi était donc resté sans filleul, ce qui, sans aller jusqu'à l'aigrir – il avait bien d'autres préoccupations en ce moment ! –, avait quelque peu ravivé la vieille blessure de son enfance, lorsqu'il s'était senti « rejeté » de la famille. Le jeune Joseph que tout le monde appelait « Jepe petit » avait réglé le problème de la façon la plus simple, comme seuls savent le faire les enfants : dès qu'il avait su parler, accaparant en bloc ses deux oncles si pareils, il les avait appelés tous deux « parrain » et continuait depuis à les confondre dans une même adoration.

— Et moi alors ? protesta Jordi en soulevant le gamin qui gloussait de plaisir. Je n'ai pas droit à un gros *petó*, moi aussi ? Mais dis donc, tu as encore grandi ! Pour six ans, tu es un sacré gaillard… Comme ton *padri* !

— « Tes » *padrins*, rectifia Joan en saluant sa sœur. Je ne pensais pas que vous l'amèneriez. Vous n'avez pas peur qu'il soit quand même encore un peu petit pour une telle foule ?

— Jusqu'ici les manifestations se sont déroulées sans incident, se justifia Augustin en serrant la main de ses beaux-frères. Pourquoi voulez-vous que cela se passe mal aujourd'hui ? Regardez la une de *L'Indépendant*...

Il ramassa le journal qu'il avait laissé par terre.

— C'est adressé « À nos hôtes, à nos compatriotes, à nos amis »... Écoutez ça : « Il ne suffit pas de montrer de l'enthousiasme, il faut montrer de la discipline »... Et plus bas, en gras : « Pas de cris ! Pas de bousculades ! Aucune provocation ! Aucune injure ! »... C'est clair, non ? Je vous dis qu'il n'y a pas de danger !

— ... et puis essayez donc de l'empêcher de venir, cette petite tête de mule, renchérit Thérésina, en ébouriffant tendrement les boucles brunes de son fils qui avait hérité des traits réguliers de son père. Vous auriez dû voir la vie qu'il nous a faite : « Mes parrains y seront, je veux aller avec mes parrains... »

— Eh bien, ma fille, si tu commences à céder à tous ses caprices, tu n'as pas fini ! intervint Jepe l'ancien, en fronçant ses sourcils épais d'un air sévère qui fit reculer son petit-fils déjà très intimidé par l'*avi*[70]. Les enfants, ça doit obéir aux parents et pas l'inverse, nom de Dieu !

Joan et Jordi échangèrent un regard entendu. Après la crise bien sûr, c'était le sujet de mécontentement favori du « vieux ». Il trouvait que sa fille et son gendre gâtaient trop leur fils unique et pestait contre la nature qui n'avait pas voulu que Thérésina, comme sa mère avant elle, puisse avoir une nombreuse nichée. Elle aurait bien été obligée de se faire respecter !

— Savez-vous que le comité a décidé de rallonger le parcours de la manifestation ? interrogea Augustin pour faire diversion. En plus de ceux du département, on attend cinquante-sept mille manifestants de l'Aude et quarante-huit mille de l'Hérault. Sans compter les délégations du Var, du Lot-et-Garonne, de la Dordogne et de Charente ! Au total, les organisateurs ont compté qu'on devrait dépasser les cent cinquante mille personnes[71]...

— Trente mille de plus que dimanche dernier, s'exclama Jordi tandis que Joan laissait échapper un sifflement admiratif. Il va bien falloir que monsieur Clemenceau prenne les gueux au sérieux !

— En tout cas, il a fallu rajouter un kilomètre

70. Grand-père.

71. En fait, on comptera officiellement centre quatre-vingt mille.

au parcours pour permettre au cortège de se déployer, sinon les premiers seraient arrivés avant que les derniers ne soient partis !

— La marche sera longue, venez donc manger, appela Thérésina qui avait déballé les victuailles soigneusement enveloppées dans des torchons.

Tandis qu'elle coupait la large miche enfarinée, Augustin sortit même des profondeurs du panier ventru à rabats, discrètement pour ne pas faire d'envieux, un magnifique saucisson à la tranche rose mouchetée de blanc, épais comme le bras de Jepe petit, envoyé par sa famille de Llo qui n'avait pu descendre de sa montagne pour se joindre à cette fête du désespoir…

Une heure tinta au clocher de la cathédrale et Jordi referma son couteau avec un claquement sec. Le cortège commençait à se former et il devait rejoindre la délégation de Baixas qui ouvrirait comme d'habitude la marche juste derrière celle d'Argeliers. Ensuite se succéderaient Audois et Héraultais, et ceux venus d'encore plus loin qui recevraient à n'en pas douter une ovation particulière, et tous les villages du département, canton par canton, rangés derrière leurs pancartes et leurs bannières. Perpignan, ville hôte, fermerait la marche.

Jordi se leva, s'étira pour chasser la torpeur que le soleil au zénith et le repas de Thérésina faisaient peser sur sa nuque. Puis, le pas souple et les pouces passés dans la *faixa* qu'il avait enroulée autour de ses reins, il redescendit sans hâte vers la promenade où déjà les comités battaient le rappel de leurs concitoyens à l'ombre mouvante des platanes.

— *Espera*[72], je viens avec toi ! lui cria Joan en courant pour le rattraper. J'ai envie de voir partir la tête du défilé… après je reviendrai avec Rivesaltes !

Jordi ne répondit pas ; il se contenta de lui faire signe de la main de se presser. Les deux frères rejoignirent d'un même pas les rangs des manifestants en train de se former…

À deux heures sonnantes, le signal du départ fut donné. Joan était monté sur un banc pour mieux voir l'interminable colonne s'ébranler. Elle s'étirait sur toute la longueur de la promenade et une foule immense massée sur les côtés attendait encore de pouvoir lui emboîter le pas. Il chercha du regard ceux qui étaient devenus les héros de tout le Midi en crise, Marcellin Albert et le docteur Ferroul, qui devaient prendre la parole après la manifestation, mais la presse était trop grande et de là où il était perché, Joan ne distinguait qu'une mer humaine animée de vagues

72. Attends.

soudaines qui faisaient onduler les drapeaux tricolores comme autant de voiles de bateau sous le soleil de mai.

Sautant à bas du banc, Joan joua des coudes pour remonter le cortège.

Les Baixanencs menés par Joseph Tarrius, Tixeire, le président du comité, et leur maire, Henri Thomas, brandissaient leurs habituelles pancartes qui avaient déjà « fait » les précédentes manifestations : « Le sucre, voilà l'ennemi » et « Vive le vin naturel ! ». Une main artiste avait enjolivé cette dernière phrase du dessin d'un *porró*, d'un cyprès et de la haute tour, crénelée comme un donjon, du clocher du village. Joan entraperçut Jordi, au coude à coude avec le Cinto et le Toni, avant qu'un nouveau mouvement de foule ne le dérobe à son regard.

Ensuite arrivaient les délégations venant des autres départements, très applaudies, et les cinq cents habitants de Villeneuve-lès-Béziers qui avaient fait le déplacement avec pas moins de cinquante tambours et clairons rendaient la politesse aux badauds enthousiastes, proclamant par pancarte interposée : « Noble cité perpignanaise, tes frères de misère te saluent ! »

La réplique malheureuse du préfet Dautresme avait, semblait-il, inspiré beaucoup de manifestants : des commerçants perpignanais en retard qui rejoignaient à la hâte l'endroit où ils devaient se rassembler, devant les fortifications de la caserne Saint-Jacques, dépouillaient un pin du square près de la promenade pour en garnir leur boutonnière. Les gens de Thuir étaient armés de fourches garnies elles aussi de pin et d'amandier. Cases-de-Pena répondait directement au préfet sur ses pancartes : « C'est pas des pins que l'on demande, c'est du pain qu'il nous faut ! » En ajoutant : « On leur fera voir si c'est du battage » à l'adresse du gouvernement qui avait tenté de minimiser l'élan qui soulevait les départements méridionaux.

Saint-Estève avait dessiné une guillotine avec cette prédiction : « Tous y passeront ». Malgré cette sinistre sentence, l'ambiance était bon enfant et Joan distingua la petite tête hilare de son filleul qu'il supposa perché sur les épaules de son père, noyé dans la masse.

Il s'effaça devant un curé en soutane à la tête de ses ouailles. La barrette du religieux avait glissé sur le côté dans la bousculade et il suait à grosses gouttes mais n'en avançait pas moins d'un pas résolu, entraînant ses fidèles dans son sillage. En ce dimanche de Pentecôte, il semblait décidé à prouver que l'Esprit saint était descendu parmi les « gueux ».

Joan attendit que le troupeau de dévots ait fini de passer pour reprendre sa difficile progression vers l'arrière, le nez en l'air pour déchiffrer les inscriptions qui oscillaient dans les airs.

La bannière du Vernet était très admirée : on y voyait une femme donnant du raisin à son enfant qui lui demandait du pain.

Du pain, ils étaient nombreux à en agiter avec une étiquette indiquant « Le dernier croûton ». Caramany commentait la situation d'un jeu de mots : « La faim justifie les moyens. »

Cet humour, politesse du désespoir, c'était leur façon à tous de revendiquer leur dignité, de réaffirmer leur fierté malgré les avanies. En les voyant défiler, les joues creuses et les yeux un peu trop brillants, drapés dans leurs vêtements élimés comme dans des manteaux de cour, Joan eut l'impression de réentendre monsieur Roig, l'instituteur de ses onze ans, évoquant la silhouette tragique des derniers albigeois marchant au bûcher au pied de Montségur. Le docteur Ferroul ne stigmatisait-il pas dans ses discours, comme au temps de Simon de Montfort, les « barons du Nord » et leur sucre de betterave ?

C'étaient les mêmes que visait l'immense pancarte confectionnée par les Rivesaltais et qui montrait un tonneau écrasé par un énorme pain de sucre. Joan, rempli de fierté, compta à vue de nez trois mille de ses concitoyens en rangs serrés. Il les connaissait presque tous : les Dauré, les

Auzolat, les Bascou, les Estirach, les Alis et les Liloubes, les Gispert et les Joffre.

Il se glissa entre eux pour essayer de retrouver son père mais dans la cohue il ne parvint pas à repérer le chapeau noir un peu cabossé que Jepe enfonçait jusqu'au ras de ses sourcils. Il devait être avec les Mestres ou d'autres voisins.

Une main impatiente s'empara de son bras, l'obligeant à avancer. C'était au tour de Rivesaltes d'y aller et Miquelet Serradell l'entraîna avec autorité au moment où un clairon donnait le signal du départ. Joan se retrouva coincé entre le Miquelet et son cousin Giralt qui avait remplacé son habituelle casquette par un élégant canotier.

— Le peuple est en marche, mon vieux. *Sempre endavant*[73] !

La main du Pascual Balaguer claqua sur son épaule. Toute la fine équipe était là, bien sûr. Toute la jeunesse du bourg et des environs venue réclamer un avenir.

Devant eux, Raymond Gendre déploya un grand drapeau rouge que le vent fit s'épanouir comme un coquelicot au-dessus de leurs têtes. Sans même s'en rendre compte, ils se mirent au pas. Leurs semelles martelaient le pavé des rues de la vieille ville en une trépidation cadencée qui résonnait jusqu'au cœur. Une ardeur nouvelle

73. « Toujours en avant ! », devise des Catalans.

gagnait Joan. Le Pascual avait raison : rien n'arrêterait le peuple !

Et il joignit sa voix à celles des autres qui braillaient : « *Visca la terra !* » et « Mort aux fraudeurs ! ».

Tandis que le cortège virait, place de la Loge, devant la terrasse du grand café de France qui avait prudemment garé ses tables et ses chaises, une petite échauffourée éclata à cause du Pepi Mercader. Le Gitan à qui l'absence de Jordi, loin devant avec ceux de Baixas, donnait toutes les audaces, voulut s'emparer du drapeau rouge de Gendre en prétendant que celui-ci, trop vieux, le brandissait trop mollement. Il n'eut pas l'occasion de démontrer qu'il pourrait mieux faire. Une douzaine de mains se saisirent aussitôt de lui pour le rejeter en arrière.

Le Pepi disparut, poursuivi par une volée d'épithètes malsonnantes autant que vigoureuses. La dernière vision qu'ils eurent de lui fut un doigt levé vers le ciel, insulte autant que menace qu'ils choisirent d'ignorer. Ils n'allaient pas laisser ce serpent gâcher une si belle journée !

Ils resserrèrent les rangs et reprirent le pas alors que leur délégation défilait devant l'hôtel de ville où les trois « mains » de bronze scellées dans le mur de galets symbolisaient les trois États qui participaient antan à la gestion de la cité. En se retournant pour mieux les admirer, Joan aperçut à sa gauche une pancarte tenue par un homme qui arborait à sa manche un crêpe de deuil.

« Vengeance pour nos morts » était-il écrit en capitales noires, sans fioritures ni dessin. Joan sentit sa gorge se nouer : il y avait douze jours à peine, tout Rivesaltes accompagnait Estève Ribera à sa dernière demeure en maudissant le sort, et déjà on l'avait oublié.

13

— Tu vois quelque chose ?

Installé sur la fourche du pin solitaire qui résistait vaillamment au vent au sommet du coteau, Jordi scrutait la route poudreuse qui, de Perpignan, montait vers Rivesaltes à travers la blondeur mouvante des blés. La main en visière pour atténuer l'éclat du soleil qui noyait la plaine dans une brume de chaleur aveuglante, il secoua laconiquement la tête et le Toni, assis sur une pierre au pied de l'arbre, se remit à épointer le pieu qu'il avait ramassé en venant, en bordure d'une vigne.

— Mais qu'est-ce que tu veux faire de ça ? interrogea Jordi en changeant de position pour éviter la crampe au mollet.

— On ne sait jamais... pour me défendre, expliqua Toni en se levant. S'il y en a un qui m'attaque... mima-t-il en faisant de grands moulinets de son arme improvisée, la mine menaçante.

— Mais t'es pas un peu *boig*[74] ! protesta Jordi en riant sur sa branche. Si les soldats du 53e arrivent, tu veux faire quoi avec ton bâton contre leurs fusils ?

— Je ne sais pas, moi, grimaça le Toni, la crête quelque peu rabattue. Les retarder…

Jordi haussa les épaules.

— Notre mission, c'est de faire le guet et d'avertir si on voit venir la troupe, c'est tout.

Il tâta sa poitrine pour s'assurer que le grand foulard blanc qu'il avait glissé sous sa chemise, à même la peau, était toujours à sa place.

— À mon signal, le Jojo Figuères là-bas, au carrefour, enfourche sa bicyclette et fonce prévenir au village. Lui qui s'entraîne tous les dimanches pour disputer des courses, on va voir s'il peut faire Paris-Roubaix !

Le Toni le fit taire. Debout sur une pierre, les yeux plissés, il fixait un point au sortir du Vernet.

— *Espera*, Jordi, c'est quoi, ce nuage de poussière là-bas ? Je parie que c'est eux… Ils arrivent !

— *Calma*, tu ne vois pas que c'est juste la charrette d'un colporteur ? le rassura son frère de lait qui avait le regard perçant. *Apolit*, tu vas bientôt voir des pioupious partout ! Ne va pas faire comme le Bertran…

74. Fou.

À ce souvenir, les deux jeunes gens se tordirent de rire.

— Quelle histoire ! Le Bertran qui arrive en courant, en hurlant tout ce qu'il sait, et le tocsin qui sonne et tout Baixas en effervescence qui sort les barriques pour monter une barricade sur la route de Rivesaltes.

— … pendant que le père Thomas se prépare pour venir au-devant des forces de l'ordre se rendre comme il l'a promis…

— Thomas peut-être, mais tout le monde n'a pas la fibre héroïque. On m'a dit qu'un de ses adjoints s'était carapaté par la porte Saint-Joseph et zap, à travers la garrigue jusqu'à la *coma d'en Flassa* et Sainte-Catherine ! J'aurais voulu voir ça…

— Et tout ce sauve-qui-peut parce que le Bertran avait confondu le képi du facteur avec celui d'un gendarme !

Jordi en pleurait de rire. S'essuyant les yeux d'un revers de main, il essaya tant bien que mal de reprendre son sérieux tandis que le Toni essayait de trouver des excuses au trop pressé Bertran :

— Faut dire qu'avec toutes les rumeurs qui courent depuis une semaine, tout le monde est sur les nerfs… Depuis l'expiration de l'ultimatum et les démissions en série des municipalités, on s'attend tous les jours à des arrestations !

— Ferroul voulait tellement être le premier à

rendre son écharpe de maire qu'il a démissionné dès le 10, à huit heures du soir. Qu'est-ce qu'il ne ferait pas pour supplanter Albert, celui-là !

— Tu exagères un peu quand même…

— Pas du tout ! Tu ne te souviens pas de ce qu'il a dit il y a trois jours dans son discours pour la constitution de la Fédération départementale à Perpignan : « L'heure est trop grave pour que l'on puisse s'en rapporter aveuglément au comité d'Argeliers » !

— Il n'a peut-être pas tort, le père a toujours été méfiant à leur sujet…

— Mais le Cinto n'aime pas non plus Ferroul, ça ne veut rien dire !

— Le docteur Parès, lui, se dit son ami, ça ne veut rien dire non plus, alors ?

Jordi leva ses deux mains ouvertes pour montrer qu'il ne voulait pas entrer dans ce jeu-là.

— Ah, je ne dis plus rien contre lui depuis qu'il a préféré la cause des vignerons à celle de son parti ! Je n'aurais pas parié que le « lapin de Tautavel » démissionne aussi. Et pourtant il a tout de suite rendu son mandat municipal, et celui de président du conseil général en prime !

— M'sieur Clemenceau a pas dû être content ! Déjà que les huit cent mille manifestants de Montpellier il y a dix jours ont dû lui rester en travers de la gorge… Tu crois qu'il va faire arrêter Parès aussi ?

— Qui sait ? En tout cas pour l'instant il n'est pas sur la liste. D'après *L'Indépendant*, des mandats d'amener auraient été pris seulement contre Ferroul, tous les membres du comité d'Argeliers et six maires dont « notre » Thomas…

— … « Le plus honnête homme, le plus pacifique des républicains », qu'ils ont écrit. C'est beau comme de l'antique !

— N'empêche qu'on ferait bien d'ouvrir l'œil !

Jordi bondit sur ses deux pieds avec agilité, se tenant d'une main ferme au tronc rugueux.

— Et le bon ! Pas de danger que je m'*equivoca*[75] comme le Bertran. On ferait bien de se cotiser pour lui offrir une paire de lorgnons, il se fait vieux…

Toni ne releva pas tout de suite. Il s'absorba un moment dans l'épointage de son pieu, la tête penchée sur son ouvrage avec une attention exagérée. Jordi, qui ne voyait toujours rien de suspect à l'horizon, se rassit, les jambes ballantes.

Une *singlantana*[76] peu farouche prenait le soleil sur une pierre plate. Les genêts en fusion exhalaient leur lourd parfum de miel dans l'air brûlant ; l'après-midi s'avançait et la chaleur plombait sa nuque. Le crincrin lancinant des cigales le berçait. Il ne fallait pas qu'il s'endorme.

75. Trompe.

76. Petits lézards gris des murailles.

Joan, qui devait soufrer une vigne en pleine floraison – il fallait bien que quelqu'un continue malgré tout à s'en occuper –, avait promis de jeter un coup d'œil sur la route de Rivesaltes, histoire d'éviter une nouvelle fausse alerte. Mais ici, c'était sur lui qu'on comptait.

Jordi se pencha, faisant ployer la branche qui tint cependant bon, et du bout des doigts cueillit la gourde de peau qu'il avait suspendue un peu plus bas. L'eau était encore délicieusement fraîche. Il but à longues gorgées puis s'aspergea le visage en s'ébrouant. Des gouttelettes irisées tombèrent sur le bras et la main du Toni qui ne broncha pas. Les yeux toujours fixés sur sa lame de couteau, il interrogea soudain :

— En parlant des lunettes du Bertran : tu as vu sa fille ?

Jordi qui s'offrait une dernière gorgée, la tête renversée en arrière, s'étrangla.

— Mariette ? Mais elle a de bons yeux… De quoi tu me parles ?

— Je te demande seulement comment tu la trouves, répondit Toni d'un ton qui se voulait dégagé.

— Pourquoi, elle te plaît ? ironisa Jordi en suivant des yeux le vol erratique d'un papillon orange tacheté de marron.

Le Toni prit une profonde inspiration et lâcha d'une voix sourde :

— Je veux la marier. Elle est d'accord...

Jordi fixa la nuque brune au-dessous de lui, stupéfait. Se marier ? Il n'en croyait pas ses oreilles. Lui qui pensait tout connaître de son frère de lait, il ne s'était même pas rendu compte qu'il courtisait la Mariette, qu'ils « *festejaient* » comme on disait. Le Toni n'était en général pas très hardi avec les demoiselles : embarrassé par sa carrure de taureau et ses larges mains plus habiles à manier la charrue qu'à cueillir les tiges délicates des fleurs que prisait la gent féminine, il se contentait le plus souvent de rester dans l'ombre de Jordi, séchant à l'occasion les larmes de celles dont le bourreau des cœurs ne voulait plus. Qu'il ait pu ainsi oser aborder, seul, une jeune fille et s'en faire apprécier au point qu'elle accepte qu'il aille demander sa main à son père, et tout cela à son insu, Jordi n'en revenait pas !

Sautant à bas de l'arbre, il asséna une claque sonore sur l'épaule du Toni, toujours penché sur son bâton.

— Tu avais bien caché ton jeu, Casanova ! Qu'en disent le Cinto et la Tata Lali ?

— Ils ne savent rien encore. Je voulais t'en parler d'abord...

Jordi vacilla. L'émotion lui coupait la parole et il sentit ses yeux se mouiller. Le Toni avait vraiment le génie pour le « cueillir » aujourd'hui ! Un gros nœud serrant sa gorge, il étreignit son frère de lait et les deux jeunes gens restèrent ainsi un moment embrassés, sans un mot.

Un appel les fit se séparer précipitamment. En deux enjambées ils furent au bord de l'escarpement qui dominait la route. Zigzaguant comme un homme ivre dans l'effort qu'il faisait pour grimper la côte, le « Mile » Sarmet venait vers eux à toutes pédales en faisant de grands signes de son bras libre, l'autre tentant, sans grand succès, de maintenir le guidon droit.

Le Toni courut ramasser son pieu épointé en jurant :

— *Bon Déu*, les soldats... avec tout ça, on a failli les oublier !

Jordi, furieux de s'être laissé distraire de sa mission de guetteur, s'élança dans la pente.

— Attends, je vais voir ce qu'il veut nous dire...

Les semelles de corde de ses espadrilles glissaient sur l'argile sèche et les pierres qui roulaient sous ses pieds lui faisaient perdre l'équilibre mais il avait grandi dans la garrigue et, se retenant avec agilité d'une main aux touffes de ciste et de romarin qui offraient l'avantage de ne pas porter d'épines, il parvint sans encombre au bord de la route au moment où le Mile le hélait une nouvelle fois.

— Holà, Fabrègues ! *Cuita-te* !

— Me voilà ! Que se passe-t-il ? *Mare de Déu*, ne me fais pas tant languir…

Le Mile, effondré sur son guidon, s'efforçait de reprendre son souffle. Entre deux halètements, il fit signe à Jordi de lui laisser une minute tandis que le Toni les rejoignait dans une dernière glissade qui déclencha une avalanche de gravillons sur ses talons.

Finalement le Mile, le visage écarlate autant à cause de la chaleur et de l'effort qu'il venait de fournir que de l'excitation qui le faisait trépigner sur place à côté de sa bicyclette, retrouva la parole :

— Il y a eu du grabuge à Narbonne… On dit qu'il y a même des morts !

— Des morts ! reprit en écho le Toni, livide.

— Qui ça « on », et comment c'est arrivé ? interrogea fiévreusement Jordi en agrippant le bras du Mile.

— Ils sont venus arrêter Ferroul chez lui ce matin…

— Ah, les salauds, on savait bien qu'ils mijotaient quelque chose !

— La foule a voulu les en empêcher mais il a calmé tout le monde de son balcon et a accepté de se rendre. Mais pas à la police, à l'armée…

— Il a eu raison : il n'est pas un criminel mais un chef de guerre !

Le Mile, à qui son récit avait rendu tout son allant, renchérit :

— Il a tenu à ce que ce soit un simple soldat, un prolétaire quoi, qui procède à l'arrestation…

— Ce Ferroul quand même, faut toujours qu'il travaille pour la postérité !

Le Mile ignora le commentaire acide de Jordi et poursuivit :

— On l'a donc emmené en calèche à travers la foule jusqu'à un train militaire qui attendait en rase campagne…

— Si ça s'est passé dans le calme, je ne vois pas ce que…

— Mais laisse-le donc un peu parler ! intervint le Toni avec vigueur. Vas-y, Mile…

— *Gracies*. C'est après que ça s'est gâté… Les manifestants sont allés à la préfecture pour exiger la libération du maire mais ils ont trouvé les portes closes. Ils les ont enfoncées mais ils ont vite été dispersés. Les autorités ont alors fait donner la troupe, les cuirassiers ont chargé, paraît-il, et c'est là qu'il y aurait eu des victimes… On n'en sait pas plus pour l'instant.

— Mais comment as-tu appris tout ça ? Tu ne viens pas de Narbonne…

— Ben non, de Perpignan… mais *L'Indépendant* a sorti une édition spéciale ; ils reçoivent les nouvelles par télégraphe… Le journal est placardé partout en ville et tout le monde se presse dans la rue pour le lire !

Jordi n'hésita pas :

— On y va tout de suite ! En courant, on y est dans une demi-heure…

— Mais on ne peut pas abandonner notre poste, objecta le Toni. S'ils ont décidé d'arrêter tous les maires démissionnaires aujourd'hui, les soldats ne vont pas tarder !

Jordi jeta un coup d'œil vers l'astre solaire qui avait entamé sa descente vers le Canigou impassible.

— Écoute : Léon et le Quimet vont bientôt venir nous relayer ; c'est leur tour de guetter. En plus Sauveur et son père surveillent Saint-Louis-de-Gonzague où la cavalerie est cantonnée. On ne risque rien ! Tu fais ce que tu veux mais moi, je veux savoir ce qui se passe…

Le Toni capitula, comme d'habitude. Avec un soupir résigné, il remonta son pantalon de coutil brun qui avait tendance à glisser sur ses hanches, prêt à partir.

— Allons-y alors. Tu retournes avec nous, le Mile ?

— Non, je continue jusqu'à Rivesaltes pour annoncer la nouvelle. Salaud de Clemenceau, il nous aura pas !

Mais son anathème se perdit dans le vide. Jordi et Toni avaient déjà pris leurs jambes à leur cou et finissaient de dévaler la pente, petites silhouettes noires sur la blancheur pulvérulente de la route.

Le centre-ville de Perpignan était en ébullition. Sur la place de la Loge, au pied du Castillet, devant la cathédrale, on s'arrachait avec force commentaires véhéments la dernière édition de *L'Indépendant* qui titrait en grosses lettres noires et en majuscules : « LE SANG A COULÉ ». Sans même reprendre haleine, Jordi et le Toni passèrent d'un groupe à l'autre, apprenant par bribes entre deux exclamations ce qui s'était passé à Narbonne : la fusillade devant le bar Paincourt, le secrétaire de la Bourse du travail locale tué à la terrasse du café avec sa fille, le fils d'un photographe atteint d'une balle au poumon et opéré sur place...

Jordi éprouvait comme une sensation d'irréalité. Il avait toujours refusé de croire qu'on pourrait un jour en arriver là. Les images de la grande manifestation bon enfant qui avait piétiné, il y avait un mois seulement, le pavé de ces mêmes rues qu'il parcourait aujourd'hui et celles suscitées par ces mots imprimés parlant de fusils qui tirent et de sang qui coule se heurtaient dans sa tête. Son cerveau engourdi par le choc peinait à réaliser que tout venait de basculer...

— *Traicio* ! Trahison !

La voix qui roulait les *r* comme trois monsieur Bassède émanait d'un ouvrier en casquette au visage tavelé par des cicatrices de petite vérole, arborant autour du cou un mouchoir rouge clamant ses opinions.

— Quand les représentants du peuple font tirer sur le peuple, il n'y a qu'une réponse : la révolution !

La harangue sortait cette fois de la bouche d'un jeune homme efflanqué vêtu d'une sorte de longue redingote élimée aux coudes qui lui donnait vaguement l'air d'un clerc, ce que démentaient ses cheveux un peu trop longs et le feu qui consumait ses yeux noirs aux longs cils de fille. Un étudiant sans doute, jugea Jordi soudain tiré du rêve éveillé dans lequel l'avaient plongé les dernières nouvelles.

La stupeur qui avait annihilé en lui toute réaction cédait le pas à une colère sourde jaillie du plus profond de lui-même. C'était comme un volcan s'éveillant de son long assoupissement pour cracher sa lave incandescente à la face de ceux qui l'avaient cru définitivement dompté. La rage grondait en lui, renversant un à un les barrages que sa raison et les sages conseils du Cinto avaient érigés autour de ses blessures intimes.

Levant un poing vengeur, il apostropha à son tour les passants :

— Les traîtres paieront pour chaque goutte de sang qu'ils ont fait couler !

La férocité qui perçait dans sa voix fit reculer les gens autour de lui et même le Toni, éberlué, esquissa un pas en arrière. Jamais il n'avait vu son frère de lait dans cet état de transe sauvage qui faisait étinceler son regard et durcissait le pli de sa bouche en un rictus amer qui n'avait plus rien à voir avec le sourire enjôleur qui séduisait toutes les filles. Un soir de vendange, alors que les garçons de la *colla* contemplaient les étoiles, les mains croisées sous la nuque, les membres lourds de fatigue, Joan, dont c'était le tour de raconter une histoire s'était lancé dans une évocation héroïque de la Révolution française et de la folie qui avait amené ses chefs à s'entreguillotiner au nom de la Patrie et de la République. Sans doute les patriotes de 1789 devaient avoir ces yeux et ce visage-là !

Jordi, l'ouvrier à casquette et l'étudiant famélique restèrent seuls, le poing dressé, au milieu d'un grand cercle vide. Ils s'entreregardèrent un bref instant puis tombèrent dans les bras les uns des autres en s'appelant « *germa* » et « camarade ».

Son ardeur révolutionnaire ayant donné soif à l'ouvrier et l'étudiant voulant retrouver d'autres camarades avides comme eux de passer à l'action, Jordi suggéra de faire le tour des cafés pour les y chercher. Le trio s'enfonça donc dans les ruelles étroites et sales de la vieille ville en criant « Sus aux traîtres », le Toni suivant en traînant les pieds, trois pas derrière.

Ils écumèrent ainsi tous les bistrots autour de

la place de la République où se dressait l'aérienne structure de poutrelles métalliques qui couvrait depuis peu le marché, leurs appels à l'insurrection se faisant un peu plus violents à chaque verre de vin. Et comme, pour trinquer à la révolution future, chacun tenait à payer sa tournée – Jordi s'acquittant de celles de l'étudiant qui avait des idées très audacieuses mais pas un sou vaillant –, c'est bien éméchés et le pas mal assuré qu'ils échouèrent au bar du Chat noir, place du Marché-Neuf.

La nuit était tombée depuis longtemps et les réverbères laissaient couler sur le pavé des flaques de lumière jaune. Ayant épuisé tous les commentaires sur les événements de Narbonne, les badauds étaient rentrés chez eux mais les trois « camarades », auxquels s'étaient joints quatre autres soiffards que l'alcool rendait braves… en paroles, n'en finissaient plus de tirer des plans pour rendre au gouvernement la monnaie de sa pièce, derrière les rideaux d'un blanc douteux qui masquaient les fenêtres du café donnant sur la place.

Profitant de ce que Jordi, l'œil de plus en plus brumeux et le verbe de plus en plus virulent, sortait se soulager dans l'encoignure d'une porte, Toni essaya de le convaincre discrètement d'en rester là :

— Rentrons maintenant… Il s'est peut-être passé des choses à Baixas et nous ne le savons même pas, argumenta-t-il en tâchant d'éviter le jet que son frère de lait ne maîtrisait plus et qui menaçait de lui éclabousser les pieds. Cet après-midi, il y avait une réunion extraordinaire du comité départemental, il faudrait savoir ce qui a été décidé… *Anem*[77], il faut partir.

Jordi fit non de la tête tout en visant la borne de pierre qui marquait le coin de la rue.

— Au moins, on pourrait passer à la Bourse du travail… Vu les événements, il y a sûrement encore quelqu'un à cette heure. Ils auront les dernières nouvelles…

Jordi haussa les épaules, dédaigneux.

— La Bourse ? articula-t-il précautionneusement, la voix pâteuse. Pour entendre encore parler des lois de la République et du Midi en marche ?

Il lâcha un rire désabusé qui résonna sur la place déserte et se répercuta en écho jusque dans la rue des Augustins comme si quelqu'un dans l'ombre tournait en dérision ses illusions perdues.

— Les belles paroles et les grands discours, c'est terminé, annonça-t-il en arrosant la borne de plus belle. Place à l'action maintenant !

— Quelle action ? s'énerva le Toni. Tu es là à pisser sur le trottoir tandis que les autres sont vautrés sur la table à s'écouter parler et à se saouler !

Jordi se redressa tout en secouant son engin.

— Ne dis pas de mal d'eux, ce sont mes camarades !

77. Allons.

— Mais tu ne les connais même pas ! Ce ramassis d'ivrognes ne peut t'amener que des ennuis…

Jordi, qui se battait à présent avec sa braguette, leva une main sentencieuse, quasi prophétique, vers les étoiles.

— Ce sont mes *germans*[78], eux au moins ils me comprennent !

Et, renonçant à fermer le dernier bouton qui s'obstinait à lui échapper, il retourna dans le bistrot, le pantalon ouvert, la jambe raide pour contrecarrer le roulis qui le faisait vaciller, solennel et ridicule.

— Tes *germans*, c'est moi et Joan…

Mais Jordi ne l'entendait déjà plus et la protestation fraternelle rebondit sur la porte qui se refermait derrière lui. Résigné, Toni le suivit à l'intérieur du bar en marmonnant entre ses dents.

Entre deux hoquets avinés, les autres péroraient toujours, chacun dans son coin, prenant à témoin la lampe, l'affiche graisseuse sur le mur, ou leur verre sans plus se préoccuper des voisins.

S'emparant de la dernière bouteille qu'ils n'avaient pas encore vidée, Antoni Marti, fils de Jacinto et Eulalia Marti, s'attabla à son tour, bien résolu à les imiter et à boire jusqu'à ce que le souvenir de cette sinistre journée s'efface de sa mémoire…

78. Frères.

14

Toni s'éveilla le lendemain avec la sensation d'avoir été roué de coups. Il n'avait pas l'habitude de boire autant. Un tambour obstiné battait la charge dans sa tête et ses paupières semblaient de plomb. Lui qui se levait toujours avant l'aube, en un clin d'œil, frais et dispos, prêt à se mettre au travail sans délai... Ah, il n'y avait pas de quoi être fier !

Il étira précautionneusement ses membres ankylosés et, prenant appui sur une chaise qui aurait eu bien besoin d'être rempaillée, il se mit debout. Passant une main hésitante sur sa nuque endolorie, il fit le tour du galetas sordide où il avait, semblait-il, fini la nuit. *Semblait-il*, car il ignorait comment il avait bien pu arriver dans cette mansarde sous les toits.

Se retenant de la main à une poutre pour éviter de trébucher, il jeta un coup d'œil par la lucarne poussiéreuse qui laissait filtrer un jour sale et morne. Tout en bas, petites silhouettes noires de fourmis affairées, les Perpignanais se hâtaient vers le marché dont on apercevait quelques étals protégés par des auvents rayés, dans le coin, plus à droite. En face, on pouvait voir un bout de l'enseigne du bar du Chat noir. On devait être rue de la Fusterie.

Se détournant, Toni revint vers ses compagnons de beuverie qui ronflaient encore, la tête renversée, la bouche ouverte, de ce sommeil lourd que procure l'ivresse. La tignasse emmêlée de Jordi émergeait d'un tas de couvertures ou de vêtements jetés à même le plancher et contre lequel s'adossait l'étudiant, la tête retombant sur la poitrine tel un pantin désarticulé. Le Toni jeta un regard méprisant sur les mains blanches aux longs doigts nerveux qui n'avaient sans doute jamais manié le moindre outil, jamais travaillé un bout de vigne. Et ça voulait faire la révolution ! Tu parles ! À condition que ce soient les autres qui donnent les coups… et les reçoivent !

Les événements de la veille lui revinrent brusquement en mémoire… Ah, les lâches ! Maudits soient Clemenceau et sa bande ! Et si, pendant qu'ils dormaient, ils avaient donné l'ordre d'arrêter Thomas ? Et si la troupe était déjà devant Baixas ? À cette pensée son sang se figea : s'il devait y avoir affrontement, son père serait le premier sur la barricade et, tandis que les notables qu'il détestait tant prendraient la poudre d'escampette, il braverait les balles pour que flotte le drapeau rouge qu'il avait sorti de sous les draps de l'armoire depuis l'expiration de l'ultimatum. Il n'y avait pas une minute à perdre.

Écartant sans ménagement l'étudiant qui bascula sur le côté, le nez contre le mur, sans cesser de ronfler, il enjamba les couvertures, saisit son frère de lait par les épaules et se mit en devoir de le secouer.

— *Desperta't*[79]... Il faut qu'on retourne !

Jordi entrouvrit un œil éteint et fit mine de se rendormir. Mais Toni n'avait pas l'intention de le laisser faire. Passant son bras musculeux derrière son dos, il entreprit, non sans mal, de le remettre sur ses pieds. Jordi grogna, pesta mais se laissa faire.

— Où sommes-nous ? bâilla-t-il en jetant un regard circonspect autour de lui.

— Dans la chambre de ton « frère » étudiant, je suppose...

— Mon quoi ? Qu'est-ce que tu racontes ?

— Tu ne te souviens plus de tes « camarades révolutionnaires » ? ironisa Toni en retournant du bout du pied l'ouvrier aux joues tavelées qui

79. Réveille-toi...

dormait toujours, à plat ventre, des fils de bave accrochés à son menton mangé de barbe noire.

— Sortons, ça pue ici ! grimaça Jordi en plaquant une main dégoûtée sur son nez.

— La vinasse et la pisse, rigola Toni, et tu y as pris ta part, *borratxo*[80] !

— Moi ? protesta mollement Jordi en ratant la première marche de l'escalier vertigineux qui dégringolait les étages entre deux murs lépreux que l'humidité tachait d'auréoles sombres.

Toni le rattrapa au vol et le soutint jusqu'en bas pour éviter qu'il se rompe le cou.

— Allez, on rentre ! *Cap a casa*[81]…

— On fait d'abord un tour au comité pour connaître les dernières nouvelles, corrigea Jordi à qui l'air de la rue semblait rendre un peu de lucidité.

Il s'arrêta sur le pas de la porte de l'immeuble qui s'ouvrait entre l'officine d'un barbier et une boutique vendant des ombrelles et des parapluies, se massa les tempes pour desserrer l'étau qui broyait son crâne, huma les senteurs vagabondes qui émanaient des étals du marché, un peu plus bas dans la rue.

— J'ai faim… On s'achète un bout de pain, on voit si le comité a décidé d'une riposte et on rentre, ça te va ?

80. Ivrogne.

81. À la maison…

— Ça me va, approuva joyeusement Toni. On aurait dû commencer par ça mais bon, en faisant vite…

Mais vite, ce fut impossible. La ville bruissait de rumeurs contradictoires. On citait quelqu'un de la mairie ou de la préfecture, des nouvelles arrivées par télégraphe et même par ce bizarre engin qui permettait de parler à distance : le téléphone.

Ferroul était emprisonné et le comité d'Argeliers avait été arrêté mais Albert avait réussi à s'échapper. On disait qu'il avait pris le train pour Paris, on se perdait en conjectures sur ce qu'il entendait y faire. Selon certains il cherchait une arrestation fracassante en pleine Chambre des députés pour faire honte au gouvernement, pour d'autres il voulait rencontrer Clemenceau pour essayer de le fléchir…

Les meneurs du mouvement se faisaient discrets de peur de se retrouver aussi en prison mais la rue, le premier instant de stupeur passé, reprenait le flambeau, exigeant la libération de ses chefs et le vote, enfin, de la loi contre les fraudeurs.

Et à nouveau les rumeurs : il y aurait encore eu des incidents à Narbonne, et de nouvelles victimes…

Les habitants des faubourgs et des villages avoisinants affluaient à Perpignan pour en savoir plus. Le centre-ville était noir de monde. Jordi fendait la foule, grisé de sentir autour de lui battre le cœur de la révolte.

On n'avait pas faim mais on buvait sec ; parler, ça donne soif ! Et le ton montait, les esprits s'échauffaient…

Les rumeurs se faisaient de plus en plus insistantes. On ne parlait même plus au conditionnel. C'était désormais une certitude : il y avait eu de nouveaux morts. Les chiffres enflaient avec les heures : un, trois, six, dix… Certains prédisaient une véritable hécatombe dont le pire était à venir.

On avait envoyé des émissaires à la gare pour interroger les voyageurs et les conducteurs des trains arrivant de Narbonne. Ils racontaient tous la même histoire : une ville en état d'insurrection, l'ordre de tirer, les cris, le sang qui jaillit…

Le soleil couchant qui incendiait les toits de tuiles rousses et rougissait les façades de pierre semblait faire couler sur Perpignan les blessures des victimes narbonnaises.

De bouche à oreille, le bruit courut alors qu'on placardait la dernière édition de *L'Indépendant*. Ce fut la ruée…

Jordi et le Toni suivirent le mouvement jusqu'à la place Laborie et de là devant l'immeuble qui abritait le quotidien, rue de la Préfecture.

Bousculant au passage un employé qui avait

oublié dans l'agitation d'enlever ses manches de lustrine et un commerçant en tablier bleu, ils réussirent à se frayer un passage jusqu'au premier rang pour déchiffrer les titres imprimés en grands caractères noirs placardés sur la porte. Les mots semblaient leur sauter au visage : « Atrocités à Narbonne », « Encore du sang », « Les fantassins du 139e tirent dans le dos », « Quatre morts devant l'hôtel de ville », « Cécile Bourrel, une jeune fille de vingt ans, tuée d'une balle dans la tête »...

Des cris de colère et de désespoir fusèrent. On brandissait le poing, on accusait... Qui arracha le premier pavé à la rue ? Nul ne le sait mais on entendit soudain un bruit de verre brisé : des pierres venaient de faire voler en éclats les vitres de plusieurs fenêtres de la préfecture qui se dressait à deux pas. On applaudit.

S'ensuivit une *espadragade* dans les règles où les insultes fusaient autant que les pavés. Un orage de mots, une grêle de pierres s'abattirent sur la large porte cochère close, symbole de cet État qui restait sourd aux prières de ses enfants et donnait l'ordre de les assassiner...

Un homme que la rumeur identifia comme le commissaire Portalier essaya de fendre la foule qui le conspuait ; un bon samaritain vint à son secours pour le sortir de la mêlée.

La rue de la Préfecture était noire de monde

et la confusion à son comble. Un général de division[82] en tenue arriva sur ces entrefaites pour demander aux manifestants de rentrer chez eux. La foule versatile l'acclama :

— Vive l'armée !

Enhardies, d'autres personnes se joignirent à lui pour appeler au calme : le directeur de *L'Indépendant* lui-même, puis Tarrène, un des adjoints au maire démissionnaire. On le porta en triomphe, ce qui ne fut pas du goût des plus enragés qui, changeant de cible, firent éclater à coups de pierres les lampes électriques qui éclairaient les façades de *L'Indépendant* et de la poste. La rue se retrouva d'un coup plongée dans l'obscurité.

Il y eut des cris, des bruits sourds, des remous…

— Filons, souffla Jordi à l'oreille de son frère de lait. Dans le noir, ils sont capables de s'entretuer !

Se repliant sur la place de la Loge, ils firent le tour par le Castillet pour prendre la préfecture à revers, sur le quai Sadi-Carnot qui grouillait de monde comme un jour de 14 Juillet.

Mais aujourd'hui ce n'était pas le passage d'un quelconque défilé sur la chaussée pavée qu'on admirait, ni d'ailleurs, en se penchant par-dessus

82. Le général Bertrand.

la balustrade de fer forgé, les berges fleuries de la Basse qui coulait sans se presser vers son rendez-vous avec la Têt. On avait là aussi affiché la dernière édition de *L'Indépendant* sur les platanes et, tournant le dos à l'eau comme à l'immeuble préfectoral, des grappes bavardes s'agglutinaient autour des arbres qui ombrageaient en chapelet le trottoir, se haussant sur la pointe des pieds pour mieux lire les pages à l'encre encore fraîche, clouées à la hâte sur l'écorce pâle, un peu de guingois.

Les soldats de faction avaient déserté leur pimpante guérite tricolore pour se mettre prudemment à l'abri à l'intérieur. Le préfet Dautresme, celui-là même qui conseillait aux viticulteurs de planter des pins et des amandiers, avait apparemment donné l'ordre de ne pas répliquer et cette façade de briques rouges, impavide, sourde à ce qui se passait à ses pieds, mettait les émeutiers au comble de l'exaspération.

Il était près de dix heures. La nuit était tombée sans calmer les esprits. La foule, houleuse, vociférante, bloquait tout le quai. Soudain, dominant le tumulte, une voix cria :

— Enfonçons les portes… À bas, à bas !

Comme si elles n'attendaient que ce signal, des dizaines d'épaules vinrent heurter le double battant de bois au rythme de grands « Oh, hisse ! » hurlés par des dizaines de gorges, des mains arrachèrent un banc installé là pour le repos des flâneurs, et de ce bélier improvisé finirent de forcer l'entrée de la préfecture.

Jordi et le Toni, pris par la fièvre générale, furent de ces épaules, de ces gorges et de ces mains. Lorsque les portes cédèrent, ils s'engouffrèrent d'un même élan dans l'ouverture, emportés par le courant irrésistible de ce torrent humain jusque dans la cour d'honneur. Parmi tous les visages qui les entouraient, taches pâles que le tourbillon rendait floues, le Toni reconnut celui de l'ouvrier au foulard rouge qui avait partagé leur nuit d'ivresse. Mais de l'étudiant, pas de trace... Évidemment quand il s'agissait d'agir, il n'était plus là, ricana intérieurement le fils du Cinto.

Un peu de paille trouvée dans un réduit, une poignée de soufre et des torches s'allumèrent.

À leur lueur vacillante, ils aperçurent la silhouette claudicante de Lluis Comes s'efforçant malgré son âge de grimper dans les étages. Voilà que le « versaillais » virait sur ses vieux jours au révolutionnaire !

En suivant des yeux son ascension laborieuse, Toni crut distinguer, plus haut, presque sur le palier, l'ombre agile du Pepi Mercader. Non, il devait se tromper. Ce n'était sans doute qu'une vague ressemblance, un autre Gitan peut-être...

Des meubles s'écrasaient dans la cour, des papiers pleuvaient, tourbillonnant dans les airs telle une nuée neigeuse. Par les fenêtres, des mains anonymes les jetaient par poignées, vidant tiroirs et armoires.

Jordi fronça le nez et renifla.

— Ça sent le brûlé… *Verge Mana*, ils ont mis le feu !

Toni leva la tête. On ne voyait pas encore de flammes mais de la fumée montait dans l'air nocturne qui retentissait de clameurs sauvages et d'imprécations. Un cri aigu de femme perça soudain le vacarme.

Toni lâcha la chaise qu'il s'apprêtait à briser contre une colonne et regarda Jordi qui paraissait hésiter. Subitement dégrisé, il contemplait d'un air hagard le rougeoiement qui palpitait à présent dans la nuit, au-dessus de leurs têtes. On apercevait un lustre à pendeloques de verre que le reflet de l'incendie faisait scintiller de mille étoiles.

— Les cons, ils vont nous faire griller le préfet ! *Vine aqui*[83], Toni… Il faut les en empêcher !

Tirant un grand mouchoir à carreaux de sa poche, il s'en masqua le visage pour éviter d'inhaler la fumée et fit signe au Toni de l'imiter. Puis, prenant son élan, il s'élança dans l'escalier.

L'incendie faisait rage dans le salon du préfet. Les flammes dévoraient les lourdes tentures avec

83. Viens ici.

gourmandise, s'attaquaient aux pieds des fauteuils recouverts de velours, mais la pièce était vide. Ils passèrent outre. Au deuxième étage, ils débusquèrent un huissier tremblant, réfugié dans ce qui devait être une garde-robe. L'homme, terrorisé, leva les mains comme pour demander pitié.

— Ne t'inquiète pas, camarade, nous ne te voulons aucun mal… Sais-tu où sont le préfet et sa famille ?

Le bonhomme tremblait comme une feuille et les mots avaient du mal à franchir le nœud de sa gorge ; ils finirent cependant par comprendre que le préfet Dautresme, ses proches et les membres de son cabinet s'étaient réfugiés sur le toit.

— Pourquoi ne vas-tu pas les rejoindre ? proposa le Toni à qui le malheureux faisait pitié.

L'homme montra sans un mot sa jambe raide. Sans doute un militaire reversé dans l'Administration après une blessure. Le prenant par l'épaule, Jordi lui fit signe de les suivre.

— Viens, tu vas sortir avec nous… Il ne t'arrivera rien.

Ils redescendirent le grand escalier, à contrecourant du flot montant à l'assaut des étages. Un jeune homme très excité les bouscula en brandissant comme un trophée l'épée du préfet au-dessus de sa tête. Le flot s'inversa pour le suivre et ils purent regagner la cour.

Un charreton avait été jeté dans la fournaise et, par la porte ouverte sur la rue, on pouvait voir la foule compacte et houleuse s'agiter derrière les flammes comme les damnés de l'enfer.

Les casques dorés de quelques pompiers essayaient de se frayer un chemin au travers pour approcher une pompe à incendie mais nul ne semblait décidé à les laisser passer.

Le mouchoir toujours sur le visage, Jordi et le Toni parvinrent à s'extraire de la masse, tirant après eux l'huissier tremblant qui disparut sans demander son reste ni même les remercier dès qu'il vit que la voie était libre.

La foule s'était précipitée à la suite du jeune excité de l'escalier qui s'acharnait à tordre la lame de l'épée préfectorale sur la rambarde du quai. Lorsqu'il y fut parvenu, il la jeta d'un grand geste théâtral dans la Basse, sous les acclamations.

Jordi secoua la tête.

— Il y a quelque chose que je ne comprends pas : ça fait plus d'une heure que la préfecture est assiégée… Comment se fait-il que Dautresme n'ait pas appelé la troupe à son secours ? Il a le téléphone…

Comme pour répondre à son interrogation, un clairon sonna dans le lointain, puis plus près. La troupe arrivait. Bien tard.

— Ils vont charger ! Vite, filons…

Toni le tirait par la manche ; Jordi prit ses jambes à son cou, les yeux fixés sur les rails du tramway qui descendaient le quai vers le Castillet.

Avant de l'imiter, le Toni jeta un dernier regard vers la préfecture. Des silhouettes sombres se détachaient en ombres chinoises sur les fenêtres incandescentes du premier étage. L'une d'elles se pencha furtivement par la croisée ouverte sur la nuit, sans doute pour guetter l'arrivée des militaires : l'homme de l'escalier, celui qui ressemblait au Pepi.

15

Levant la tête par-dessus son bol de café fumant, Joan vit les deux silhouettes à bicorne s'encadrer dans l'ouverture de la porte. Il faisait déjà chaud malgré l'heure matinale et un peu plus tôt, en se levant, il avait poussé le battant pour créer un léger courant d'air. Les deux gendarmes n'avaient donc pas eu à frapper, ils étaient entrés directement.

À les voir surgir ainsi, la mine embarrassée, le cœur lui manqua. Il reposa son bol de faïence avec la certitude d'une catastrophe imminente. Il se força néanmoins à les saluer calmement, comme si son amabilité coutumière pouvait ramener la situation à la normale, comme s'il pouvait ainsi obliger le destin représenté par les deux pandores à passer son chemin...

— Bonjour, messieurs, que nous vaut l'honneur de votre visite ?

Ses maîtres n'auraient rien trouvé à redire à la formule de politesse. Il avait même ravalé le « *Bon dia* » catalan : on se doit de parler français aux représentants de la loi républicaine. En fait, cette précaution oratoire était superflue vu que les deux gendarmes, qu'il avait eu l'occasion de rencontrer à maintes reprises, étaient roussillonnais, l'un de Saint-Laurent-de-la-Salanque, l'autre d'Elne, et ils s'exprimaient la majeure partie du temps eux-mêmes en catalan, y compris lorsqu'ils étaient en service comme c'était visiblement le cas ce matin. Mais bon, la déférence implicite dans l'emploi du français les disposerait peut-être plus favorablement à l'égard des Fabrègues !... À moins que ce ne soit le contraire : ce respect exagéré leur ferait peut-être croire qu'il avait quelque chose à cacher comme du temps de la communale, la pomme ou les figues que le Fernand Battle apportait au maître les jours où il ne savait pas ses leçons. Mais les militaires étaient sûrement moins perspicaces que monsieur Roig.

Toutes ces pensées avaient traversé l'esprit de Joan en un éclair tandis que les deux hommes entraient dans la cuisine et s'avançaient jusqu'à la table, la démarche raide et le regard fixe.

Ils s'arrêtèrent avec un claquement de bottes sur le pavage de briques rouges, regardant sans la voir la rangée de bocaux sur l'étagère qui leur faisait face.

On aurait dit que, leurs esprits répugnant à accomplir la mission qui leur avait été dévolue, seuls leurs corps étaient présents, exécutant mécaniquement les gestes qu'on attendait d'eux. Ainsi, portant la main à leur bicorne noir, ils saluèrent d'un même geste l'*avia* qui venait de faire son entrée dans la cuisine.

Malgré les rhumatismes qui lui martyrisaient le dos et les genoux, elle continuait vaille que vaille à faire tourner la maison. Seulement, avec l'âge, elle dormait de plus en plus mal et ne trouvait souvent un peu de repos qu'au petit matin. Elle avait donc dû se résigner à ne plus être la première levée, souvent devancée comme aujourd'hui par ses petits-fils. Elle avait eu du mal à encaisser le coup : c'était un peu comme si on lui avait retiré ses prérogatives de maîtresse de maison, comme si désormais elle n'accomplissait plus la tâche qu'on avait toujours attendue d'elle… Et même si elle savait que son gendre ne la renverrait pas pour autant, son inutilité la tourmentait.

Refusant la main secourable que lui tendait Joan, elle saisit la cafetière et s'apprêtait à se servir lorsqu'elle parut se rendre compte de la présence, incongrue dans sa cuisine, des deux gendarmes en uniforme au garde-à-vous. Pour elle qui n'avait jamais eu de sa vie affaire aux forces de l'ordre, cela ne pouvait signifier qu'une mauvaise nouvelle, un accident, un désastre. Elle se laissa tomber sur une chaise, une main sur sa poitrine creuse pour essayer de contenir les battements de son cœur, et interrogea du regard son petit-fils qui lui répondit par une mimique d'ignorance un peu crispée.

C'est alors que le gendarme de droite, celui qui venait de Saint-Laurent-de-la-Salanque et s'appelait Amédée, si les souvenirs de Joan ne le trompaient pas, prit la parole :

— Nous cherchons un nommé Fabrègues Jordi. Est-il ici ?

La gorge de Joan se contracta et l'impression de désastre imminent s'accentua. Que voulait la maréchaussée à son frère ? À la mine sévère arborée par les deux militaires, ce devait être grave. Mais du diable s'il devinait quoi !

Il y avait bien ces deux jours où Jordi avait disparu sans donner de nouvelles. Il était revenu au mas le visage gris, les traits tirés, les vêtements empestant la vinasse et la fumée, mais sans donner d'explication. Au père qui l'avait sommé de dire où il avait encore été traîner et avec quels vauriens de son espèce, il ne s'était même pas donné la peine de répondre vertement que cela ne le regardait pas, comme il le faisait d'habitude. Il avait grommelé qu'il était à Perpignan avec le

Toni, avant de traverser la cour, titubant de fatigue et sans doute d'un reste d'ivresse, pour aller se réfugier dans sa soupente au-dessus de l'écurie. Il avait dormi douze heures d'affilée. Mais le sommeil, qui lui avait redonné couleurs et vigueur, ne l'avait pas rendu plus bavard pour autant. Il avait à peine sourcillé lorsque le Menut du mas Barrère était venu en courant leur apprendre la mutinerie du 17e régiment d'infanterie qui avait fraternisé avec les manifestants à Béziers. Depuis, il vaquait à ses occupations habituelles mais l'esprit visiblement ailleurs.

Le père n'arrêtait pas de se plaindre entre ses dents de « ces têtes creuses qui même présentes sont absentes » et de cette jeunesse de « boit-sans-soif et d'incapables » mais Joan, lui, s'était senti rassuré de savoir que son jumeau était à Perpignan et non à Narbonne quand les fusillades avaient eu lieu. Lorsque le bruit s'en était répandu à Rivesaltes, il avait aussitôt vu en pensée son frère se précipiter pour rejoindre les camarades audois sur les barricades. C'était bien dans son tempérament. Déjà, il l'imaginait sabré par un dragon, blessé, sanglant…

Mais non, il était resté à Perpignan ; Joan s'était mis martel en tête pour rien. Il savait pourtant que Jordi et le Toni guettaient sur la route du Vernet… Pourquoi était-il allé imaginer une expédition héroïque autant qu'inutile à Narbonne ? Comme s'il n'y avait pas suffisamment de « vraies » raisons de s'inquiéter par les temps qui couraient !

Cependant, il n'avait pas été le seul à s'angoisser pour son frère : l'*avia* ne lui avait-elle pas demandé de la conduire en jardinière jusqu'à l'église Saint-André pour y réciter Pater Noster et Ave Maria en Action de grâce ? Tous deux s'étaient agenouillés devant le retable doré dédié à Notre-Dame du Rosaire pour remercier Dieu d'avoir rendu Jordi plus raisonnable qu'eux-mêmes ne le croyaient.

Mais la présence matinale des deux gendarmes campés devant la table où le café du déjeuner finissait de refroidir leur disait qu'ils s'étaient réjouis trop vite et que même Dieu n'avait peut-être pas réussi à mettre du plomb dans la cervelle de la *closca* !

Du coin de l'œil, Joan vit la main fébrile de l'*avia* fouiller la poche de sa jupe à la recherche du chapelet qui ne la quittait jamais.

Mare de Déu, et Jordi qui allait arriver des écuries où, dès son réveil, il s'occupait de Bella, le seul cheval qui leur restait.

Et le père qui ne tarderait pas non plus à sortir de sa chambre en demandant pourquoi le poulailler n'avait pas encore été ouvert et les œufs ramassés ! Découvrir au lever son fils rebelle encadré par deux gendarmes allait, c'est sûr, le mettre dans une colère noire.

Joan tenta une ultime diversion pour essayer de se débarrasser des deux pandores et éviter la confrontation fatidique.

Affectant une décontraction affable, il avala stoïquement une gorgée de café froid, et interpella le Salanquais :

— Qu'est-ce qui se passe, Médée ? Pourquoi ce ton solennel et ces tournures alambiquées : « un nommé Fabrègues Jordi » ? Tu connais mon frère… Si tu as besoin de le voir, tu n'avais qu'à lui faire dire de passer à la gendarmerie !

L'homme secoua la tête, navré.

— C'est impossible. Nous avons des ordres. Nous devons l'arrêter…

— L'arrêter ! Mais pourquoi ? s'étrangla Joan en reposant son bol si brutalement que le café éclaboussa la table. Qu'a-t-il fait, *bon Déu* ?

— Oui, qu'a-t-il fait cette fois ?

La voix du père, froide comme de la glace, fit sursauter Joan qui jura silencieusement entre ses dents. Trop tard !

Jepe traversa la cuisine en rajustant ses bretelles et vint se planter devant les deux gendarmes, les poings aux hanches. Ses cheveux gris encore ébouriffés témoignaient qu'il venait à peine de se lever mais le regard noir qu'il dardait sous ses sourcils en broussaille n'avait rien d'endormi.

— Alors vous allez me le dire, ce qu'il a fait, ce propre à rien !

Le dénommé Amédée hésita un instant mais on ne résistait pas à maître Fabrègues lorsqu'il prenait ce ton-là :

— Il est accusé d'avoir participé à l'incendie de la préfecture jeudi dernier.

En un éclair, Joan revit le retour de son frère, ses vêtements maculés de traînées noires. Il pouvait presque sentir encore l'odeur de brûlé qui en émanait. C'était donc cela que Jordi avait fait à Perpignan avec le Toni !

Craignant que son père n'en arrive à la même conclusion et n'en fasse part aux gendarmes, Joan enchaîna très vite :

— Si on l'a vu sur place, pourquoi n'a-t-il pas été arrêté sur-le-champ ?

Amédée se balança d'une jambe sur l'autre, mal à l'aise. Ce fut finalement son collègue, jusqu'ici cantonné dans une prudente réserve, qui répondit :

— En fait on ne l'a pas vu… du moins pas la police ou le personnel de la préfecture. Il a été dénoncé.

Jepe fronça encore un peu plus les sourcils. Il n'aimait pas les délateurs. Sentant son haut-le-corps, Joan reprit la balle au bond, ironique :

— Et quel est le brave citoyen qui a ainsi apporté son aide aux forces de l'ordre ?

— Un certain Mercader. Il affirme dans sa déposition signée qu'étant lui-même ce soir-là au milieu des curieux sur le quai Vauban il a reconnu votre frère parmi ceux qui avaient enfoncé les portes pour mettre le feu au cabinet du préfet, obligeant celui-ci à se réfugier sur le toit avec les siens d'où les soldats du 53ᵉ appelés en renfort ont finalement pu le faire descendre sain et sauf.

L'homme avait débité ce qui était sans doute consigné dans le rapport qu'on lui avait transmis d'une seule traite, sans reprendre son souffle. Mais Joan n'avait retenu qu'une chose : c'était un coup du Pepi ! Le Gitan jaloux avait finalement trouvé le moyen de se venger de son rival. Le *fill de puta* !

L'indignation lui ôtait la parole…

— Mais y a-t-il quelqu'un d'autre qui dise pareil ?

Il jeta un regard reconnaissant à l'*avia* qui venait de prendre le relais, le maintien calme et digne dans ses vêtements de deuil.

Gêné, Amédée choisit de couper court à cet « interrogatoire » qui mettait en lumière la fragilité de l'accusation. Après tout, c'était à lui de poser des questions et non l'inverse !

— Non, il est le seul mais ça suffit ! Outre les dégâts matériels, la République et son représentant ont été outragés… Le gouvernement exige un prompt châtiment des coupables.

Et comme s'il craignait de le retarder en continuant à discuter au lieu de faire son devoir, il reprit, la voix brève, le ton durci :

— Dites-nous où est votre fils, maître Fabrègues.

Joan fit un pas vers son père qui ouvrait déjà la bouche pour répondre mais quelqu'un le devança :

— Je suis ici.

Jordi entra dans la pièce dans le dos des gendarmes, blême. Depuis combien de temps était-il près de la porte à écouter ce qu'on disait de lui ? Et s'il avait entendu, ce que semblait indiquer sa mâchoire crispée, pourquoi ne s'était-il pas enfui ?

Joan secoua la tête sans même s'en rendre compte. C'était stupide bien sûr : son frère n'était pas homme à se défiler.

— Vous me cherchiez ? Me voici…

Le visage fermé, le regard tendu, Jordi tendit ses deux poignets à Amédée.

— Mais qu'as-tu fait, *nen* ? gémit l'*avia* en se levant péniblement de sa chaise.

Elle posa sa main parcheminée sur la joue hâlée de son petit-fils où la barbe mettait une ombre noire et répéta, plus doucement :

— Qu'as-tu fait ?

Fermant les yeux, Jordi appuya brièvement sa tête contre la paume de l'aïeule.

— Rien, *avia*, je te le jure. En tout cas, pas ce qu'on me reproche. Mais ces messieurs sont convaincus du contraire… Il faut donc que je les suive.

— Il n'a rien fait bien sûr, comme d'habitude ! ricana le père. « Monsieur » Jordi n'a pas arrêté de faire des conneries depuis qu'il est né mais bien sûr on l'accuse à tort !

L'exaspération faisait trembler ses doigts et l'empêchait de finir de boutonner sa chemise largement ouverte sur la toison désormais plus sel que poivre qui couvrait son poitrail de paysan, mais il gardait le contrôle de sa voix, coupante comme du verre et qui savait blesser tout autant.

Même s'il en était rarement la cible, Joan redoutait ce ton et cette attitude. Il aurait préféré une franche colère à grands éclats mais qui ne durait guère comme celles dont Augustin Mestres avait le secret plutôt que cette fureur rentrée, trop bien contenue, qui pouvait rester en suspens dans l'air pendant des semaines. Il vit Jordi sursauter et eut mal pour lui.

— Écartez-vous, Baptistine, ordonna Jepe. Laissez ces messieurs faire leur devoir.

L'*avia* lui lança un regard vexé. S'il croyait l'amadouer en l'appelant pour une fois par son prénom, plutôt que « *sogra* » comme il en avait l'habitude depuis trente ans, il se trompait ! Néanmoins elle laissa retomber sa main et recula de deux pas ; Jepe était le maître dans sa maison. Jordi lui adressa un petit sourire reconnaissant et s'apprêta à suivre les gendarmes.

Joan suivait la scène, impuissant. Il avait du mal à rassembler ses idées. C'était comme si son cerveau tournait au ralenti, engourdi par la froide colère du père. Qu'avait-il dit tout à l'heure qui l'avait fait tiquer ? Bien sûr la sagesse populaire veut que « qui vole un œuf vole un bœuf », mais comment le père avait-il pu comparer ce dont était accusé Jordi aujourd'hui avec ses facéties d'enfant turbulent qui préférait courir la garrigue qu'aller à l'école ? Comme si faire l'école buissonnière prédisposait à mettre le feu à la préfecture…

Soudain, Joan comprit ce qui le tracassait depuis un moment. L'école buissonnière. Et la facilité avec laquelle ils avaient tous deux trompé monsieur Roig et même monsieur Bassède. Et Augustin Mestres venu se plaindre pour ses lapins. Et tant d'autres ensuite.

En dehors de cette vipère de Pepi – et du Toni bien sûr, qui était avec lui mais ne dirait rien, même sous la torture –, personne n'avait reconnu Jordi sur le quai Sadi-Carnot. En revanche lui, Joan, plusieurs personnes l'avaient salué de loin ce soir-là lors de la promenade à la fraîche en solitaire qu'il s'était offerte pour réfléchir à la tournure tragique prise par les événements qu'il venait d'apprendre à son tour. Pourraient-elles dire avec certitude lequel des jumeaux avait répondu à leur bonsoir ?

Il fallait qu'il se souvienne. Qui avait-il croisé au hasard de ses pérégrinations sur les chemins de vigne ? Peu de monde en vérité. Sur la route, en contrebas, le Bertomeu Rancière rentrait chez lui avec son âne… et il était sans doute trop loin pour avoir vu plus qu'une silhouette dans la pénombre brune. Et Agusti Bordes qu'on appelait le « Pitun », avec sa moustache tombante et sa petite barbe qui le faisaient ressembler à ce Buffalo Bill qui avait combattu les Indiens, là-bas en Amérique, avant de les produire dans son spectacle de cirque partout en Europe. Bah, sa vue n'était plus très fameuse et il attendait toujours que les gens soient tout près de lui pour les saluer par leur nom. Comment aurait-il pu faire la différence à cette distance ?

Cette fois, Joan tenait le moyen d'empêcher l'arrestation de son frère. Il lui suffisait de dire : « Mais enfin Jordi, maintenant que j'y pense, tu ne pouvais pas être à Perpignan jeudi dernier. Tu m'as raconté toi-même que ce soir-là tu traversais par les vignes, derrière le canal. Même que tu avais vu Bertomeu Rancière sur son âne et aussi Agusti Bordes… Faut-il que tu sois troublé pour ne pas t'en souvenir ! Mais eux se rappelleront sûrement de toi... » Et le tour serait joué : les deux témoignages feraient voler la dénonciation en éclats et le Pepi en serait pour ses frais !

Encadré par les deux bicornes, Jordi traversait déjà la cour vers le grand portail ouvert du mas devant lequel attendait une voiture fermée pour l'emmener à la gendarmerie et de là sans doute à la prison de Perpignan.

Il était encore temps de parler, de les arrêter...

Joan ouvrit la bouche mais aucun son n'en sortit. La peur mouillait son front. Cette fois ce n'était pas à un voisin qu'il fallait mentir, ni même à un instituteur, mais à la maréchaussée, à la Justice, à l'État... Et ce n'était pas une correction de la main paternelle, si sévère soit-elle, qu'ils risquaient l'un et l'autre, mais le cachot, le tribunal, la condamnation, peut-être même la déportation au bagne s'il prenait à Clemenceau l'envie de faire un exemple...

Joan ferma la bouche, la rouvrit, déglutit avec peine, la gorge douloureuse, la tête en feu.

Pourquoi devrait-il pourrir en Guyane alors que son frère ne se défendait même pas ? Si au moins Jordi avait protesté de son innocence, il aurait pu lui faire écho, semer le doute dans l'esprit des gendarmes et peut-être même du père. *Bon Déu*, Jordi, pourquoi te taisais-tu ?

Comme s'il savait la bataille qui se livrait dans l'esprit de son jumeau, Jordi se retourna au moment où il passait la porte cochère.

Le regard pénétrant qu'il lui jeta transperça le cœur de Joan, tétanisé sur le pas de la porte.

Puis, lentement, il leva ses deux mains liées, poings fermés, à hauteur de son épaule.

— En prison comme Ferroul, *germa*... La viticulture vivra !

16

D'un clappement de langue, Anna Maria Mestres pressa la jument. À la voir ainsi conduire d'une main ferme le cabriolet léger qu'elle était allée emprunter aux Roura sous prétexte d'une visite à une grand-tante malade, le regard résolu fixé sur la route de Perpignan que la voiture dévalait a grande allure, ceux qui la côtoyaient d'habitude ne l'auraient pas reconnue. D'ailleurs elle-même avait du mal à se reconnaître.

Anna Maria avait toujours été timide. Du plus loin qu'elle se souvienne, le rouge lui montait aux joues à la moindre confusion, au moindre mot de travers. Les mots avaient du mal à franchir ses lèvres. Se retrouver le point de mire d'une assemblée était pour elle le pire des supplices. Lors de sa communion, qu'elle avait faite sur les instances de sa mère, elle n'avait pas levé les yeux du pavage de l'église de peur de défaillir sous les regards. Une des sœurs du Saint-Sacrement qui enseignait a l'école congréganiste ayant pris sa timidité pour une piété fervente qui ne demandait qu'à être encouragée, la mère supérieure était venue au mas Blanc proposer de prendre la jeune communiante sous son aile pour la préparer à être admise comme novice dans un couvent de son ordre. Le père Mestres l'avait reçue fraîchement quoique sans laisser libre cours à la colère qui bouillonnait en lui, tant il est vrai que la cornette en impose même aux vieux anticléricaux convaincus. Anna Maria avait vu repartir la religieuse sans regret : bien que bonne catholique, elle n'avait aucune envie de devenir l'épouse de Jésus. Il y avait beau temps qu'un amour plus terrestre, plus charnel, trop charnel même, s'était emparé de son cœur : depuis ses dix ans, elle ne rêvait que de Jordi Fabrègues.

Bien sûr il ne la voyait pas. Mais comment peut-on remarquer quelqu'un qui est toujours sous ses yeux ? Surtout quand ce quelqu'un s'acharne à ne rien faire qui puisse le distinguer des autres ?

Pourtant on la disait charmante. Trop petite et la taille pas assez fine pour être vraiment jolie, pas assez coquette pour être séduisante, mais avenante par son teint frais, ses yeux noisette pailletés d'or et sa réserve de bon aloi, sans cette langue piquante qui fait fuir les galants. Silencieuse mais point rêveuse, solide et laborieuse, « une vraie fille de vigneron qui fera une vraie femme de vigneron », disait son père. Dès ses seize ans, les premiers prétendants s'étaient manifestés et certaines visites, prétendument « impromptues », de parents intéressés avaient vu des conciliabules discrets et des hochements de tête approbateurs autour de la table familiale. Mais Anna Maria avait refusé d'entendre la moindre proposition ; le père Mestres avait excusé la dérobade de sa fille en arguant de son jeune âge et de la timidité qui allait avec, renvoyant toute décision à plus tard, dans deux ou trois ans. Elle avait essayé de se convaincre que ce délai serait suffisant pour permettre à Jordi de se rendre compte qu'elle était la femme qu'il lui fallait. Et elle attendait les vendanges avec impatience, quand les familles se prêtaient mutuellement assistance et que rires et jeux pas toujours innocents rapprochaient garçons et filles dans les vignes.

Seulement la crise s'était installée et les vendanges, qu'on faisait le cœur lourd d'appréhension, n'avaient plus rien des fêtes joyeuses d'antan. Quant aux amours et au mariage, pouvait-on y penser encore quand l'avenir était aussi sombre ?

Anna Maria désespérait en voyant les mois passer, inexorablement.

Et puis la veille, Gabriel, le frère aîné enfin rendu aux siens après trois ans d'armée, était revenu à la maison tout excité en annonçant que « le Jordi Fabrègues » avait été arrêté par les gendarmes et emmené en prison à Perpignan.

Anna Maria, qui reprisait des chaussettes du père tout en écoutant d'une oreille distraite les récriminations de sa mère au sujet du boulanger qui refusait désormais de lui faire crédit, avait senti comme un éclair lui traverser le corps et le cœur et elle était allée cacher ses larmes dans la chambre qu'elle partageait avec sa petite sœur Catherine.

Elle n'avait pu fermer l'œil de la nuit mais au matin sa décision était prise : elle irait à Perpignan et ferait libérer Jordi. Et elle savait même comment.

Accoudée en chemise à la fenêtre, fixant sans la voir la lune énorme qui baignait la campagne de sa lueur blafarde, ses pensées s'étaient enchaînées avec une rapidité et une aisance déconcertantes et c'est avec un aplomb tout nouveau pour elle qu'elle avait menti à sa mère, sans rougir, grand Dieu, prétextant l'aide à apporter à une amie qui venait d'accoucher pour s'éclipser de la maison. Le souffle court, elle était allée frapper à la porte de Clara Roura qui, bien que plus jeune qu'elle, avait été sa camarade de classe chez mademoiselle Aynié. Le père de Clara était notaire et possédait une voiture légère à laquelle était attelée une petite jument nerveuse qui lui permettrait de faire le trajet plus rapidement et serait plus maniable par les rues étroites et encombrées de la ville.

C'était comme si une autre parlait et agissait à sa place. Tout avait été si facile ; personne ne s'était étonné ni n'avait posé de question gênante. Juste une recommandation : bien tenir la pouliche ; c'était un demi-sang plein de feu, pas un lourd cheval de labour.

Et elle filait désormais à toute allure sur la route poussiéreuse, poussée par le chœur des cigales qui semblait rythmer le trot régulier de la jument.

Le cabriolet tourna l'angle de la rue Grande-la-Réal en cahotant sur les pavés et vint s'immobiliser le long d'un grand mur de briques nu et austère. Anna Maria sauta à terre et attacha la bride de la jument à un anneau scellé dans le mur. Elle vérifia sa tenue, s'assura qu'aucune mèche ne dépassait de sa coiffe empesée, rajusta le col de sa blouse et la petite croix en or qui lui avait été offerte pour sa communion, le temps de calmer les battements désordonnés de son cœur qui s'était emballé lorsqu'elle avait vu les grilles de fer aux fenêtres du bâtiment qui lui faisait face. Quand elle se sentit un peu plus maîtresse d'elle-même, elle prit une grande inspiration et poussa d'une main résolue la petite porte qui s'ouvrait dans l'un des grands battants métalliques marquant la frontière entre le monde libre et celui de la prison.

Après la clarté aveuglante de la rue, le couloir lui sembla particulièrement sombre et humide et elle fut à deux doigts de rebrousser chemin. Mais, ses yeux s'accoutumant à la pénombre, elle avisa un planton assis derrière une petite table croulant sous une pile de papiers et un grand registre. Elle s'approcha d'un pas hésitant.

— *Bon dia, senyor*. Pourrais-je voir Lluis Trilles, *si us plau*[84] ?

Lluis était un sien cousin issu de germains dont on évitait de parler en dehors de la famille car gardien de prison, même s'il en fallait, n'était pas un métier dont on pouvait se vanter dans le Midi rouge. Une fois il était venu au mas Blanc rendre visite aux Mestres dans son uniforme bleu foncé, presque noir, à gros boutons de cuivre ; le père l'avait fait entrer promptement dans la maison en lui intimant l'ordre de se vêtir en civil la prochaine fois qu'il lui viendrait la fantaisie de visiter la parentèle. Anna Maria ne l'aimait guère : il fanfaronnait trop et elle trouvait que dans son regard brillait parfois une lueur cruelle qui la mettait mal à l'aise. Mais aujourd'hui, elle avait besoin de lui.

84. S'il vous plaît.

Il arriva en reboutonnant sa vareuse sombre par-dessus sa chemise qui sentait la sueur, ses petits yeux un peu trop rapprochés dévisageant sa cousine avec stupeur et inquiétude : sa présence en ces lieux lui faisait visiblement craindre une mauvaise nouvelle.

— Que se passe-t-il, Anna Maria… C'est ton père ? Il est arrivé quelque chose ?

— La famille va bien et elle ne sait pas que je suis ici.

Lluis parut surpris. Ce n'était pas dans les habitudes de la jeune fille de prendre de telles initiatives. Elle si douce, si effacée…

Quelle mouche pouvait bien la piquer ? Il y avait dans sa mine, dans son regard surtout, quelque chose de différent. Il l'observa comme s'il la voyait pour la première fois.

— Je viens, poursuivait-elle, témoigner en faveur d'un homme que les gendarmes ont arrêté à tort mais je ne sais pas à qui m'adresser…

Lluis était bien embarrassé. Une erreur judiciaire maintenant ! L'Administration détestait ça. Pour une fois que sa cousine prenait la peine de venir le voir, c'était pour lui apporter des ennuis ! À tout prendre, il préférait « l'ancienne » Anna Maria. Et puis qu'est-ce qu'elle croyait, il n'était qu'un simple gardien ici, et pas très bien noté en plus !

— Dans ce cas, hasarda-t-il, désireux de se

défausser du problème, il vaudrait mieux aller à la gendarmerie ou peut-être au palais de justice s'il a déjà été jugé…

Anna Maria secoua la tête.

— Non, il n'a été arrêté qu'hier. Et je n'oserai jamais aller voir les gendarmes ou les juges… N'y a-t-il pas quelqu'un ici qui peut m'écouter ? Un chef, un gradé… Quelqu'un qui pourrait ensuite transmettre…

Lluis hésita :

— Je ne sais pas… On ne va quand même pas déranger le directeur pour une affaire sans importance…

— Mais elle est importante, s'insurgea la jeune fille. Il s'agit de l'incendie de la préfecture !

Le visage suffisant de Lluis vira au rouge brique. Il fixa un instant sa cousine, incrédule. Qu'avait-elle à voir avec l'espèce d'émeute qui avait eu lieu sur le quai ? Que pouvait-elle savoir du fin fond de sa campagne ?

Mais sa mine résolue le décida. Réflexion faite, des révélations sur une telle affaire pourraient lui valoir de l'avancement. Il finit de boutonner jusqu'en haut le col qui étranglait son cou épais.

— Attends-moi là. Je vais voir si monsieur le directeur peut te recevoir…

Elle n'eut pas à attendre longtemps. Lluis revint vite et l'entraîna par un long couloir sonore au pavage luisant sur lequel la semelle de corde de ses *vigatanes* glissait. Les grilles aux fenêtres posaient de loin en loin sur le sol des carrés de lumière quadrillés comme des échiquiers. Au cinquième, ils arrivèrent devant une porte capitonnée que Lluis ouvrit avec déférence.

Le directeur, longs favoris grisonnants à la Jules Ferry et sourcils sévères, les attendait derrière son bureau recouvert d'un sous-main en cuir vert. Il était vêtu d'un strict costume civil gris foncé mais sa raideur lorsqu'il se leva pour saluer la jeune fille dénonçait le militaire à la retraite.

— Alors, *senyorita*, il paraît que vous avez d'importantes révélations à faire.

Anna Maria se contenta de hocher la tête en signe d'acquiescement. Le directeur fit signe à Lluis d'approcher une chaise pour la faire asseoir.

— Le gardien Trilles a insisté pour que je vous reçoive mais je ne comprends pas pourquoi vous ne vous êtes pas adressée directement à la gendarmerie…

Elle n'allait quand même pas lui répondre qu'aucun membre de sa famille n'était gendarme et n'aurait pu l'aider !

— À Rivesaltes, rien ne reste bien longtemps secret… Et je ne voulais pas que tout le monde sache ce que je vais vous dire ou ma réputation serait perdue…

C'était fou comme les mots lui venaient facilement. Comme le mensonge prenait forme sans effort. Sa vraie nature était-elle en train de faire surface ? Un rouge intense envahit ses joues à cette idée, ce que le directeur mit aussitôt sur le compte d'une vergogne toute naturelle chez une jeune fille honnête.

— N'ayez crainte, *senyorita*, ce que vous allez dire ici restera confidentiel et, s'il y a des suites, je m'engage à ce que votre nom ne soit pas mentionné. Êtes-vous rassurée ?

Toujours rougissante, elle hocha la tête derechef.

— *Gràcies, senyor* directeur.

Il lui adressa un sourire encourageant.

— Bon, je vous écoute. Il s'agit donc de l'incendie de la préfecture… Vous y étiez ?

— Oh non, *senyor*, protesta-t-elle avec d'autant plus de vigueur qu'au moins cela, ce n'était pas un mensonge. Je n'ai pas quitté Rivesaltes… C'est justement pour ça.

— Je ne saisis pas…

— Je n'étais pas seule, vous comprenez. Le jeune homme qui a été arrêté était avec moi…

— Lequel ? Nous en avons plusieurs sous les verrous…

— Il s'appelle Jordi… Je veux dire Georges Fabrègues.

Les sourcils sévères du directeur se froncèrent un peu plus. Le nom qu'elle venait de prononcer n'avait pas l'air de lui plaire.

— Lafabrègue ? répéta-t-il, hésitant.

Se pouvait-il qu'il ait sans le savoir le rejeton d'une des plus grandes familles de propriétaires terriens du département dans une de ses cellules ? La tuile ! Pourquoi ne lui avait-on rien dit…

Mais Anna Maria dissipa aussitôt ses craintes :

— Pas « Lafabrègue », Fabrègues tout court, avec un *s* à la fin… Ça n'a rien à voir !

Devinant le soulagement qui se peignait malgré lui sur le visage austère du directeur, elle enchaîna très vite pour profiter de ses bonnes dispositions :

— Les gendarmes sont venus chercher ce jeune homme parce que quelqu'un a prétendu l'avoir reconnu dans la préfecture. Or ce n'est pas possible puisque ce soir-là il était avec moi…

— Pourquoi ne l'a-t-il pas dit ?

Le directeur avait recouvré son sang-froid et sa voix n'avait plus rien d'engageant. Anna Maria porta la main à la petite croix en or qui pendait à son cou pour se donner du courage et s'obligea à continuer :

— Pour ne pas me compromettre, je suppose. Je suis sortie le rejoindre en cachette de mes parents. Il m'attendait derrière la maison. La nuit était belle et nous nous sommes un peu promenés.

Elle fit une pause pour reprendre son souffle : le plus difficile restait à dire.

— Et puis nous nous sommes arrêtés dans un

casot, dans le fond d'une vigne et…

Le rouge qui colorait ses joues envahit le reste de son visage jusqu'à la racine des cheveux tirés sous sa coiffe.

— Bon, vous avez « festejé », comme on dit, termina le directeur.

— Pas seulement, lâcha-t-elle dans un souffle. Il a… Enfin je…

Baissant la tête, elle se tut, les yeux fixant désespérément ses mains croisées sur sa jupe, incapable de continuer. Heureusement, elle n'eut pas à le faire : le directeur avait compris. Il n'était pas difficile d'imaginer ce qui pouvait se passer entre deux jeunes gens dans le *casot* en question ! Il toussota en caressant distraitement ses favoris. Dans une caserne, avec d'autres militaires, il en aurait sûrement fait des gorges chaudes mais la présence de cette jeune fille toute *vergognée*[85] ! qui n'osait même plus le regarder en face le paralysait. Il se surprenait à vouloir ménager sa pudeur déjà suffisamment malmenée.

Lluis, resté jusqu'ici silencieux, les bras croisés sur la poitrine, fit un pas en avant, le visage convulsé. Quoi, sa cousine se faisait culbuter dans les vignes par le premier vaurien venu ? *Me cago en Déu*, elle méritait qu'on… Son supérieur lui fit signe de se calmer et, la voix radoucie, interrogea :

85. Honteuse.

— Et vous êtes restés longtemps… ensemble ?

Perchée sur une étagère derrière le directeur, une pendule égrenait les secondes avec un petit claquement ironique. Anna Maria aurait voulu pouvoir se cacher dans un trou de souris. Mais il était trop tard pour reculer désormais ; il fallait qu'elle aille jusqu'au bout :

— Au moins une heure, répondit-elle d'une toute petite voix, puisqu'il était passé onze heures quand je suis revenue à la maison.

— … Et donc le sieur Fabrègues ne pouvait en même temps être à Perpignan ?

— C'est cela, monsieur, approuva-t-elle en relevant la tête, soulagée d'en avoir terminé avec sa « confession ».

Mais le directeur n'était pas encore convaincu :

— Je veux bien vous croire, mais qui me dit que votre petite âme romanesque n'invente pas toute cette histoire pour tirer d'affaire un joli cœur qui ne le mérite sans doute pas ?

Anna Maria eut un haut-le-corps et de cramoisie devint livide. Ainsi elle avait fait tout cela pour rien et cet homme qui lui souriait tout à l'heure d'un air si paternel n'avait pas été dupe de son mensonge… Les larmes lui montèrent aux yeux et elle balbutia :

— Il ne faut pas qu'on sache…

C'était fini : elle avait tout perdu, et son honneur et Jordi. Dieu qu'elle se sentait misérable !

C'est alors que le cousin Lluis vint de façon inattendue à son secours. Il avait encore en travers de la gorge les « aveux » d'Anna Maria, qui correspondaient si peu à la réserve habituelle de la sage jeune fille. Soucieux de préserver la réputation de sa famille, il se convainquit qu'elle ne disait pas tout, qu'elle avait trop honte pour révéler toute la vérité…

— Je vous assure, monsieur le directeur, intervint-il, le menton levé, presque au garde-à-vous, que ma cousine n'a rien de romanesque. Elle n'est pas non plus du genre à courir après les garçons ; elle a même failli entrer dans les ordres. C'est dire si sa vertu lui tient à cœur ! Sans doute ce jeune homme a-t-il abusé de sa naïveté pour l'attirer dehors et l'obliger à… Et c'est pour ne pas se compromettre, lui, qu'il s'est laissé arrêter sans rien dire. Il faut dire que si le père d'Anna Maria l'apprend, il le tuera, et elle avec, vous pouvez m'en croire !

Tout en parlant, il s'échauffait. Sa cousine n'était qu'une victime, choquée par ce qui lui était arrivé dans ce *casot* mais dont l'honnêteté foncière qui n'admettait pas de demi-mesure l'obligeait à venir témoigner en faveur de son séducteur. Voilà qui éclairait tout et surtout son attitude étrange. Dans un attendrissement subit, il s'en voulut de l'avoir considérée avec méfiance :

— Regardez-la, monsieur, elle est brisée, au

supplice : il lui a fallu beaucoup de courage pour venir jusqu'ici disculper celui qui l'a déshonorée !

Le directeur, qui était vieux garçon et peu familier des roueries que les jeunes filles pouvaient dissimuler derrière leur regard si pur, se sentait mollir. Certes un ange pareil ne mentirait pas pour le démon qui l'avait souillée…

Il attira à lui l'un des registres qui occupaient le coin de son bureau, l'ouvrit, chercha une ligne du doigt.

— Fabrègues tout court et avec un *s* à la fin, le voilà… Effectivement, il n'y a pas grand-chose contre lui. Juste la dénonciation d'un individu lui-même assez douteux…

Il referma le livre avec un claquement sec ; il avait pris sa décision :

— Trilles, allez chercher quelqu'un au secrétariat pour qu'il prenne la déposition de mademoiselle. Je la transmettrai à qui de droit et ce mauvais garçon devrait être libéré… À moins que vous-même ou votre père, *senyorita*, ne portiez plainte pour…

Anna Maria secoua la tête, effarée. Le directeur soupira :

— Alors, il devrait être libre ce soir.

17

Jordi n'en revenait toujours pas. Tout à l'heure il écoutait encore son compagnon de cellule, un vieux truand sur le retour, lui raconter comment il avait assommé puis égorgé son rival, un jeune « apache » qui se croyait déjà arrivé. Étendu sur une paillasse pleine de punaises, il était persuadé d'être en prison pour un bon moment encore. Et à présent il filait comme le vent vers Rivesaltes, libre.

La lumière orange du couchant allongeait sur la route les ombres noires des platanes comme autant de barreaux que la calèche aurait renversés dans son élan. Debout, les jambes écartées pour assurer son équilibre, il fit claquer les rênes pour inciter la jument à forcer encore l'allure et éclata d'un rire vainqueur.

Il avait retrouvé toute sa bonne humeur, largement en berne pourtant ce matin-là. Non pas que se retrouver au cachot le désespérait : tous les héros du Midi viticole étaient actuellement en prison et il se sentait flatté d'être du nombre même si c'était en partie par erreur. Mais justement, il avait appris au réveil par un gardien goguenard que Marcellin Albert, « le rédempteur », « l'apôtre », plutôt que de se faire arrêter à grand fracas en pleine Chambre comme prévu, avait préféré essayer de négocier avec Clemenceau.

« Il paraît qu'Albert s'est présenté aux huissiers son petit sac de voyage à la main, avait ironisé le gardien en leur faisant passer leur bol de café. Et comme il pleuvait, Clemenceau a raccompagné *lou cigal* en l'abritant sous son parapluie et lui a donné cent francs pour payer le train. C'est-y pas mignon tout ça ? »

Jordi s'était mordu la lèvre pour ne pas laisser éclater sa fureur. Il se doutait bien que cette histoire avait été montée en épingle par le retors président du Conseil mais, *bon Déu*, quelle naïveté de la part d'Albert ! Désormais, il était irrémédiablement compromis et le mouvement des gueux avec lui… Heureusement que les comités de défense viticole avaient déjà pris leurs distances avec celui d'Argeliers !

Telles étaient les sombres pensées qu'il ruminait tandis que le vieux truand lui contait ses exploits, lorsque la porte de la cellule s'était ouverte. Au lieu du gardien portant la soupe, il avait vu apparaître le directeur de la prison en personne, dos raide et favoris de ministre, venu lui signifier qu'il était libre.

Éberlué, Jordi avait ramassé sa veste et l'avait suivi le long du couloir menant à son bureau pour y signer le registre des sorties. Là il avait subi un sermon incompréhensible, tout à demi-mot, où le directeur l'avait mis en garde contre les ennuis qu'il risquait s'il persistait à déshonorer les demoiselles innocentes...

« Vous avez eu de la chance, avait conclu le bonhomme dont la mine réprobatrice indiquait assez à quel point il regrettait cette mansuétude du destin, mais la prochaine fois, vous ne vous en tirerez pas aussi bien ! »

Jordi, qui n'y comprenait toujours goutte, avait approuvé prudemment de la tête en affichant sur son visage l'air penaud qui lui semblait de circonstance. Le directeur avait paru s'en satisfaire et avait fait signe à un gardien de le ramener jusqu'à la porte donnant sur la rue.

Jordi aurait bien voulu interroger ce dernier sur ce qui lui valait une libération si rapide mais l'homme en uniforme lui jetait des regards furibonds tout en le poussant sans ménagement vers la sortie. Tandis que le planton de l'entrée lui rendait le couteau qu'on lui avait confisqué à son arrivée, Jordi l'avait entendu marmonner dans son dos avant de claquer violemment le battant métallique derrière lui. Sans doute le personnel pénitentiaire n'aimait-il pas voir ses « pensionnaires » s'échapper, même en toute légalité !

Et Jordi avait à peine fait quelques pas hésitants sur le pavé qu'une nouvelle surprise l'attendait : à l'angle de la rue, assise très droite dans une gracieuse calèche, Anna Maria Mestres !

Un instant il s'était demandé quel incroyable hasard l'avait amenée là juste au moment où il sortait de la prison, avant de se rendre compte qu'en fait elle l'attendait. Qui l'avait prévenue ? Et pourquoi elle et non Joan ou Toni ?

Bah, il avait bien le temps de demander des explications… Pour l'heure, il n'avait qu'une envie : savourer sa liberté retrouvée.

Un large sourire illuminant son visage mal rasé, il avait bondi sur le marchepied de la voiture et piqué un petit baiser sur la joue de la jeune fille.

— Nanna, si tu savais comme je suis heureux de voir un visage ami !

Elle avait rougi bien sûr – Anna Maria rougissait toujours lorsqu'elle le voyait – mais moins que d'habitude, c'est en tout cas ce qu'il lui avait semblé. Décidément c'était un jour étrange.

Il lui avait pris d'autorité les rênes des mains et elle l'avait laissé faire sans protester, se contentant de glisser un peu sur la banquette pour lui faire une place à côté d'elle. Et ils s'en étaient allés tous les deux par les rues encombrées, tournant résolument le dos à la sinistre façade de briques rouges qui retenait tant de malheur derrière ses grilles.

La jument ralentit l'allure pour grimper la côte et Jordi jeta un œil vers le pin solitaire où Toni et lui avaient monté la garde quelques jours auparavant. Un peu dégrisé, il rendit les rênes et se rassit. Si seulement ce jour-là il ne s'était pas précipité comme un fou à Perpignan, s'il était retourné à Baixas comme c'était prévu… rien ne serait arrivé.

Une idée en entraînant une autre, il se tourna vers Anna Maria qui n'avait pas dit un mot depuis qu'ils avaient quitté Perpignan.

— Et si tu m'expliquais maintenant, jeune fille ? interrogea-t-il, un rien taquin. Pourquoi est-ce toi qu'on a envoyée me chercher ? Et sais-tu pourquoi ils m'ont libéré sans même m'interroger ?

Il s'attendait à de l'embarras, à des mots qu'il faudrait extirper patiemment… Mais c'est la voix parfaitement claire et résolue qu'elle répondit :

— J'étais là parce que c'est moi qui t'ai fait libérer.

— Toi ? Mais comment… Pourquoi…

Pour le coup, c'était lui qui bégayait.

Elle l'envisageait avec une calme assurance. Des paillettes d'or dansaient dans ses prunelles sombres que ses paupières pour une fois ne voilaient pas et Jordi se surprit à penser qu'elle avait de fort beaux yeux. Cette révélation tardive le mit mal à l'aise. À moins que ce ne fût le changement qu'il percevait en elle. Il croyait la connaître depuis leur plus tendre enfance et c'était une étrangère qui se tenait à ses côtés. Une « autre » Anna Maria qui ne se fit pas prier pour raconter par quelle ruse elle avait convaincu le directeur de la prison de l'innocence de l'accusé Fabrègues.

Heureusement que la route était droite et que, hormis quelques cyclistes peu pressés de rentrer chez eux, il n'y avait guère de circulation en ce début de soirée car Jordi ne se souciait plus beaucoup de guider la jument, stupéfié comme il l'était par le récit de sa voisine. Interloqué, il apprit ainsi l'emprunt de la calèche, le rôle bien involontaire joué par le cousin Trilles, l'alibi invoqué pour contrebalancer la dénonciation du Pepi…

— … On est bien obligé de croire une jeune fille qui avoue son déshonneur ! conclut Anna Maria en relevant le menton dans une attitude qui semblait défier quiconque d'affirmer le contraire.

Jordi siffla doucement entre ses dents.

— Alors là, je suis soufflé… Sur ma vie, même moi, je n'aurais pas osé… Alors toi ! Tu cachais bien ton jeu, dis donc…

Elle eut un petit sourire crispé.

— Ça n'a pas été facile et j'ai bien cru que je n'y arriverais pas. J'avais les jambes qui tremblaient et le cœur qui battait à m'en rompre la poitrine…

Sa main chercha à tâtons la croix qui pendait toujours à son cou comme pour conjurer le sort. Ou peut-être demander à Dieu le pardon de son mensonge. En tout cas c'est ainsi que Jordi comprit son geste inconscient.

— Je te remercie, Nanna… Et ne t'inquiète pas, va…

Ému, il entoura ses épaules d'un bras fraternel.

— Ton confesseur ne te reprochera rien : mentir pour la bonne cause, ce n'est pas vraiment mentir…

— Mais je n'ai pas menti, rétorqua-t-elle calmement. J'ai seulement fait prendre de l'avance à la vérité !

Il crut avoir mal entendu. Que voulait-elle dire par là ? Et maintenant elle se laissait aller contre lui avec un abandon des plus déroutants. Mais à quoi jouait-elle ?

— Comment ça, la vérité ? articula-t-il d'une voix blanche.

— Eh bien oui, confirma-t-elle en nichant sa tête au creux de son cou, lorsque nous serons mariés, nous allons bien faire… ce que j'ai dit au directeur !

Cette fois Jordi avait compris… ou plus exactement il craignait de comprendre. Il la repoussa brutalement comme si son contact le brûlait. Tirant les rênes, il arrêta la calèche et descendit sur le marchepied.

— Nous marier ? Mais de quoi parles-tu ? Je n'ai pas l'intention…

— Mais tu y es obligé ! protesta-t-elle, éperdue, en essayant de le retenir. Pour toi, pour te sauver, j'ai tout sacrifié, mon honneur, ma réputation…

Il se dégagea et sauta à terre, le sarcasme à la bouche, amer :

— Et maintenant tu attends ta récompense, c'est ça ? Tu as tout manigancé…

— Non, non… sanglota-t-elle en se tordant les mains. Je n'ai rien manigancé… Mais je n'ai pas eu le choix. Pour te faire libérer, il a fallu que je dise toutes ces choses…

Il repoussa ses arguments d'un geste tranchant de la main :

— Je ne t'ai rien demandé…

— Je t'aime.

Elle avait prononcé ces trois mots ultimes d'une voix atone, comme si elle hésitait sur la signification à leur accorder : explication ? Excuse ? Ou peut-être simplement, sentant le désastre, avait-elle besoin de les prononcer au moins une fois ?

Il fit mine de n'avoir rien entendu.

— Ils n'avaient pas de preuve contre moi, ils auraient fini par me relâcher !

— Ce n'est pas vrai, se défendit-elle avec l'énergie du désespoir.

Elle s'était levée à son tour sur la calèche, le buste légèrement penché en avant, les poings tellement serrés que les jointures de ses doigts en étaient blanches. De là-haut, elle le dominait d'un bon mètre, furie magnifique et terrible à la fois.

Elle pointa vers lui un doigt accusateur.

— Ils veulent des coupables et vite. Tous. Même le comité dit que ce qui s'est passé à la préfecture est une honte qui fait du tort au mouvement et que Clemenceau va saisir ce prétexte...

Il recula d'un pas comme si la distance pouvait lui redonner l'avantage.

— Clemenceau n'a besoin d'aucun prétexte, il n'y a qu'à voir ce qui s'est passé à Narbonne !

Mais telle qu'elle était lancée, aucune objection n'aurait pu arrêter la douce, la timide Anna Maria. Jordi pensa à ces eaux tranquilles qu'on croit endormies et qu'une crue soudaine transforme en un torrent impétueux capable de renverser les barrières que l'homme, trop confiant, imaginait suffire à canaliser son cours. Une fois qu'elles ont volé en éclats, il ne pouvait que regarder l'eau se déchaîner, impuissant, muet de stupeur.

— N'empêche que tout le monde réclame le châtiment des coupables, poursuivait-elle dressée au-dessus de lui, implacable.

Les derniers feux du soleil couchant incendiaient son visage accusateur tel un saint Michel sorti du vitrail d'une église pour terrasser le dragon du Mal de son épée céleste. Et le dragon à écraser, c'était lui.

— La Justice se souciera peu de broyer un innocent. Déclaré coupable, tu n'aurais plus d'amis, plus de camarades…

S'arrachant à la fascination presque superstitieuse qui le clouait sur place, il protesta faiblement :

— Ils me connaissent, ils ne peuvent pas croire…

La voix d'Anna Maria se brisa, partagée entre le désespoir et l'humiliation :

— Et de moi, qu'est-ce qu'on va croire maintenant ?

Au même instant, le disque solaire disparut derrière le Canigou, « éteignant » son visage d'archange vengeur. Elle se laissa tomber sur la banquette de la calèche, la tête cachée dans ses mains, comme si avec la lumière ses dernières forces s'en étaient allées. La pénombre semblait peser douloureusement sur ses épaules, l'enveloppant d'un manteau de deuil de pietà. Ce n'était plus qu'une jeune fille pleurant ses illusions envolées.

Libéré de son regard incandescent, Jordi sentit la pitié l'envahir. Malheureuse et naïve enfant…

Apporté par la brise du soir, le sifflement insistant d'un train quittant une gare troubla la quiétude de la nature environnante.

Jordi cligna des yeux, comme au sortir d'un rêve.

Il en était désolé mais il ne pouvait rien pour elle. Et toute tentative de consolation n'aurait fait qu'empirer les choses. Ou, plus terrible encore, aurait pu laisser croire à Anna Maria qu'il acceptait. Non, le mieux était de la laisser seule. Elle n'était plus très loin de chez elle ; elle finirait de rentrer lorsqu'elle aurait repris ses esprits.

Il traversa la route à reculons.

— Je n'oublierai jamais ce que tu as fait pour moi mais je ne peux pas…

Il se frayait un passage entre les buissons de genêts qui bordaient la chaussée lorsque la voix déchirée d'Anna Maria lui parvint :

— Si tu ne m'épouses pas, je suis une fille perdue !

— Mais non, personne ne saura… Ton cousin ne dira rien, et moi non plus ! lâcha-t-il sans se retourner, conscient que s'il revenait sur ses pas il ne pourrait plus repartir.

Il commença à courir à travers les vignes.

— Je n’aurai plus qu’à me tuer… Jordi, je t’en prie.

Cette fois, il prit ses jambes à son cou, les mains tendues en avant comme un aveugle pour écarter les sarments feuillus qui lui fouettaient le torse et le visage.

Elle hurla encore :

— Jordi !

Puis, plus rien.

18

« Le comportement de Jordi est décidément *estrany*[86] ces derniers temps ! »

Était-ce au moment où Joan se faisait cette réflexion que le tumulte éclata dans la cour du mas ou bien un peu plus tard dans la journée ? Dans son souvenir en tout cas, ces deux faits resteraient pour toujours indissociablement liés.

Ce qui est sûr, c'est qu'il était avec son frère dans l'écurie à réparer une cloison qui menaçait de s'effondrer. Ils clouaient les planches chacun de leur côté en discutant. Ou plutôt Joan faisait seul les frais de la discussion, Jordi se contentant d'acquiescer de la tête ou d'un grognement distrait.

Pourtant les nouvelles auraient dû l'intéresser : le 17e d'infanterie qui s'était mutiné et avait

86. Étrange, bizarre.

fraternisé avec la foule à Béziers était envoyé en Tunisie par mesure disciplinaire, Marcellin Albert, totalement déconsidéré, s'était finalement constitué prisonnier à Montpellier, les députés Pams, Vilar et Brousse avaient demandé le déplacement du préfet Dautresme, l'enquête sur l'incendie de la préfecture se poursuivait et on avait procédé à des arrestations…

— *L'Indépendant* parle d'un épicier de la rue de l'Argenterie, un militant réactionnaire, qui aurait poussé les émeutiers à mettre le feu, soliloquait Joan en ponctuant chacune de ses phrases d'un coup de marteau… et d'un jeune de dix-huit ans, un « apache », qui aurait avoué s'être emparé de l'épée du préfet… Le juge d'instruction a les pires difficultés car personne ne veut parler… Le journal dénonce une « conspiration du silence »… Comme si les gens qui étaient là-bas jeudi dernier allaient cafarder ! Il n'y a que le Pepi pour aller cracher son venin aux gendarmes pour se venger… Ça ne lui portera pas bonheur, va !

Jordi émit un borborygme entendu, haussa les épaules et tira sur la planche qu'il venait de clouer pour s'assurer qu'elle tenait bien. Effrayée par le bruit, Bella piétinait nerveusement à l'autre bout de l'écurie, en poussant de petits hennissements craintifs. Joan se disait qu'actuellement, elle était presque plus bavarde que son jumeau !

Pourtant la veille au soir, à la nuit tombante, quand Jordi avait poussé la porte de la maison, ç'avait été un beau remue-ménage. Joan, les coudes sur la table, essayait une nouvelle fois de convaincre son père – qui ne voulait rien entendre – de demander au docteur Parès d'intervenir pour faire libérer son frère. Mais plus le jeune homme, qui se reprochait d'avoir laissé tomber son jumeau, insistait, plus Jepe, jurant à en faire trembler les vitres, assurait que jamais il ne détournerait le cours de la Justice pour un coquin de cette espèce ! L'*avia* venait de contraindre momentanément son gendre au mutisme en annonçant de sa petite voix tranquille que s'il refusait de le faire, c'est elle qui irait à l'hôtel de ville quand soudain il était apparu. Non pas menotté entre deux gendarmes venus, qui sait, fouiller le mas mais seul, la veste sur le bras, un peu pâle mais libre.

Il s'était laissé tomber sur une chaise et avait réclamé à boire d'un geste pressant. L'*avia* s'était précipitée malgré ses rhumatismes ; la joie rosissait ses joues de vieil ivoire et elle semblait tout d'un coup plus jeune d'au moins dix ans. Même le père, qui quelques secondes auparavant vitupérait encore contre sa *closca* de fils, avait paru soulagé. Quant à Joan, délesté du poids qui pesait sur sa conscience, il assénait de grandes claques enthousiastes dans le dos de son jumeau à grand renfort d'exclamations et de questions.

Ainsi fraternellement malmené, Jordi avait eu grand-peine à étancher la soif qui semblait le tenailler cruellement. Cependant, il réussit à boire deux grands verres de vin l'un après l'autre sans trop en renverser avant de relever les yeux sur sa famille dans l'attente. Joan avait finalement enfourché une chaise à l'envers et, les bras croisés sur le dossier, attendait le récit de son frère.

Il en fut pour ses frais. Après avoir promené autour de la pièce un regard hésitant, ému peut-être, Jordi avait reposé son verre et s'était levé. Reprenant sa veste, il avait lancé à la cantonade, comme s'il s'adressait autant aux pots de faïence alignés sur l'étagère, du plus grand au plus petit, de celui réservé à la farine de froment à celui qui contenait les précieux grains de café, qu'à son jumeau ou à sa grand-mère :

— On m'a libéré en fin d'après-midi. Sans explication. Je suis fatigué, je vais dormir…

Et il était sorti, les laissant tous dans l'expectative.

Joan s'était dit que le lendemain matin, une fois reposé, il serait sans doute plus loquace mais il n'en était rien. Toute cette histoire au sujet de la préfecture demeurait bien mystérieuse et Joan qui sentait que, pour la première fois, son jumeau lui cachait quelque chose, ne pouvait s'empêcher de ressentir une pointe de dépit.

C'est alors que le cri les avait fait sursauter :

— Je m'en vais le tuer !

Lâchant leur marteau, les jumeaux sortirent en courant de l'écurie pour découvrir Augustin Mestres brandissant son fusil au milieu de la cour en vociférant. Dès qu'il les vit, il pointa son arme vers eux, le visage congestionné, déformé par la fureur. Non, pis encore : la haine.

— Sors de là, Joan, ou tu y passes aussi ! menaça-t-il en lui faisant signe de s'écarter du bout du canon.

Avisant le fils aîné des Mestres qui arrivait sur les talons de son père, Joan voulut lui demander ce qui se passait mais Gabriel qui était armé lui aussi n'avait pas l'air plus accessible à la discussion. Écumant de rage, il épaula à son tour.

Abasourdi, Joan se retourna vers son frère, pétrifié sur le pas de la porte de l'écurie. Le visage de Jordi avait une expression difficile à définir : de l'incrédulité et en même temps un certain accablement, comme s'il avait craint cette intrusion tout en étant surpris par sa violence. Une nouvelle fois, Joan songea avec amertume que son frère savait quelque chose que lui-même ignorait. Il l'interpella avec acrimonie :

— *Bon Déu*, Jordi, qu'est-ce que…

Mais son jumeau lui fit signe de se taire. Inspirant un grand coup, il sortit de l'ombre de la porte et avança d'un pas vers les Mestres qui le tenaient toujours en joue.

— Ça va, monsieur Mestres, baissez votre fusil. Il n'y a pas de quoi…

— Pas de quoi ! explosa le colérique Augustin dont le cou gonflé passa du rouge au violet. Ce saligaud déshonore ma fille et il n'y a pas de quoi !

— « Déshonore »… comme vous y allez ! protesta Jordi, en levant une main apaisante. C'était juste un petit…

— Un petit quoi ? intervint Gabriel, la voix rauque. Amusement ? Plaisir ? Je ne sais pas ce qui me retient de te tirer comme un lapin !

Mettant aussitôt sa menace à exécution, il arma son fusil, ferma un œil…

Joan poussa un cri étouffé auquel répondit en écho celui de l'*avia* sortie sur les marches devant la maison. Jepe se dirigeait vers eux à grandes enjambées.

— Qu'est-ce qui se passe, Augustin ? gronda-t-il en regardant alternativement les Mestres et son fils. Qu'est-ce que ce propre à rien a encore fait ?

Joan vit son jumeau devenir blanc comme un linge.

Gabriel baissa son arme non sans exprimer par sa mimique que Jordi ne perdait rien pour attendre. Le père Mestres, lui, ne bougea pas, pieds écartés, fusil à l'épaule. Sans se détourner, il éructa :

— Il a abusé de ma fille, voilà ce qu'il a fait !

— Mais je ne l'ai jamais... voulut intervenir Jordi.

— *Calla*[87], animal ! aboya son père, découvrant les dents comme s'il voulait le mordre. On réglera ça tout à l'heure...

Puis, abaissant d'une main le canon du fusil de son voisin :

— Parle, Augustin...

Avec un coup d'œil mauvais vers Jordi dont le visage avait à présent la couleur de la craie, le père Mestres expliqua :

— Hier soir la petite est arrivée en larmes. Elle est partie s'enfermer directement dans sa chambre sans même manger. Toute la nuit nous l'avons entendue marcher de long en large comme une folle, en sanglotant à fendre l'âme. Notre Anna Maria, si calme, si raisonnable. C'était à vous serrer le cœur ! Sa mère se rongeait les sangs. Elle était prête à courir chercher le docteur quand Gabriel a réussi à faire ouvrir la porte à sa sœur. Finalement, à force de cajoleries, Tonia lui a fait avouer, entre deux sanglots, ce qui s'était passé...

— Et qu'est-ce qui lui était arrivé ? interrogea Jepe, la main toujours sur le canon du fusil.

Joan retint son souffle. Il sentait que son frère cherchait son regard, quêtant son soutien, mais il

87. Tais-toi.

ne pouvait pas… *Bon Déu*, Anna Maria, la timide et douce Nanna… Il les lui fallait donc toutes ! Il détourna la tête.

Augustin Mestres fit signe, la main sur la gorge, qu'il ne pouvait continuer. Gabriel prit le relais, crachant les mots plus qu'il ne les disait :

— Anna Maria rentrait hier soir avec la calèche que lui avait prêtée son amie Clara Roura, la fille du notaire, lorsqu'elle a trouvé ce petit « monsieur » que la Justice a eu grand tort de libérer, sur la route. Gentiment, elle lui a proposé de le raccompagner jusqu'au mas quand tout à coup il s'est jeté sur elle…

Retrouvant un peu de voix sous le coup de l'indignation, son père essaya de poursuivre :

— Il l'a entraînée dans les buissons et là… Ah, *mare de Déu* ! Le pauvre agneau…

Il se voila les yeux de sa main ouverte comme pour ne pas voir les images que ses mots suscitaient. Sans pitié pour son père, Gabriel porta le coup de grâce :

— Il l'a prise de force et maintenant c'est une fille perdue !

Jepe eut alors une réaction totalement inattendue : s'emparant du fusil d'Augustin Mestres, il mit lui-même son propre fils en joue.

— Malheureux ! Qu'as-tu fait ? La honte soit sur toi, sur nous…

Jordi lui faisait face. Les traits creusés, les

narines pincées, il ressemblait plus à un cadavre qu'à un être vivant. Le pas raide, il s'avança encore d'un pas jusqu'à toucher le canon avec sa poitrine. La voix dangereusement calme, il articula :

— Père, je vous jure que je n'ai jamais touché Anna Maria !

— Ne jure pas !

Ivre de colère, Jepe arma.

— Si c'est tout ce que tu as à dire…

Joan et l'*avia* hurlèrent d'une même voix mais Joseph Fabrègues n'eut pas le temps – si c'était là son intention – d'appuyer sur la détente : écartant le canon d'un revers de main, Jordi lui asséna de l'autre un crochet du droit qui l'envoya bouler dans la poussière de la cour.

— Voilà ce que j'avais à vous dire… « père » !

Et il tourna les talons sans que quiconque, pas même les Mestres figés sur place comme des statues de sel, fit un geste pour l'arrêter.

19

Toni se baissa pour ramasser une poignée de gravier qu'il lança contre les volets clos. Les petits cailloux crépitèrent contre le bois où la peinture verte s'écaillait.

La nuit était si paisible. Hormis quelques grillons lançant leur flûte mélancolique à intervalles réguliers dans les hautes herbes, le silence enveloppait la campagne. Au-dessus de sa tête, les étoiles n'avaient jamais été aussi brillantes dans un ciel couleur d'encre, sans un nuage. Comment imaginer, dans ce calme et cette sérénité, la tempête qui avait dévasté le mas quelques heures plus tôt ?

Un grincement. Un des volets s'entrouvrit, découpant dans la façade obscure un rectangle de lumière, et Joan passa sa tête dans l'entrebâillement.

— Toni ? Qu'est-ce que tu fais là ?

— Je te réveille ?

Joan eut un geste désabusé de la main.

— Penses-tu… Tu crois que je peux dormir après ce qui s'est passé ! Qu'est-ce que tu veux ?

— Il faut que tu viennes… Jordi veut te voir.

— J'arrive.

La tête disparut de la fenêtre, une main tira le volet et le silence se referma sur la maison. Pas pour longtemps : une minute après, la porte s'ouvrait à son tour, livrant passage à un Joan inquiet mais tout habillé. Il ne mentait pas quand il avait dit ne pas être couché.

Prenant garde à ne pas faire crisser le gravier sous ses semelles de corde, il rejoignit le Toni qui s'était assis près de la pompe pour l'attendre.

— Où est-il ? questionna-t-il fiévreusement. À Baixas ?

Toni secoua la tête.

— Non, il t'attend à la pinède, sur la route de Salses.

— Mais que fait-il là-bas ?

— Il s'en va.

— Mais où ?

— Je ne sais pas… Loin, il dit.

Toni n'était pas d'un naturel très bavard et les circonstances ne l'incitaient pas à faire un effort. La mine grave et concentrée, il contemplait fixement l'écurie en face de lui. Ainsi, c'était là que tout s'était passé.

Joan s'impatientait :

— Alors, on y va ?

Toni s'ébroua et se remit sur ses pieds.

— Il veut que tu lui amènes quelques affaires.

— Quel genre d'affaires ?

— Des vêtements de rechange, son peigne et son rasoir, son vieux porte-monnaie en cuir… et puis un livre. De Jules Verne, je crois.

— Alors c'est bien vrai, il veut partir…

— Puisque je te le dis !

Joan renonça à le faire parler davantage. De la tête, il fit signe au Toni de le suivre.

Bella hennit doucement quand elle entendit la porte de l'écurie s'ouvrir. Joan se glissa près d'elle et flatta son encolure en glissant des mots doux dans le creux de son oreille mobile. La jument se calma. Il grimpa alors l'échelle jusqu'à la soupente qui servait de chambre à son frère. Avisant un grand havresac dont Jordi se servait habituellement pour transporter ses outils, il entreprit de le remplir avec tout ce dont son jumeau pourrait avoir besoin pour le « voyage » qu'il projetait. Ses gestes étaient précis et méthodiques ; même si c'était la dernière chose qu'il faisait pour lui, il accomplirait pieusement la mission que son frère lui avait confiée. Avant de refermer la sacoche de cuir, il n'eut garde d'oublier *La Jangada* qui trônait toujours avec sa couverture rouge ornée de filets dorés sur l'étagère de fortune, au-dessus de la paillasse.

— Je crois qu'on a tout pris. Redescendons…

Toni avait déjà dégringolé au bas de l'échelle. Joan le suivit dans la cour après une ultime caresse à Bella qui cette fois demeura muette.

— Attends une minute, j'ai encore quelque chose à aller chercher dans ma chambre…

Et avant que son compagnon ait pu protester, en deux bonds il était rentré dans la maison. Le Toni ne put que grommeler :

— Bon, d'accord… Mais fais vite !

Joan tint parole et reparut aussi rapidement qu'il s'était éclipsé. Il fourra quelques pièces de monnaie supplémentaires dans le havresac.

— Mes économies, expliqua-t-il. Il en aura besoin…

Toni ne perdit pas de temps en commentaires. Il opina silencieusement du chef et se précipita vers l'angle de la maison pour récupérer un sac en toile de jute qu'il chargea d'un mouvement de hanche vigoureux sur son épaule.

— Qu'est-ce qu'il y a dedans ? chuchota Joan en lui emboîtant le pas.

Pour toute réponse, Toni accéléra l'allure, le sac qui paraissait assez lourd solidement calé sur son dos.

La lune était pleine et on y voyait presque comme en plein jour. Le disque d'or pâle, suspendu dans les cieux tel un gigantesque luminaire, projetait des ombres compactes dans lesquelles la nuit paraissait encore plus noire.

Joan inspira à pleins poumons. La fraîcheur de l'air exhalait la pureté et la finesse des parfums de la garrigue que la chaleur brouillait dans la journée. Il se sentait pénétré, transpercé par eux comme par une lame effilée.

En fermant les yeux, il aurait pu croire à un de ces beaux soirs d'été ordinaires où, incapable de trouver le sommeil, il marchait ainsi au hasard en laissant la paix nocturne l'envahir jusqu'à le remplir tout entier. Mais il lui suffisait de voir filer devant lui la silhouette bossue du Toni, l'épaule déjetée par le mystérieux sac de jute, pour savoir que cette nuit n'avait rien d'ordinaire et son cœur se serrait en songeant au destin qui était en train de se nouer.

— Qu'est-ce que tu penses, toi, de cette histoire avec Anna Maria ? interrogea-t-il pour rompre le silence qui l'entraînait vers des réflexions qu'il préférait éviter.

Le Toni ne se retourna même pas, pas plus qu'il ne ralentit le pas. La réponse fusa, catégorique :

— Jordi est incapable de faire ça.

— Mais elle n'est pas le genre à…

— Jordi est incapable de faire ça, répéta-t-il avec cette obstination que donne la certitude d'avoir raison.

Et il ajouta, en digne fils de la Tata Lali :

— *Qui de dones fia, espardenyes quan plou*[88] !

Sur cette sentence définitive qui apparemment mettait pour lui un point final à la discussion, il posa son fardeau à terre et annonça :

— On arrive à la pinède…

Introduisant deux doigts dans sa bouche, il lança un long sifflement modulé, suivi d'un coup bref, et une ombre se détacha de la masse sombre des arbres.

Jordi étreignit longuement son frère de lait. Son visage était effrayant. Sous ses cheveux ébouriffés, ses yeux brillaient comme s'il avait la fièvre. Des traînées noirâtres maculaient ses joues creusées, accentuant la férocité du rictus qui tordait ses lèvres. Pourtant on le sentait au bord des larmes.

Lorsqu'il se redressa, Joan, resté en retrait, ne sut que lui dire. Sans un mot, il lui tendit le havre-sac gonflé. Jordi le prit et, sans même vérifier son contenu, passa la courroie en bandoulière.

Comme il s'apprêtait à soulever le sac de jute, prélude à un départ imminent, Joan ne put se contenir davantage :

— Arrête tes conneries, *besso*. Tu ne peux pas partir comme ça…

88. Confiance aux femmes, espadrilles quand il pleut !

— Et pourquoi pas ?

— Écoute, ça peut encore s'arranger. Demain, tu mets une chemise propre, ta veste des dimanches, et tu vas au mas Blanc demander la main d'Anna Maria au père Mestres. Un fils Fabrègues, ça ne se refuse pas et il oubliera tout quand tu auras promis de passer la bague au doigt de sa fille… Il faudra juste un peu se presser au cas où elle serait enceinte mais, *mare de Déu*, vous ne serez pas les premiers à avoir fait Pâques avant Rameaux !

Il s'arrêta, à bout de souffle. Jordi secoua la tête, sardonique :

— Décidément tu as pensé à tout !

Le sarcasme lui fit mal mais il poursuivit, têtu :

— Et quand plus tard nous hériterons du mas…

— Toi, tu hériteras… Pas moi !

Cette fois toute ironie, même mauvaise, avait disparu. Le ton était froid, coupant, blessant. On aurait cru entendre Jepe.

Joan se força à sourire.

— Bah ! D'ici là, le père n'y pensera plus. Et si en plus tu lui donnes un petit-fils…

— Tu ne comprends pas : je ne veux rien de lui, de ce « père » qui n'attend pas de savoir ce que son fils a à répondre pour le condamner !

Toutes les rancœurs de son enfance semblaient remonter d'un coup à la surface. Toutes les blessures qu'il est si commode de croire cicatrisées – c'est si vieux tout ça ! – mais qui n'avaient jamais cessé de saigner…

— Ce n'est pas nouveau, remarque ! Depuis que je suis venu au monde, je suis de trop… Je gêne. Même ma mère n'a jamais pu m'aimer… Et maintenant mon père veut me tuer ! Il l'a dit lui-même : je suis la honte de la famille Fabrègues…

Se pliant en deux, bras largement écartés en un salut grotesque, il bouffonna :

— Eh bien « la honte », elle vous tire sa révérence !

Et il hissa le sac de toile de jute sur son épaule.

Cette fois, il était vraiment prêt à partir. Il dévisagea longuement son jumeau, son reflet, son pareil. Douloureusement.

— Adieu, *germa*… Toi au moins, j'aurais voulu que tu me croies.

Joan baissa la tête, si malheureux d'avoir à douter :

— Je le voudrais bien mais Anna Maria ne sait pas mentir…

— … tandis que moi oui, bien sûr !

Joan reçut l'amertume de Jordi comme une gifle. Il tressaillit, hésita puis lâcha :

— Ces derniers temps, tu n'as pas été franc avec nous. Avec moi. Tu nous as caché beaucoup de choses…

Jordi voulut répliquer. Il ouvrit la bouche puis, se ravisant, il haussa les épaules d'un mouvement infiniment las. Il porta deux doigts à son front en un ultime salut et s'en fut.

— Jordi !

L'avait-il crié ou bien seulement murmuré, dans un souffle ? Joan n'aurait su le dire. Sa tête bourdonnait comme si un essaim d'abeilles y avait élu domicile. Ce n'était pas possible. Jordi ne pouvait pas les quitter ainsi…

Il s'élança après lui pour le retenir, le ramener, mais une poigne solide l'arrêta.

— Laisse-le partir, ordonna la voix altérée du Toni. Quelque chose s'est cassé en lui et rien ne pourra le réparer…

Il avait raison.

Joan renonça à lutter. Il se passa une main égarée dans les cheveux et se laissa tomber, accablé, sur une borne de pierre, au bord de cette route qui menait Jordi vers Salses et puis… là où Dieu mènerait ses pas.

La silhouette doublement chargée de son jumeau n'était déjà presque plus visible. L'irréparable était consommé…

Joan se releva d'un bond. Non, le Toni avait tort… quelque chose encore pouvait être réparé et il allait s'y employer. Demain matin, à la première heure, il ferait ce qu'il avait conseillé à Jordi tout à l'heure : il mettrait sa chemise et sa veste et irait demander au père Mestres la main d'Anna Maria. Après tout un jumeau ou un autre, quelle importance ! Du moment que la réputation de sa fille était sauvée, Augustin n'y regarderait pas de si près. Et si un petit devait arriver après ça, il ressemblerait tellement à Joan que personne ne pourrait seulement imaginer que ce ne serait pas le sien !

20

La côte de France n'était plus qu'une mince ligne sombre à l'horizon. L'énorme navire surmonté de deux non moins énormes cheminées avait laissé derrière lui les quais de Pauillac et même les petits bateaux de pêche aux voiles couleur de rouille à qui les mouettes blanches faisaient comme une traîne de mariée.

Une main en coupe devant son visage pour se protéger du vent du large, Jordi alluma une cigarette puis s'accouda au bastingage. Il avait besoin de prendre un moment pour réfléchir mais il était bien en peine de démêler ce qu'il éprouvait à cet instant précis : un intense sentiment de liberté bien sûr, comme il n'en avait pas ressenti depuis longtemps, depuis toujours peut-être, avec un reste de colère contre son père, contre Joan, contre lui-même aussi, le tout tempéré par une pointe de nostalgie en voyant tout ce qui avait été sa vie finir de disparaître dans les vagues vertes de l'Atlantique.

Jusqu'ici il n'avait connu que l'eau si bleue et transparente de la Méditerranée. Deux ou trois fois seulement, quand il était enfant et que les trous d'eau de l'Agly suffisaient à satisfaire ses envies aquatiques, plus souvent devenu grand, en bande, avec la jeunesse de Rivesaltes ou de Baixas, il était allé passer la Journée au Barcarès, entre mer et étang. On se bousculait dans les vagues où on finissait par plonger tout habillé avant de se laisser sécher au soleil en dégustant une « bouillinade » d'anguilles ou des côtelettes grillées sur la braise. Ensuite on s'étendait sur le sable blanc et, bercé par le souffle léger de la houle, les paupières à demi fermées, on laissait à travers ses cils l'azur de la mer rejoindre celui du ciel.

Mais l'océan n'était pas la *mare nostrum*. La masse gigantesque de ses eaux à perte de vue autour de l'énorme coque, qui en paraissait presque minuscule, embrassait toutes les nuances de vert : du jade pâle et délicat à l'émeraude profond, presque noir, en passant par le turquoise bleuté, l'absinthe aux reflets dorés ou l'olive sale des wagons qui l'avaient mené à travers le sud de la France jusqu'à Bordeaux et son avant-port Pauillac, dont il avait décidé qu'il serait sa porte ouverte vers l'aventure et une nouvelle vie…

Lorsqu'il était parti dans la nuit, seul, avec deux sacs pour tout bagage, tournant le dos à cette famille qui refusait de l'entendre et avait décidé qu'il était un violeur et un incendiaire, il ne savait pas vers où le porteraient ses pas. L'essentiel était de partir loin, pas encore d'aller quelque part. Il avait marché et marché encore, la rage qui bouillonnait en lui l'empêchant de sentir la fatigue. Il fuyait sous la lune pleine tel un possédé ; seule la distance pourrait calmer le feu qui le consumait. Il avait arrêté une charrette, puis une autre pour la relayer, mais les kilomètres ne défilaient pas encore assez vite. Alors à Narbonne, il avait sauté dans le premier train sans même regarder où il allait. Il était arrivé à Toulouse et c'était là, en regardant les flots puissants de la Garonne rouler vers l'ouest et l'océan, qu'il avait pris sa décision : il irait aux Amériques. Peu importe laquelle. Comme les héros de Jules Verne. Ceux de *La Jangada* qui descendaient l'Amazone sur un radeau de bois l'accompagnaient, pressés contre sa hanche, au rythme de ses pas.

Avec ses dernières pièces, celles que Joan avait subrepticement glissées dans son porte-monnaie – *gràcies* quand même, *germa* –, il avait acheté un billet pour Bordeaux. Sur les quais de Pauillac où mouillaient des navires de toutes tailles aux noms plus exotiques les uns que les autres, il n'avait pas eu de peine à se faire embaucher comme marin. Il n'avait jusqu'ici jamais quitté la terre ferme mais ses larges épaules musculeuses et ses mains calleuses de travailleur de la terre avaient convaincu le quartier-maître du *Guadeloupe*, qui partait pour le Venezuela via les Antilles. Une fois de l'autre côté de l'Atlantique, il déciderait ce qu'il ferait de sa nouvelle vie…

En attendant, naviguer ne lui déplaisait pas : n'avait-il pas rêvé de faire son temps d'armée outre-mer ? Il avait pensé à l'Afrique ; ce serait l'Amérique finalement. D'ailleurs il ne serait pas le premier Rivesaltais à émigrer ainsi vers le Nouveau Monde. Le « Perote des allumettes » n'était-il pas revenu depuis peu au pays après près de vingt ans passés aux États-Unis ?

Lorsque l'ancre s'était extirpée de l'eau sale du port et que le *Guadeloupe* avait largué ses amarres, Jordi s'était juré d'oublier le passé pour ne plus penser désormais qu'à l'avenir. Sauf que c'est plus facile à dire qu'à faire et qu'on ne peut pas laisser derrière soi son cœur et ses souvenirs comme un ballot bien ficelé sur le quai. Les dix jours de la traversée lui permettraient-ils d'éteindre cette rage qui couvait encore en lui pour débarquer l'esprit libre et serein ?

Les images de ces quelques jours maudits – cinq en fait, pas un de plus, mais il s'était passé tellement de choses dans ce court laps de temps que cela lui semblait une éternité ! – étaient encore trop vives dans sa mémoire. À partir du moment où il avait décidé, lui seul et contre l'avis du Toni, de se précipiter à Perpignan plutôt que de revenir à Baixas, il avait été pris sans le savoir dans un engrenage infernal qui l'entraînait vers sa perte. Oh, il n'était pas tout blanc dans cette histoire et il n'était pas fier de sa lâcheté, il n'y avait pas d'autre mot, à l'égard d'Anna Maria ! Lorsqu'il avait compris ce qu'elle attendait, ce qu'elle exigeait de lui, il avait senti brusquement le piège se refermer et il s'était enfui. Il aurait sans doute dû la ramener jusque chez elle, lui laisser du temps pour se calmer, lui dire qu'ils en reparleraient plus tard… C'était si facile d'y penser maintenant ! Mais sur le coup, découvrir de façon aussi inattendue à la fois l'amour qu'elle lui portait et jusqu'où elle, la timide, la discrète, était capable d'aller pour lui, l'avait presque paniqué… Il l'avait blessée et, folle de douleur, elle s'était vengée. Il ne lui en voulait même pas. Non, c'est à son père qu'il en voulait. À son père et à Joan, son jumeau, son autre lui-même, qui plus que quiconque aurait dû savoir dans son sang, dans ses tripes, qu'il était incapable d'une telle vilenie…

Jordi jeta rageusement sa cigarette consumée dans le sillage écumant qui s'élargissait en éventail à la poupe du *Guadeloupe*. Le Toni, lui, n'avait pas douté un instant ! C'est dans de telles circonstances qu'on voit où est sa vraie famille…

21

L'organiste plaqua les premiers accords et Joan se retourna pour voir celle qui allait devenir sa femme remonter l'allée centrale vers l'autel au bras de son père. « Jepe petit » trottinait derrière elle, la mine grave et concentrée, veillant comme on le lui avait demandé à ce que le voile de la future épouse de son parrain ne traînât pas sur les dalles usées. Engoncé dans une veste neuve au tissu encore un peu raide, Augustin Mestres affichait un air excessivement réjoui, comme s'il voulait convaincre la terre entière, ou du moins la nombreuse assistance qui se pressait dans l'église Saint-André, de son bonheur de voir sa fille se marier ce jour. Anna Maria s'accrochait à lui, les jambes sans doute flageolantes d'émotion sous sa robe immaculée. Sa mère avait absolument tenu au blanc virginal. Anna Maria aurait préféré une tenue plus discrète mais la Tonia avait été intraitable : personne ne devait rien soupçonner. Et comme Clara Roura avait offert à son amie d'enfance un voile de dentelle qui lui venait d'une de ses grand-mères – elle gardait l'autre, plus beau, tout brodé, pour le jour où elle-même convolerait en justes noces –, c'est en mariée de rêve qu'Anna Maria s'avançait pour ce qui aurait dû être le plus beau jour de sa vie.

Ces demoiselles de Rivesaltes, les Marie, Marguerite, Madeleine et Léontine, massées en un gracieux bouquet de couleurs claires dans la partie gauche de la nef, en étaient vertes de jalousie. Une si belle robe ! Et un marié de si belle prestance ! La fille Mestres avait toutes les chances !

Cependant, elles l'auraient peut-être moins enviée si elles avaient vu, comme Joan au moment où sa promise le rejoignait et s'agenouillait sur son prie-Dieu de velours rouge, que la pâleur de son visage rivalisait avec celle de son voile.

Elle était ainsi, livide, éteinte, absente, depuis le jour où il était venu au mas Blanc demander sa main, après le départ de Jordi. Comme prévu, Augustin Mestres s'était empressé d'accéder à sa demande. Il avait solennellement rangé dans un placard le fusil qu'il avait laissé depuis la veille ostensiblement sur la table, à portée de main, et l'avait congratulé longuement : « C'est bien, *fill*, tu es un bon garçon et un homme d'honneur. Tu ne regretteras pas ce que tu fais aujourd'hui… Mon Anna Maria est une vraie femme de vigneron ! »

La Tonia, qui ne perdait pas le sens des réalités, était intervenue avec autorité : « Il faut publier les bans au plus vite pour que le mariage soit célébré au plus tard dans un mois ! Le temps nous est peut-être compté… »

Elle n'en dit pas plus mais tout le monde avait compris : si Anna Maria se retrouvait enceinte, il fallait que son ventre s'arrondît en tant que madame Fabrègues.

Ainsi accepté avec soulagement comme *promès*[89] par les parents Mestres qui lui donnaient avec effusion du *fill* sur tous les tons, et ce d'autant plus facilement qu'ils le connaissaient depuis sa naissance et l'avaient vu grandir, Joan avait quand même voulu parler à sa future épouse. Il l'avait trouvée sur un banc derrière la maison, en train d'ourler des mouchoirs d'un geste mécanique, le regard fixe.

Il s'était assis à côté d'elle et lui avait pris la main. Elle s'était laissé faire non sans réticence.

« N'aie pas peur, je suis venu réparer le tort que t'a fait mon frère. »

Elle avait eu un sursaut et l'avait regardé comme s'il était fou.

89. Fiancé.

« Je viens de demander ta main à ton père, avait-il patiemment expliqué, et il a dit oui. Dans un mois nous serons mariés et ta réputation sera comme elle l'était avant : sans tache. »

Elle avait ouvert la bouche et porté la main à son col comme si elle manquait d'air. Puis, se levant d'un bond, elle lui avait tourné le dos en secouant la tête. « Non, avait-elle fini par articuler. Non, tu ne peux pas faire ça. Il ne faut pas… »

Se levant à son tour, il s'était approché mais en prenant bien garde de ne pas la toucher.

— Je comprends qu'après ce que tu as subi, t'imaginer mariée avec quelqu'un qui a la même figure que Jordi te soit pénible… mais c'est pourtant la meilleure solution. Et je peux t'assurer que si nous nous ressemblons physiquement, à l'intérieur…

— Non, tu ne comprends pas, avait-elle protesté faiblement, la tête obstinément baissée.

Il avait essayé de la raisonner :

— Je sais que tu n'es pas amoureuse de moi. Et moi-même, je n'ai jamais pensé à toi comme ça. Mais nous apprendrons à nous connaître et qui sait, peut-être, avec le temps…

Elle n'avait pas répondu et il n'avait pas insisté. Elle vivait des moments difficiles et en la voyant ainsi, murée en elle-même, le menton tremblant et le teint crayeux, il s'était surpris à détester son frère.

N'ayant plus rien à lui dire, il l'avait laissée seule, debout près du banc et des mouchoirs qui avaient glissé par terre lorsqu'elle s'était levée dans un hoquet.

Les semaines suivantes avaient été fébriles. Jepe, qui avait approuvé sa démarche, avait voulu que la noce fût mémorable : un fils Fabrègues ne se mariait pas à la sauvette et puis le faste et les agapes feraient oublier à tous le départ mystérieux de Jordi. Thérésina, mise au courant sous le sceau du secret de ce qui s'était passé, avait promis de s'occuper du repas et expédié son époux dans sa famille en Cerdagne pour ramener viande et charcuterie.

Tous les voisins, invités, avaient proposé leur aide. Un vent de joyeuse impatience soufflait sur les environs : ce mariage venait à point célébrer le retour de l'espérance dans les cœurs. Non que la crise fût finie ni que le vin se vendît mieux, mais le 29 juin la loi « tendant à prévenir le mouillage des vins et les abus du sucrage » avait enfin été promulguée. Une autre devait la compléter courant juillet. À Argeliers, un deuxième comité avait été nommé pour remplacer celui qui restait incarcéré et il avait officiellement et définitivement abandonné la voie insurrectionnelle. On parlait déjà de libérer les prisonniers et de retirer les troupes. Après la tension sans cesse croissante des dernières semaines, l'heure était donc à la détente et le mas bruissait de préparatifs affairés dont seuls les futurs mariés étaient étrangement absents.

Joan, il est vrai, était désormais seul avec son père à travailler la vigne et il s'efforçait de pallier au mieux l'absence de son jumeau. Quant à Anna Maria, ses parents avaient espéré que parler chiffons, fleurs, cantiques, invités la sortirait de son abattement. L'organisation de son mariage n'est-elle pas pour toute jeune fille un des moments les plus exaltants de sa vie ? Le père Mestres, qui passait très vite d'une humeur à l'autre, le lui avait d'ailleurs fait vertement remarquer en assurant que l'affliction devait avoir des limites et qu'au-delà cela tenait plus de la pose que de la douleur. Cette sortie lui avait valu une cinglante réplique de la Tonia qui avait bien entendu pris la défense de sa fille, et le mas Blanc avait une fois de plus résonné des éclats d'une dispute.

Mais Anna Maria était restée toujours aussi silencieuse et pâle. On aurait dit que le sang s'était retiré de son visage autrefois si prompt à s'empourprer.

La voix de *Mossen* Raspaut tira Joan de ses pensées. Il avait jusqu'ici fait machinalement les gestes qu'on attendait de lui, s'agenouillant, baissant la tête, faisant mine d'écouter alors même que son esprit était très loin de là. Mais le prêtre qui avait pris depuis deux ans la succession de *Mossen* Vidal à Saint-André s'était à présent approché pour lui poser la question fatidique :

— Joan, veux-tu prendre pour épouse Anna Maria ici présente, pour l'honorer et la chérir, dans la joie comme dans la peine, jusqu'à ce que la mort vous sépare ?

Il n'eut pas le temps d'hésiter. Son « Oui », net quoique sans émotion, jaillit aussitôt. Il avait pris sa décision et il s'y tiendrait. Puis *Mossen* Raspaut se tourna vers la blanche mariée pour recueillir son consentement. La formule rituelle resta suspendue dans l'air. Joan retint son souffle et il devina que derrière lui, au premier rang de la nef, le père et la mère Mestres faisaient de même. Il y eut un silence heureusement rompu par le hurlement d'un petit enfant qui, sans doute pour mieux voir, était grimpé sur le banc d'où sa mère venait de le déloger d'une gifle magistrale. L'enfant en pleurs fut évacué sous les murmures de l'assistance.

Les mains d'Anna Maria se crispèrent et elle sembla vaciller sous son voile.

Sans doute accoutumé au trouble des jeunes mariées, le curé profita de l'incident pour réitérer sa question d'un ton plus enjoué :

— Ce jeune homme nous a empêchés d'entendre le « Oui » d'Anna Maria. Il va donc te falloir, ma fille, à nouveau forcer ta timidité… Nous t'écoutons tous, et cette fois religieusement !

Son mot d'esprit fut accueilli par des sourires amusés et Anna Maria, vaincue, inclina la tête en exhalant dans un souffle un « Oui » à peine audible mais que le prêtre eut la bonté d'accepter, mettant ainsi fin à son supplice.

— Ça va, *avia*, tu n'es pas trop fatiguée ? Tu n'as pas trop chaud ?

La vieille femme assise au bout de la longue table faite de deux planches posées sur des tréteaux fit signe à son petit-fils que tout allait bien. Malgré les exhortations de son gendre à choisir des couleurs plus « gaies », elle avait refusé d'abandonner ses vêtements de deuil pour ce grand jour. Cependant, elle avait sorti de son armoire un grand châle en satin noir tout rebrodé ton sur ton qui luisait au soleil et, ainsi parée comme une reine, objet de toutes les attentions de ses voisins de table, elle trônait en majesté dans l'ombre mouvante du pin sous lequel le repas de noce battait son plein.

Elle avait toujours eu un appétit d'oiseau et, les mains croisées sur sa jupe, elle regardait les enfants se poursuivre à grands cris dans la cour, la petite Lucie, la fille de Thérésina, passer de mains en mains et les convives engouffrer les montagnes de victuailles, poulets aux pignons et porc à la catalane avec sa sauce au citron, qu'elle avait aidé sa petite-fille à préparer depuis la veille, tout en surveillant d'un œil inquiet la jeune mariée. Dès le retour au mas sur la jardinière abondamment fleurie pour l'occasion, Anna Maria avait troqué sa belle robe blanche, sa couronne de fleurs d'oranger et son voile de dentelle – trop salissants pour manger dehors, avait-elle prétexté – pour une tenue plus simple et la coiffe catalane traditionnelle. Le tissu mordoré, assorti à la couleur de ses yeux, lui seyait d'ailleurs fort bien mais l'aïeule n'aimait guère la fixité de son regard. Certes il est permis à une jeune mariée d'éprouver quelques angoisses mais son masque figé cachait autre chose, elle en aurait mis sa main à couper.

D'ailleurs, à son côté, Joan ne paraissait guère plus à l'aise. *Pobre nen*[90], ce n'était sans doute pas ainsi qu'il avait imaginé son mariage ! Avait-il rêvé, comme sa grand-mère l'avait si souvent fait depuis leur naissance, de noces jumelles, son frère et lui convolant le même jour dans l'allégresse générale ? En tout cas, jamais il n'avait sans doute pensé vivre ce jour sans Jordi. Et cette absence dont les uns et les autres évitaient de parler le faisait paraître encore plus seul à la table du festin.

La plupart des gens qui connaissaient la famille Fabrègues n'avaient pas été dupes de

90. Pauvre enfant.

l'explication que Jepe avait servie à qui voulait bien l'entendre : on aurait proposé à son fils un poste sur un chantier en Afrique à condition qu'il s'embarque tout de suite. Comme le Jordi avait toujours eu la « bougeotte » et que de toute façon la vigne ne nourrissait plus son homme, il avait sauté sur l'occasion sans hésiter, vous comprenez... Tout le monde avait acquiescé pour ne pas le contrarier mais nombreux étaient ceux qui avaient pensé, vu le caractère du père et du fils, que c'était sûrement une dispute plus violente que les autres qui avait provoqué le départ précipité de la *closca*.

Dommage quand même que le mariage de son jumeau ne l'ait pas fait revenir... Joan méritait d'avoir toute sa famille réunie autour de lui en ce grand jour !

Augustin Mestres venait de repousser sa chaise pour se mettre debout et, levant son verre de vin qu'il avait déjà plusieurs fois vidé si on en croyait la couleur flamboyante de son nez, il se livrait au traditionnel exercice des vœux. Il avait rodé, poli, peaufiné son discours pendant deux jours et il écrasa comme il se devait une larme lorsqu'il en vint à évoquer les petits-enfants qu'il ferait bientôt sauter sur ses genoux, il n'en doutait pas.

La vieille femme soupira en voyant à ces mots la jeune mariée se tasser un peu plus sur son siège. Quelle maladresse, cet Augustin, et quel effroyable gâchis aussi !

Le pire était qu'elle-même avait appelé depuis des années cette union de tous ses vœux. Elle aimait beaucoup Anna Maria et elle était sûre que Joan et elle formeraient un couple heureux, à la fois travailleur et fécond ; il suffisait d'attendre que les jeunes gens se rendent compte qu'ils étaient faits l'un pour l'autre.

Seulement la crise et l'enchaînement d'événements qu'elle avait suscité ne leur avaient pas laissé ce temps…

Le père Mestres avait enfin terminé son discours et tout le monde se leva après lui pour boire à la santé des nouveaux époux Fabrègues. La famille, les voisins des parents et les amis d'enfance des deux mariés étaient là ; seuls manquaient les Marti. Joan aurait bien voulu inviter le Cinto, la Tata Lali et le Toni mais Jepe s'y était farouchement opposé : c'était leur faute, à ces « rouges », prétendait-il, si Jordi avait mal tourné.

Malgré ses rhumatismes, l'*avia* se leva aussi pour trinquer : ce mariage parti sous d'aussi mauvais auspices aurait besoin de toute la chance qu'on pouvait lui souhaiter pour retrouver des eaux plus calmes après la tempête !

La main sur la poignée de la porte, Joan fixait le battant fermé en souhaitant être à ce moment précis à cent lieues de là. Malgré la chaleur et la sueur qui coulait le long de son dos, il avait froid et ses semelles lui semblaient de plomb. C'était l'instant qu'il avait redouté toute la journée.

Après le repas qui avait bien duré jusqu'au milieu de l'après-midi, on avait dansé. Comme de juste il avait ouvert le bal avec sa femme, toujours aussi raide entre ses bras, puis il avait consciencieusement fait tourner toutes les jeunes filles invitées à la noce en priant silencieusement le ciel pour que ces valses et ces mazurkas se prolongent encore et encore et que le soleil ne se couche jamais.

Mais l'astre du jour avait décliné inexorablement et les jambes des danseuses s'étaient fatiguées. On avait mangé, froids, les restes du repas de midi en vidant encore quelques bonbonnes de vin. Et puis les jeunes filles s'étaient éclipsées en entraînant avec elles la nouvelle mariée. Les hommes étaient restés à fumer sous le pin, à échanger des plaisanteries salaces et à philosopher sous les premières étoiles. Joan avait fait de son mieux pour se joindre à la conversation mais le cœur n'y était pas. Il se sentait de plus en plus nerveux et répondait si souvent à côté que le Menut du mas Barrère s'était moqué de lui : « Tu me parais bien fébrile, Joan… Serais-tu puceau ? »

Évidemment son apostrophe avait déchaîné les rires et les conseils qui se voulaient avisés quant à la façon de mener à bien sa nuit de noces. Joan n'avait pu que hausser les épaules sans répondre ; comment ses amis auraient-ils pu deviner la vérité ?

Et puis les demoiselles étaient revenues, seules, avec force chuchotements excités et gloussements étouffés. La mariée était prête.

On avait réveillé les trois musiciens qui somnolaient sur un coin de la table et toute la jeunesse, dansant et chantant, avait accompagné en cortège Joan jusqu'au pied de l'escalier qui montait à la chambre nuptiale.

Et maintenant il était seul devant cette porte close, plus embarrassé que lorsqu'il avait subi à dix-sept ans les assauts de l'entreprenante madame Olive. Depuis, il avait eu l'occasion de tenir d'autres filles entre ses bras. Même s'il s'était toujours arrêté à la limite de ce qu'elles lui permettaient, et qui pouvait varier considérablement de l'une à l'autre, il avait acquis ainsi un peu d'assurance dans le maniement de ses armes viriles… Sauf que rien ne l'avait préparé à ce qui allait suivre !

Du dehors, par les fenêtres ouvertes, lui parvenaient les commentaires égrillards des garçons et les protestations faussement offusquées des jeunes filles dans la cour. Allons, il fallait y aller… Il respira profondément pour calmer son cœur qui battait la chamade et tourna la poignée.

Anna Maria l'attendait, assise sur le bord du lit, en chemise. Elle triturait nerveusement les plis qui soulignaient plus qu'ils ne dissimulaient les gracieuses courbes de son corps. Antonia Mestres, qui s'était vantée de l'avoir confectionnée de ses mains, n'avait reculé devant rien pour attiser le désir du jeune marié et faire connaître à sa fille, contre toute attente, une « vraie » nuit de noces !

Joan sentit la pitié l'envahir pour la malheureuse offerte ainsi en pâture à celui qui se proposait de sauver son honneur…

Il fut tenté un instant de ne pas la toucher. De s'endormir chastement à côté d'elle en attendant le jour où elle aurait surmonté sa répulsion. Mais au spectacle du fin tissu blanc tendu sur la pointe de ses seins, il sut qu'il n'y parviendrait pas. Il faudrait être de bois pour résister une nuit entière à ce corps souple qui semblait fait pour les caresses !

Mais il ne pouvait pas quitter la chambre non plus ; il y aurait bien quelqu'un pour s'en rendre compte. Et même s'il réussissait à s'éclipser en cachette, au matin la noce reviendrait réclamer les preuves que le mariage avait bien été consommé.

Cette ancienne tradition n'avait, fort heureusement, plus beaucoup cours mais Augustin Mestres, dans son désir farouche de convaincre tout le monde qu'il s'agissait d'un mariage tout à fait « normal », avait décidé de la ressusciter et convié les invités à partager le café sous le pin en attendant le réveil des nouveaux époux. Il faudrait donc exhiber les draps froissés à la fenêtre pour que chacun puisse constater de visu qu'ils étaient désormais vraiment mari et femme au sens biblique du terme.

Joan avait déjà songé à se faire une légère coupure avec la lame de son rasoir afin de les maculer de sang : ainsi tous seraient convaincus qu'Anna Maria avait perdu sa virginité durant la nuit et la faute de Jordi serait réparée. Mais quelques gouttes écarlates ne suffiraient pas. On ne trompait pas aussi aisément l'œil exercé des matrones rivesaltaises. Il leur faudrait des yeux cernés, des corps fatigués et comblés, des draps malmenés et humides.

Il n'avait pas le choix ; il lui fallait aller jusqu'au bout.

Elle n'avait pas bougé. Ôtant sa chemise trempée de sueur, il s'agenouilla sur le lit derrière elle et posa les mains sur ses épaules.

— N'aie pas peur, Nanna, tenta-t-il de la rassurer. Je vais faire très doucement.

Elle ne répondit pas. Du doigt, il fit glisser la bretelle bordée de dentelle et effleura du bout des lèvres sa peau veloutée. Elle ne chercha pas à le repousser. Il crut même sentir un léger frémissement la parcourir alors qu'il prolongeait son baiser. Mais la tension qui l'habitait ne se relâcha pas pour autant et elle martyrisa de plus belle le devant de sa chemise de nuit.

Si elle continuait ainsi, elle allait finir par déchirer le chef-d'œuvre de sa mère !

Posant sa main sur les siennes pour faire cesser ce manège angoissé, Joan tira de l'autre le ruban de satin qui fermait l'encolure. La chemise de nuit, délacée, glissa le long des bras hâlés et de la poitrine blanche sur laquelle les mamelons épanouis posaient deux fleurs sombres, dénudant le torse jusqu'à la taille. Il l'enlaça délicatement et l'allongea en travers du lit tout en finissant de la débarrasser de sa parure nuptiale.

Ainsi nue sur les draps, le visage de son nouvel époux au-dessus du sien, elle parut se détendre un peu. Non pas que son corps s'abandonnât enfin à ses caresses ; elle sembla plutôt se résigner. Elle écarta même les jambes, comme pressée d'en finir.

Presque honteux du désir qui raidissait son sexe et impatientait ses reins, Joan dégrafa son pantalon et la pénétra très vite.

Il se redressa presque aussitôt, le front glacé et les yeux égarés, peinant à réaliser ce qu'il venait de découvrir.

— Je ne comprends pas, balbutia-t-il. J'ai senti… Ce n'est pas possible… Comment peux-tu être encore vierge ?

Elle détourna la tête sans mot dire, fixant obstinément le mur opposé à la fenêtre, et il resta là à la regarder, toujours écartelée, tandis que la vérité se faisait lentement jour dans son esprit.

— Jordi ne t'a jamais touchée… Tu as menti !

Avec un gémissement étranglé, il se jeta au bas du lit comme s'il ne pouvait supporter son contact une seconde de plus. Les pensées s'entrechoquaient dans sa tête en une sarabande folle.

S'adossant à la porte, il considéra son membre toujours ridiculement dressé et remonta son pantalon avec colère. Ses doigts qui s'efforçaient de refermer la braguette tremblaient autant que sa voix :

— Pourquoi, Anna Maria ? questionna-t-il avec fièvre. Pourquoi l'as-tu accusé ?

Elle ne répondit pas. À quoi bon ? Elle aurait voulu être morte.

Joan eut un drôle de hoquet et se couvrit le visage de ses deux mains. Ses jambes ne le portaient plus et il se laissa glisser sur le plancher, désespéré, accablé par sa propre culpabilité.

— … et pourquoi t'ai-je crue, toi, et pas lui ?

22

La fille riait, la gorge renversée en arrière, en se frottant contre lui. Sa peau, sombre et huileuse, exhalait une odeur musquée qui lui montait à la tête autant que le rhum qu'elle ne cessait de lui resservir. L'air épais, lourd de relents de friture et de sel, poissait son front et pesait comme un linge humide sur sa nuque. La fille insinua une langue lascive dans son oreille tout en glissant une petite main brune sous les vêtements maculés de graisse, à la recherche de son vit. Elle en fut pour ses frais : l'alcool avait depuis longtemps noyé toutes ses capacités de réaction virile. Elle coula un regard inquiet vers le patron de la taverne qui s'éventait nonchalamment derrière le bar tout en surveillant de près le travail de ses « pensionnaires ». Celles qui ne mettaient pas assez d'ardeur à satisfaire le client recevaient sans doute à l'occasion une bonne raclée pour leur redonner du cœur à l'ouvrage.

Jordi fouilla maladroitement dans la poche de son pantalon et en extirpa un billet crasseux qu'il enfonça dans l'échancrure de la blouse bariolée de la fille, entre les globes couleur chocolat de ses seins. La fille se rasséréna et lui lança un clin d'œil l'invitant à y revenir quand il voulait. Il lui asséna une claque sur les fesses pour lui donner congé, lampa le fond de son gobelet puis, se tenant au bord de la table pour ne pas tomber, il se leva et s'éloigna en tanguant vers la porte du fond.

— Alors le Français, la mer est grosse ?… Il y a du roulis ?

— M'est avis qu'il y a surtout du mou dans les voiles !

Le Chauve et N'a-qu'un-œil, embusqués derrière leurs cartes comme à leur habitude, ricanaient en échangeant des regards entendus. Depuis trois semaines que Jordi avait jeté l'ancre au Pajarito, il les voyait tous les jours à la même place, jouant inlassablement à la manille de onze heures du matin jusqu'à tard dans la nuit. Ils n'acceptaient jamais d'autres joueurs, ce qui enlevait beaucoup d'intérêt au jeu ; ils semblaient en fait n'être là que pour ajouter au pittoresque du décor et même leur langage de vieux loups de mer sonnait faux. Jordi ignorait qui ils étaient vraiment et s'en souciait d'ailleurs fort peu. Les deux compères l'amusaient et il leur avait attribué des surnoms sortis tout droit des romans de Jules Verne et des récits de flibuste de son enfance. En fait, N'a-qu'un-œil ne portait pas le bandeau noir classique ; il avait juste une paupière tombante qui lui donnait l'air à moitié endormi. Quant au Chauve, petit et un peu bedonnant, il se rasait la tête pour laisser croire à un passé de bagnard évadé et paraître plus dangereux.

Au début, Jordi s'était plu à écouter leurs histoires, dont il était sûr qu'ils les inventaient au fur et à mesure pour lui, mais il s'en était lassé comme du reste.

La traversée depuis Pauillac avait été des plus calmes, trop pour lui qui rêvait d'aventures. L'énorme coque du *Guadeloupe* fendait les flots avec assurance et ils avaient atteint les Antilles pile à la date prévue. Si les transatlantiques se mettaient à respecter des horaires de chemin de fer, ce n'était pas la peine ! Il avait donc décidé de débarquer et de rester quelque temps à bourlinguer dans cette mer des Caraïbes dont le seul nom enfiévrait son imagination. Mais les boucaniers avaient déserté la région depuis longtemps et même si les ports grouillaient de truands en tous genres, pas un seul Barbe-Noire à l'horizon. C'était ainsi qu'à force d'arpenter les bas-fonds

Jordi avait échoué à la taverne du Pajarito, sur les quais de La Havane. La sensation de liberté qui l'avait enivré lorsqu'il avait laissé la vieille Europe derrière lui n'était plus qu'un lointain souvenir. Force lui était d'admettre en outre que la mer l'ennuyait, que la monotonie de la navigation n'était pas à la hauteur de ses espérances et qu'en un mot il restait essentiellement un terrien. Alors il noyait sa déception dans le rhum frelaté du patron et entre les jambes des filles à matelots… du moins quand il était capable de les honorer !

Ce soir s'il était trop saoul pour bander, il ne l'était pas assez pour se vexer de la remarque des deux faux pirates et chercher la bagarre. Il poussa donc sans répondre la porte derrière le bar qui ouvrait sur l'étroit couloir obscur menant à ce que le patron appelait pompeusement « les chambres ». Ce n'étaient que des galetas sordides à côté desquels sa soupente au-dessus de l'écurie de Bella faisait figure de palais, mais Jordi s'en moquait : il avait juste envie de s'écrouler sur sa paillasse et dormir, dormir.

La vue du battant entrebâillé le dégrisa. La porte ne fermait pas à clef et Jordi avait plusieurs fois fait remarquer qu'un rideau aurait aussi bien fait l'affaire ; cependant le bois avait joué sous l'effet de l'humidité marine et du traitement brutal infligé par les locataires qui s'étaient succédé et il était possible de la coincer suffisamment pour que les petits curieux ne soient pas tentés de se glisser à l'intérieur. Si le battant était poussé, c'était donc que quelqu'un l'avait forcé pour entrer.

Jordi se pinça fortement les joues pour achever de reprendre ses esprits et être prêt à affronter l'intrus, puis il se coula silencieusement dans l'ouverture.

Il n'avait jamais vu l'homme qui était en train de fouiller furieusement dans ses maigres affaires. Furieusement, car il n'avait pas l'air de trouver ce qu'il cherchait et, du coup, s'employait avec une sorte de rage à tout mettre sens dessus dessous.

— Si c'est de l'argent que tu veux, je n'en ai plus…

L'homme se retourna d'un bloc, prêt à bondir. Il avait le regard rusé, les yeux injectés de sang et Jordi se dit qu'il valait mieux ne pas le rencontrer la nuit dans une ruelle obscure. Il leva les mains pour montrer qu'il n'était pas armé.

— *No hay dinero*, articula-t-il en espagnol, *comprendes*[91] ?

L'homme se détendit. Les poings aux hanches, il considéra les sacs éventrés, les vêtements éparpillés sur le sol de terre battue, et envoya un crachat dans la poussière pour exprimer son mépris devant une telle pauvreté – à moins que ce ne fût

91. Il n'y a pas d'argent, tu comprends ?

son dépit de s'être donné tout ce mal pour rien.

Jordi s'appuya au mur de la « chambre » et, sortant sa blague à tabac de sa poche, entreprit de se rouler une cigarette. Pas question de tourner le dos à ce fauve qui pourrait vouloir se venger sur lui de sa déconvenue. Tout en léchant le fin papier – du papier Job, issu du dernier carnet de feuilles acheté à Perpignan –, il observa son voleur avec curiosité. Celui-ci avait la mine sournoise et désabusée à la fois de ceux qui n'ont plus rien à perdre, qui n'ont plus rien tout court d'ailleurs, et Jordi se surprit à penser que s'il continuait ainsi, il aurait la même triste figure dans peu de temps.

Il lui tendit la cigarette qu'il venait de terminer et l'homme l'accepta sans façon, très à l'aise malgré l'étrangeté de la situation. Il approcha même son visage de l'allumette que Jordi venait de gratter contre le mur chaulé, comme s'il était parfaitement naturel que le volé allumât ainsi la cigarette de son voleur. Il est vrai que techniquement l'homme n'avait rien pris…

Inspirant voluptueusement la fumée, celui-ci entama même la conversation :

— *De donde vienes* ? *Estados Unidos*[92] ?

Jordi secoua la tête :

— *Francia.*

L'homme donna un coup de pied au grand sac

92. D'où viens-tu ? Des États-Unis ?

de toile de jute qui finit de se renverser, laissant échapper une coulée de petites poches remplies de terre d'où dépassaient quelques feuilles fripées : des jeunes pieds de muscat, de grenache et de maccabeu…

L'homme fronça les sourcils.

— *Campesino*[93] ?

— *Vinador*[94] ! rectifia fièrement Jordi.

L'homme haussa les épaules ; ça ne l'intéressait pas. Levant sa cigarette à hauteur de son front, il remercia d'un signe de tête et ressortit par où il était entré.

Jordi resta seul à finir la sienne, songeur. Mettant un genou à terre, il ramassa un des sachets d'où s'échappait un filet de terre rougeâtre. Argile et calcaire, la terre sur laquelle poussaient les vignes de Baixas. Il en ramassa une poignée, la porta à ses narines frémissantes.

Imaginer avec Joan la façon de moderniser la production au mas ne lui avait pas suffi longtemps. À lui, l'instinctif, le passionné, il fallait une quête, une aventure quasi mystique à la recherche de la vigne idéale ! Il avait préparé ses plans en secret avec le Toni en pensant découvrir le terroir qui conviendrait à ses aspirations dans un coin reculé

93. Paysan ?

94. Vigneron !

des Corbières. Ils s'étaient rêvés défrichant tous les deux le fond d'un vallon sauvage qui réussirait l'équilibre parfait entre la terre, l'eau et le soleil, pour y planter le vignoble, peu étendu mais de qualité, qui pourrait rivaliser, pourquoi pas, avec les grands châteaux du Bordelais.

Le soir où Jordi avait décidé de rompre avec sa famille, du moins celle des Fabrègues, et de partir au loin se faire une autre vie, Toni était allé chercher sous son lit le grand sac où les plants reposaient en attendant la trouvaille miraculeuse, et le lui avait donné, sans un mot. Jordi n'avait pas osé refuser – son frère de lait était le seul qui croyait encore en lui – et l'avait chargé sur son dos en pensant que ce serait un fardeau inutile. La vigne, c'était fini pour lui.

Mais il se trompait et le Toni avait raison.

Il fit un pli pour empêcher la terre de s'échapper davantage et rangea avec des tendresses de mère le plant auprès des autres dans le sac de jute.

— Oui, murmura-t-il juste pour lui-même, juste pour l'entendre, je suis un vigneron, un *vinyataire*…

23

Joan tendit le bras et, machinalement, prévenant son geste comme elle le faisait toujours, Anna Maria approcha la salière de son assiette. Il la prit sans un mot. Dès qu'il l'eut reposée sur la table, l'*avia* s'en empara, non qu'elle trouvât ses haricots blancs fades mais pour pouvoir dire le « merci » que son petit-fils n'avait pas prononcé.

— *Gràcies*, *noia*, articula-t-elle avec un geste vague au-dessus de l'assiette pour justifier la présence de la salière dans la main nouée d'arthrite.

Comme hier. Et avant-hier.

Anna Maria sourit à la vieille femme. Elle se donnait tant de mal pour atténuer la froideur de Joan envers sa jeune épouse. Comment lui faire comprendre que c'était inutile ?

Ce silence, cette réserve de tous les instants, c'était son châtiment et elle l'acceptait. Mieux même, elle le demandait. Elle n'aurait pas voulu d'un pardon immédiat et sans condition. La générosité pouvait être pire que la haine car en ôtant toute possibilité d'expiation, elle vous laissait seul face à votre culpabilité pleine et entière. Écrasante.

Non, Anna Maria ne voulait surtout pas d'un pardon.

D'ailleurs elle-même ne se pardonnait pas ce qu'elle avait fait. Redevenue ce qu'elle avait toujours été, douce et timide, avec une ombre de gravité en plus, elle ne parvenait toujours pas à comprendre quelle folie l'avait saisie en ce mois de juin fatal. Se précipiter à la prison, mentir pour faire libérer Jordi, passe encore même si son audace la faisait rougir aujourd'hui. Mais l'accuser du pire des crimes pour se venger de la honte et du désespoir, de l'humiliation qui lui plantait ses crocs acérés dans le cœur, pour qu'il souffre autant qu'elle souffrait… Cela lui ressemblait si peu qu'en y repensant elle avait l'impression que ce n'était pas son histoire, que c'était arrivé à quelqu'un d'autre, dans un roman peut-être… mais pas à elle, Anna Maria Mestres, que les sœurs du Saint-Sacrement citaient en exemple et que la révolte n'avait jamais effleurée, même dans ses rêves. Jamais avant et jamais depuis.

Alors elle avait repris le cours de sa vie ordinaire, égrenant les jours les uns après les autres comme d'autres les perles de jais de leur chapelet. Elle avait toujours aimé travailler en silence et c'est ainsi qu'elle entendait expier sa faute et gagner peut-être un jour le droit au pardon.

Bien sûr tout cela restait dans le secret de son cœur. Elle s'était bien confessée mais en termes si vagues que le vicaire, qui croyait tout savoir de la vie par ce que ses ouailles lui racontaient de l'autre côté de la grille, s'était contenté de l'exhorter à la patience en assurant que toutes les jeunes épousées connaissaient le doute au début de leur mariage. Quant à ses parents, Dieu merci, Joan ne leur avait rien dit de la découverte qu'il avait faite pendant la nuit de noces.

Jusqu'au bout, et contre toute vraisemblance, elle avait espéré que lui-même ne se rendrait compte de rien. C'était impossible, bien sûr, mais si elle y croyait assez fort, peut-être la réalité se plierait-elle à ses prières !

Elle avait vu passer les semaines qui la séparaient de ses épousailles dans une sorte de stupeur, comme les témoins d'une grande catastrophe voient arriver l'avalanche ou la vague qui va les submerger. Le jour même de son mariage, elle l'avait vécu dans un brouillard, un engourdissement qui l'isolait et la protégeait encore de cette vérité qui n'allait pas tarder, elle le savait, à se faire jour.

Ce n'était que dans la chambre, lorsqu'elle avait senti Joan s'arracher à elle avec un sursaut d'horreur, lorsqu'elle avait lu dans ses yeux fous l'incrédulité et le désespoir, qu'il s'était dissipé. Et l'énormité de sa trahison lui avait alors sauté au visage, la cinglant comme une gifle, la laissant clouée en croix sur ce lit qui n'avait pas eu le temps d'être nuptial.

« Pourquoi ? » répétait Joan, effondré contre le mur de la chambre. Si seulement elle avait su quoi lui répondre…

Il avait passé le reste de la nuit recroquevillé dans un coin de la pièce, la tête dans les mains. Elle, elle avait remis la belle chemise de nuit cousue par sa mère et s'était recouchée en tirant le drap jusqu'au-dessus de son front. Sous ce linceul improvisé, elle était restée à regarder défiler les heures, les yeux secs et le cœur en morceaux.

Au matin, lorsque la noce était revenue déjeuner dans la cour après un sommeil trop bref, elle avait entendu Joan se lever et s'approcher du lit. Sans un mot, il lui avait arraché le drap et elle avait vu avec terreur la lame d'un rasoir luire dans sa main droite. Elle n'avait pas bougé : qu'il la tue donc, elle ne méritait rien d'autre.

Mais il avait posé la lame sur son propre avant-bras et c'était son sang qui avait coulé, clair et vermeil, merveilleusement vivant. Il l'avait laissé goutter sur le drap blanc et elle avait contemplé, fascinée, cette voie lactée sanglante qui témoignait d'une virginité sacrifiée. Cela aurait dû être la sienne. Mais c'était Joan qui cette nuit-là avait perdu ce qu'il avait de plus précieux : ses illusions d'enfance sur la timide « Nanna » bien sûr mais surtout, surtout, pour la deuxième fois, son frère jumeau. Car il ne l'avait pas cru, lui son double, son autre lui-même, et c'était son doute, plus que les accusations d'Anna Maria, qui avait poussé Jordi à partir. Alors ce sang qui coulait, c'était un peu le leur, celui que partageaient les jumeaux Fabrègues jusqu'à ce fatidique mois de juin 1907.

Le visage toujours obstinément fermé, Joan avait ensuite baigné la plaie de son bras dans l'eau de la cuvette puis il était allé jusqu'à la fenêtre. Il avait repoussé d'un geste rageur les volets de bois et déployé le drap maculé telle une bannière sous les bravos. On avait scandé le prénom de la mariée et Anna Maria avait dû venir à son tour à la fenêtre où ses yeux battus et ses traits tirés avaient fini de convaincre les plus perspicaces.

« *Fava de Déu*, quelle nuit, mon cochon ! » Dominant les murmures appréciateurs, la voix aiguë du Menut du mas Barrère avait transpercé la jeune fille jusqu'au cœur. Mais, lui serrant le bras à lui faire mal, Joan l'avait obligée à rester là, à écouter les rires et les plaisanteries grasses fuser sous la fenêtre tandis que leurs pères, fiers et ravis, distribuaient à la ronde le café et le vin.

Joan fit claquer son couteau en le refermant.

— Demain, j'irai déchausser les ceps de la vigne du Prats. Je prendrai la houe, la charrue et Pascual me prêtera son cheval... Bella est désormais trop vieille !

Il s'adressait à son père encore occupé à torcher son assiette mais « maître Fabrègues le vieux », ainsi qu'on le nommait désormais à Rivesaltes, ne répondit pas, comme souvent ces derniers temps. Une mystérieuse maladie semblait le ronger depuis le mariage et il baissait de jour en jour. Ses cheveux qui avaient gardé longtemps leur sombre vigueur avaient blanchi en quelques semaines, son dos s'était voûté comme sous le poids d'un fardeau trop lourd, et parfois il paraissait aussi âgé que sa belle-mère.

Les gens s'inquiétaient d'un déclin aussi rapide. On invoquait à mi-voix les soucis et cette crise qui s'éternisait malgré les mesures votées par la Chambre. Le gouvernement avait renoncé à réclamer les impôts non encore payés de 1904 et 1905, les conseils municipaux avaient repris un à un leur démission et Ferroul, libéré comme les autres prisonniers, se démenait à la tête de la Confédération générale viticole pour réguler la production, mais les cours du vin ne remontaient pas… De quoi venir à bout des plus résistants !

Ils se trompaient tous. Anna Maria, elle, savait ce qui le tuait ainsi à petit feu : c'était l'attente du facteur et de ces nouvelles qui n'arrivaient pas. Et la place vide de Jordi à la table familiale.

Cela paraissait incroyable quand on repensait aux disputes qui avaient depuis toujours opposé le père et le fils ; mais s'ils s'affrontaient, c'était parce qu'au fond ils se ressemblaient trop. Le départ de Jordi auquel il avait pourtant contribué, le fusil à la main, avait laissé Jepe désemparé.

Au début, Anna Maria avait été tentée de tout lui dire et surtout que son fils ne s'était rendu coupable de rien, qu'il ne devait pas le détester… Mais outre que Joan lui avait interdit d'en parler à quiconque, elle s'était vite rendu compte que c'était inutile : Jepe n'avait pas, n'avait plus de haine. L'absence l'avait désarmée. Jordi resté au mas, l'affrontement aurait été terrible, permanent ; Jordi parti et Jepe confronté au silence, ne restait que le chagrin. Il était inutile de le raviver en y ajoutant le remords…

Elle prit l'assiette vide que le vieux lui tendait et l'empila sur les autres. Jepe essuya d'un revers de main hésitant sa moustache trop longue à présent, qui accentuait le pli amer de sa bouche.

— Tu ne peux pas faire ça tout seul, *fill*. Je viendrai t'aider quand je serai prêt… Vers neuf heures, ça ira ?

Une fois le facteur passé, bien sûr. Il espérait donc encore.

Joan secoua la tête, dubitatif :

— La vigne est en plein vent, il va faire froid. On n'est qu'en février tout de même… à ton âge, ce ne serait pas très prudent !

Comme le vieil homme allait protester, Anna Maria intervint :

— Ne vous inquiétez pas, père, j'irai, moi… J'ai l'habitude. Je pourrai mener le cheval…

Jepe capitula :

— Tu es une bonne fille et je sais que tu travailles aussi bien qu'un homme… Mon Joan a de la chance de t'avoir !

Anna Maria posa la vaisselle dans l'évier sans attendre l'approbation de son mari qui de toute façon ne viendrait pas. Joan était déjà debout, la main sur le bouton de la porte de la cuisine, prêt à sortir malgré l'hiver et la nuit pour la promenade hantée qu'il faisait tous les soirs sans exception depuis leur mariage. Il se contenta de hocher légèrement la tête – pour acquiescer ? pour prendre congé ? – et disparut dans le couloir. Un courant d'air qui souleva les rideaux et fit vaciller le feu dans la cheminée signala qu'il avait ouvert la porte d'entrée. Un claquement et les rideaux retombèrent. Il était parti.

— Tu devrais apporter le reste de haricots au lard à tes parents, suggéra l'*avia* en touillant le fond du fait-tout avec une longue cuillère en bois. Avec ce que le mari de Thérésina nous apporte de Saint-Estève, nous avons plus qu'il nous en faut. Il reste là-dedans presque de quoi nourrir un régiment !

Elle couvrit la marmite d'un large couvercle qu'elle assujettit avec un bout de ficelle.

— Tiens, ne la renverse pas. Et couvre-toi bien, le vent a encore forci.

Docile, Anna Maria alla décrocher sa longue pèlerine pendue derrière la porte avant de prendre le plat des mains de la vieille femme.

— N'oublie pas de faire nos amitiés à tes parents… Allez, file !

L'*avia* s'inquiétait beaucoup pour elle et, pensant peut-être qu'elle se confierait plus volontiers à sa mère, elle l'envoyait ainsi souvent sous divers prétextes visiter les siens. Elle était fine, l'aïeule ! À sentir son regard pénétrant sur elle, Anna Maria s'était même demandé si Joan ne lui avait pas carrément dit toute la vérité. Mais non. Seulement, malgré son grand âge, elle n'était pas aveugle, la *padrina*[95], ni sourde. Et ce qu'elle ne voyait ni n'entendait, elle le devinait.

Sitôt la porte franchie, la marinade l'enveloppa

95. Vieille.

d'un coup, secouant sa cape comme si elle voulait la lui arracher. Anna Maria cala la marmite contre son ventre et resserra étroitement autour d'elle l'étoffe de drap noir. La cour était déserte ; Joan devait déjà arpenter à grandes enjambées les chemins de vigne, fatiguant ses jambes jusqu'à tenir à peine debout dans le vain espoir d'apaiser les démons qui tourmentaient son esprit.

Dès le lendemain de leur mariage, les derniers invités à peine partis, il s'était précipité à Baixas, chez les Marti. Peut-être Jordi leur avait-il dit où il avait l'intention de se rendre... Peut-être eux avaient-ils une idée de l'endroit où il pouvait se trouver... Mais pas plus le Toni que le Cinto n'avait pu lui répondre : Jordi lui-même ignorait en partant où il allait. Vers le nord, c'est tout. Mais ça, Joan le savait déjà. S'il comptait revenir ? Le Toni avait jeté un regard venimeux au jumeau de son frère de lait en marmonnant que, vu ce que sa famille pensait de lui, Jordi n'avait aucune raison de vouloir la revoir. Joan n'avait rien pu rétorquer, hormis qu'il s'était trompé et qu'il était maintenant sûr que son frère avait dit la vérité. Et que c'était justement pour lui dire cela qu'il voulait tant le retrouver.

Anna Maria avait appris les détails de cette entrevue non par son époux, qui se refusait à lui adresser la parole, mais par la Tata Lali qui, malgré sa santé chancelante, avait tenu à venir au mas lui présenter ses félicitations. La pauvre femme ne se consolait pas du départ de son « petit » et à voir ses bons yeux rougis, Anna Maria avait senti croître encore son sentiment de culpabilité.

Les jours suivants, Joan était parti en jardinière jusqu'à Narbonne, demandant dans toutes les gares, dans tous les mas et dans tous les cafés rencontrés sur la route si quelqu'un avait vu son frère. En pure perte. Personne ne se souvenait. Ou ceux qui croyaient se rappeler quelqu'un confondaient et l'envoyaient se perdre sur une fausse piste. Joan avait fini par renoncer et revenir à la maison. Depuis, il se contentait d'interroger les voyageurs de passage et, tous les soirs que Dieu faisait, il s'en allait dehors remâcher ses remords et son impuissance.

Le Pepi lui aussi avait disparu. Le bruit courait qu'il avait pris un mauvais coup dans une bagarre après boire. Qu'un inconnu, quelque mauvais coucheur ou quelque voyou à la susceptibilité chatouilleuse, l'avait étendu sur le pavé au détour d'une ruelle sombre du Vernet. Sans témoin. Certains affirmaient que le Gitan était mort. D'autres qu'après cette correction il avait préféré prendre le large et quitter la région. En fait personne, à part sans doute son mystérieux agresseur, ne savait ce qu'il était devenu mais comme son départ soulageait tout le monde, on n'y pensa bientôt plus.

Le vent marin faisait courir dans le ciel nocturne de gros nuages chargés de pluie, voilant la lune à son premier quartier, et Anna Maria avait du mal à voir où elle posait les pieds. La société Écoiffier venait d'installer un service d'éclairage électrique à Rivesaltes qui s'était toujours flattée d'être à la pointe du progrès dans le département, souvent même devant Perpignan, mais bien sûr l'électricité desservait le bourg, pas les écarts. Heureusement, elle connaissait le chemin par cœur. Lorsqu'elle arriva enfin devant chez ses parents, la lampe à pétrole brillait encore dans la cuisine et la porte s'ouvrit avant même qu'elle eût frappé. Sans doute sa mère, avertie par quelque pressentiment comme elle se vantait d'en avoir de temps en temps, avait-elle guetté son arrivée.

Les haricots au lard furent accueillis avec empressement ; réchauffés, ils seraient encore meilleurs demain. Cependant, Tonia coupa court aux remerciements. Saisissant sa fille par le menton, elle l'examina d'un air préoccupé.

— Tu n'as pas bonne mine, ma fille. Tu n'es pas malade au moins…

Anna Maria secoua la tête sans répondre. Pleine d'espoir, sa mère poursuivit :

— Tu es peut-être enfin enceinte ?

Tonia avait d'abord été soulagée en voyant que le ventre de sa fille ne s'arrondissait pas dans les semaines suivant son mariage : cette fois c'était sûr, personne ne pourrait insinuer que Joan Fabrègues l'avait épousée parce qu'elle était dans « une position intéressante » comme on disait. Tout s'arrangeait donc à merveille. Cependant, les mois passant – sept déjà –, elle commençait à s'impatienter. Rien de tel qu'un enfant pour sceller définitivement un mariage et deux jeunes gens en bonne santé comme Joan et Anna Maria auraient dû voir leurs étreintes donner rapidement des fruits. Aussi, à chaque fois que sa fille venait lui rendre visite, ne manquait-elle jamais de s'enquérir d'un ton innocent qui ne trompait personne : « Tu n'as rien à nous annoncer ? » Mais non, rien, toujours rien.

Cette fois encore elle fut déçue. Anna Maria secoua une nouvelle fois la tête, sans un mot.

— Mais laisse-la donc, intervint son père. Ça viendra quand ça doit venir…

— N'empêche que, dans ma famille, riposta Tonia avec hauteur, les femmes ont plutôt dû se retenir pour ne pas avoir une nichée trop nombreuse que l'inverse… Et si le problème venait des Fabrègues ? La pauvre Lucie, Dieu ait son âme, a mis bien du temps avant d'avoir les jumeaux et Thérésina n'a guère eu de chance non plus dans ce domaine… Dis-moi, Nanna, as-tu l'impression que ton mari manque un peu de vigueur… Tu vois ce que je veux dire ?

— Par pitié, Tonia, qu'est-ce que tu vas chercher ! protesta son époux, exaspéré.

Ignorant son intervention, sa femme insista :

— Ce n'est pas tout d'avoir belle tournure et moustaches conquérantes si on n'a pas l'ardeur qui va avec ! J'ai entendu les garçons du village prétendre que Joan était encore puceau la veille de son mariage, pas vrai, Gabriel ?

Le fils aîné des Mestres, venu allumer sa bougie aux braises de la cheminée avant d'aller se coucher, ne parut pas vraiment ravi d'être ainsi pris à témoin. Il haussa les épaules, gêné.

— C'était juste pour rire, *mama* ! Joan n'était pas du genre à raconter ses bonnes fortunes aux autres, alors ils se vengeaient... Vous devriez arrêter de parler de ça, Anna Maria ne sait plus où se mettre !

Et sur ce, sa bougie allumée, il battit prudemment en retraite.

— Gabriel a raison. Et laisse-moi te dire que tu choisis une drôle d'heure pour discuter de ces choses-là, Tonia...

Au grondement qui perçait dans la voix de son mari, Antonia Mestres comprit qu'il valait mieux ne pas insister. La colère n'était pas loin et quand Augustin s'emportait...

— C'est vrai, la nuit s'avance. Allez, rentre vite au mas, ma fille. Ton mari doit s'impatienter. Remarque, ne put-elle s'empêcher d'ajouter, attendre augmente l'envie et c'est peut-être cette nuit qu'il va le mettre en route, notre petit-fils…

— TONIA !

Anna Maria n'attendit pas que la dispute éclate. Délestée du fardeau de la marmite, elle entrouvrit la porte et se faufila au-dehors avec le sentiment affreux de n'avoir plus aucun refuge en ce bas monde. Questions incessantes et récriminations dans la maison de son enfance ou silence et froideur au mas, tel était l'unique choix qui s'offrait à elle.

À cette heure, Joan devait être revenu de sa promenade vespérale mais, contrairement à ce que pensait sa mère, il ne l'attendait certainement pas. À la belle saison, il allait le plus souvent dormir seul dans la soupente que Jordi avait aménagée au-dessus de l'écurie. Quand il faisait trop froid, comme aujourd'hui, il venait dans leur chambre, s'allongeait même sur leur lit mais tout au bord, pour être sûr de ne pas toucher Anna Maria même en se retournant dans son sommeil. Elle préférait encore quand il n'était pas là.

Un nouveau nuage masqua la lune et l'obscurité devint encore plus épaisse. Le vent secouait furieusement la cime noire des cyprès. Anna Maria reprit le chemin du retour, la tête basse, comme une condamnée…

24

Le train taillait sa route à travers des plaines immenses où l'herbe ondoyait à perte de vue. Pas de clôture, peu de chemins, quelques maisons isolées et, de temps en temps, ombre brune sur tout ce vert, la tache mouvante d'un troupeau convoyé par des hommes à cheval. L'impression exaltante d'un monde en train de naître, où tout était encore possible, tout était encore à faire.

Jordi essaya de trouver une position plus confortable sur la banquette de bois. Son engagement comme matelot sur un cargo faisant la navette entre Cuba et la Floride ne lui avait pas rapporté grand-chose et il n'avait pu se payer qu'un billet de troisième classe, d'abord sur un bateau à aube remontant le Mississippi jusqu'à Saint-Louis puis dans ce train de la Western Union. Tant pis, l'essentiel était d'avoir pu monter dans ce wagon qui suivait la course du soleil vers des terres qu'on promettait encore vierges.

En débarquant sur le sol américain, du côté de Tampa, il avait essayé de se remémorer les récits du « Perote des allumettes » dans l'arrière-salle du café Dabèze à Rivesaltes. Le *Perota*, de son vrai nom Pierre Sabayrach, tempérament de feu et moustache belliqueuse, était revenu au pays après dix-huit ans passés en Amérique et il en avait, des choses à raconter ! Si seulement Jordi avait pu se souvenir des noms de ville qu'il avait prononcés... Les États-Unis étaient si vastes !

Aussi, ne sachant où tenter sa chance, Jordi avait fait comme tout le monde et mis le cap à l'ouest. En train, en bateau, à cheval, en chariot, seul ou en famille, c'était tout un peuple qui était en marche, la tête pleine de rêves fabuleux... Il n'y avait qu'à se laisser porter par le flot et voir où on arriverait !

Rabattant son chapeau à large bord sur les yeux – ici on appelait ça un Stetson –, Jordi ferma les yeux et se laissa bercer par le roulis du wagon. Il aurait bien aimé dormir un peu mais derrière lui, trois hommes poursuivaient une conversation animée et leurs éclats de voix l'empêchaient de trouver le repos. Il ne comprenait pas encore assez l'anglais pour suivre ce qu'ils étaient en train de dire ; autant à Cuba il s'était facilement débrouillé avec l'espagnol qui était proche cousin du catalan, autant les intonations nasillardes des « Yankees » le laissaient perplexe. Cependant, un mot revenait souvent dans les propos du trio, un mot qu'il avait appris à connaître depuis le départ de Saint-Louis : *gold*, l'or ! Encore des malheureux qui cédaient à l'appel du métal précieux...

Jordi tâtonna sous la banquette pour s'assurer que son grand sac en toile de jute était toujours là...

« Qu'ils aillent donc creuser toutes les montagnes qu'ils veulent ou tamiser tous les ruisseaux qu'ils rencontreront sur leur route, ces *bojos*, sourit-il intérieurement. Moi, mon or, il est là ! »

25

— Vous voici désormais seul maître à bord, maître Joan Fabrègues.

De son passé de médecin dans la Royale, le docteur Parès avait gardé le goût des expressions maritimes et une certaine raideur dans la poignée de main par laquelle il exprimait ses condoléances.

Hier, il était venu en tant que médecin constater le décès ; aujourd'hui, c'est en tant que maire qu'il était de retour au mas.

Comme les autres démissionnaires, il avait retrouvé son écharpe tricolore une fois les « événements » passés, comme on disait pudiquement, et un large pardon accordé habilement par le gouvernement Clemenceau. Même les mutins du 17e étaient revenus dans leur caserne d'Agde sous les acclamations de la foule reprenant en chœur un refrain spécialement composé en leur honneur et que le Midi tout entier avait fredonné pendant des mois :

Salut, salut à vous,
Braves soldats du 17[e]
Salut, braves pioupious
Chacun vous admire et vous aime.

Salut, salut à vous,
À votre geste magnifique
Vous auriez en tirant sur nous
Assassiné la République.

Et tant pis si jamais on ne leur avait donné l'ordre de tirer ! En mettant ainsi même l'armée de leur côté, les vignerons se posaient en vainqueurs de leur bras de fer avec l'État, et les cours qui commençaient à remonter – on parlait de treize francs le litre pour cette année-là – semblaient leur donner raison. Allons donc, finalement la vigne était sauvée !

Sauf que Joan savait qu'elle ne le serait pas longtemps si on continuait à produire sans discernement la même piquette bas de gamme sans réguler le marché. Hanté par la disparition de son jumeau, refusant les plaisirs de la vie conjugale pour se punir lui-même autant qu'Anna Maria de leur double trahison, il s'était plongé avec acharnement dans le travail, bien résolu à rénover le mas en mettant en application les plans imaginés avec Jordi.

À Thuir, les frères Violet avaient inventé un apéritif aromatisé au quinquina qui connaissait un grand succès sous le nom de Byrrh. Lui, Joan Fabrègues, il produirait du vin doux que les gens du Nord appelaient curieusement du vin cuit.

Il avait pour ce faire sélectionné sans pitié les meilleurs plants et les meilleurs raisins, arrachant ceux qui amoindrissaient la qualité de son vin. Muscat, grenache, maccabeu et rien d'autre. Faisant fi de ses scrupules, il avait racheté à bas prix, aux enchères, des terrains qu'il avait remis en culture, agrandissant ainsi notablement le domaine. Il avait aussi commandé à Joan Marcé, le tonnelier – à crédit mais avec la crise celui-ci ne pouvait pas refuser –, des foudres de bon chêne de Bourgogne d'une contenance de deux cents hectolitres qu'il avait installés dans la cave, bien alignés le long du mur ; il ne serait plus nécessaire de vider les cuves pour rentrer le moût de l'année et le vin qui ne se serait pas vendu – ou qu'on n'aurait pas voulu vendre pour éviter une surproduction qui ferait à nouveau chuter les cours – pourrait vieillir et se bonifier. Et ce n'était pas fini : il débordait d'idées et entendait bien aller jusqu'au bout de ce qu'il avait en tête.

Cela lui était d'autant plus facile qu'il n'avait même pas à gagner son père à ses vues. Jepe s'enfonçait de plus en plus dans sa mélancolie, se désintéressant de ce mas qui avait pourtant été toute sa vie et laissant son fils agir à sa guise. Il restait toute la journée assis sur une chaise devant la porte de la maison, à fumer la pipe, les yeux fixés sur le grand portail ouvrant sur la route comme s'il attendait quelque chose, quelqu'un…

— *Mig curat, qui es vol curar*[96], murmurait l'*avia* en hochant sa tête blanche sans illusions : Jepe ne voulait pas guérir de ce mal qui le minait, le rongeait de l'intérieur à petit feu.

Déjà, il était ailleurs.

Et puis hier, alors qu'il était sorti profiter du pâle soleil de janvier, Anna Maria venue lui annoncer que le dîner était prêt l'avait trouvé affaissé contre le dossier de sa chaise, le menton sur la poitrine. Sa pipe, que sa main avait lâchée, avait roulé par terre. Depuis combien de temps était-il là à regarder de ses yeux morts, obstinément, cette route où il avait espéré jusqu'au bout voir réapparaître son fils disparu ?

Et maintenant il gisait sur le grand lit de bois fruitier où sa femme avait vécu les derniers instants de sa vie tourmentée. Le corps autrefois vigoureux, à la poitrine large et aux épaules

96. À moitié guéri qui veut guérir.

musculeuses, semblait avoir fondu et flottait à présent dans le costume qu'il avait étrenné pour le mariage de Joan et Anna Maria, deux ans et demi auparavant.

Après avoir remercié et raccompagné le docteur Parès jusqu'à la porte, Joan resta un moment à contempler en silence le visage au teint cireux et aux narines pincées de son père. À voir ses joues creuses et ses cheveux blancs, on avait du mal à croire qu'il avait à peine cinquante-cinq ans. On aurait dit un vieillard alors qu'il avait le même âge que le maire.

Demain, il irait rejoindre Lucie sous la dalle de pierre froide, au cimetière Saint-André, tous deux victimes du même remords, celui d'avoir rejeté Jordi…

Joan referma doucement la porte de la chambre.

De l'autre côté du couloir, dans la cuisine, Anna Maria servait le café aux voisines venues faire la traditionnelle visite à la famille en deuil. La conversation qui avait dû commencer à voix basse, comme il se doit dans une maison où repose un mort, s'était animée. On entendait peu Anna Maria mais la voix forte de sa mère dominait le brouhaha. Joan n'avait nulle envie de se jeter dans la fosse aux lionnes. Comme il hésitait entre regagner discrètement sa chambre au premier ou essayer de sortir dans la cour sans se faire remarquer – ce qui était risqué vu qu'il lui fallait obligatoirement passer devant la porte ouverte de la cuisine –, il entendit qu'on prononçait son prénom derrière lui :

— Joan, *nen, vine aqui* !

Sa grand-mère était assise dans son lit étroit – étant déjà veuve lors de son arrivée au mas, elle avait toujours refusé d'en avoir un grand –, le dos calé par un gros oreiller, les mains croisées sur l'édredon rouge sous lequel elle semblait disparaître. Sa santé était désormais précaire et la nouvelle de la disparition de son gendre lui avait porté un rude coup, l'obligeant à s'aliter. Cependant elle paraissait déjà mieux et c'est avec son autorité coutumière qu'elle fit signe à son petit-fils d'approcher, d'un geste de la main.

— Tu as besoin de quelque chose, *avia* ? s'enquit Joan. Un peu de café chaud ? Un bol de soupe ?

— Je n'ai ni faim ni soif, le coupa-t-elle. Je veux seulement te parler. Approche la chaise et assieds-toi.

Joan obtempéra. Une averse glaciale, mélange d'eau et de neige fondue, battait le tambour sur les carreaux de la fenêtre. Le vent mugissait sur les vignes en poussant devant lui des rideaux de pluie qui ondulaient et claquaient comme des bannières. Les cyprès courbaient leurs cimes effilées sous la bourrasque tandis que le grand pin de la cour craquait de toutes ses branches sous l'assaut. Le temps n'avait rien pour le tirer de ses pensées moroses.

— Tu ne crois pas qu'il serait temps de pardonner ?

Joan sursauta. Il ne s'attendait pas à une attaque aussi directe. Il balbutia :

— Pardonner ? Que veux-tu dire, *avia* ?

— Ne fais pas l'innocent, tu sais très bien de quoi je veux parler. Je suis vieille mais pas encore retombée en enfance !

Il esquissa un geste de dénégation. S'il y avait bien une chose dont on ne pouvait soupçonner l'aïeule, c'était de perdre la tête !

— Tu en veux à ta femme et je suis même prête à parier que tu ne l'as pas touchée depuis ton mariage…

Il ne put cacher sa surprise et sa gêne. Elle laissa échapper un petit rire rouillé :

— Tu crois que je n'avais rien remarqué ? Les hommes ne voient que ce qui les arrange mais rien ne nous échappe, à nous les femmes.

Il protesta, embarrassé :

— Écoute, *avia*, cela ne concerne qu'Anna Maria et moi…

— Oh, je ne te demande pas d'explication ! Tel que je te connais, et je te rappelle que je t'ai élevé, tu dois avoir des raisons puissantes…

Il acquiesça de la tête, sans rien dire. Il s'était

juré de ne jamais révéler ce qui s'était passé.

— Seulement maintenant il faut que cela cesse.

Elle leva la main pour l'empêcher de répliquer.

— Écoute-moi avant de refuser. T'ai-je jamais accablé de conseils et de remontrances ?

Ému, il posa sa main, jeune, vigoureuse, sur celles, nouées de veines bleutées, de la vieille femme. Il n'osait pas les serrer de peur qu'elles ne se brisent ; l'*avia* semblait si fragile…

— Non jamais, c'est vrai…

— Donc, tu sais que je ne parle pas pour ne rien dire. Alors cette fois encore écoute-moi bien : ton père est mort et moi je n'en ai plus pour très longtemps…

— Ne dis pas ça, *avia*…

— Me croyais-tu éternelle par hasard ? Mon temps est largement passé et bientôt je rejoindrai ton grand-père Georges et ta maman, ma pauvre Lucie. Je n'ai déjà que trop tardé… Mais laisse-moi finir : ton frère parti Dieu seul sait où, ta sœur mariée et installée à Saint-Estève, tu vas te retrouver tout seul ici. Et personne ne peut vivre tout seul…

— Je ne suis pas seul, protesta-t-il faiblement.

— C'est tout comme ! Mon petit, tu ne peux plus continuer à tenir Anna Maria à l'écart de cette façon. Ce n'est bon ni pour elle, ni pour toi, ni pour le mas…

— Pour le mas ? Quel rapport avec mon ménage ?

— Ne le vois-tu pas ? À quoi te serviraient toutes les améliorations que tu as entreprises, si tu n'as pas d'héritier pour en recueillir les fruits ? Veux-tu que le nom des Fabrègues disparaisse avec toi et que tes vignes, car elles sont toutes à toi désormais, finissent vendues au plus offrant ? Quelle que soit la faute d'Anna Maria, et je ne veux pas la connaître même si j'ai ma petite idée, deux ans et demi de pénitence, c'est bien assez... Rends-lui sa place à tes côtés et fais-lui un enfant. Il faut que la vie continue...

Tout le reste de la journée, Joan resta à méditer dans son coin et même sa belle-mère s'abstint de le déranger. Thérésina accourue la veille au soir, dès que la nouvelle lui était parvenue par le Menut du mas Barrère qui avait joué les messagers sur sa bicyclette, était repartie le matin s'occuper de ses enfants. Elle ne reviendrait que le lendemain pour les funérailles, avec Augustin. Toutes les dispositions ayant été prises, le mas semblait reprendre son souffle dans le silence et le recueillement.

Au soir, la pluie avait cessé, chassée par la tramontane qui se déchaînait, sifflant sous les portes et secouant les volets comme si elle voulait les arracher de leurs gonds. L'estomac noué, Joan ne parut pas à table. Traversant la cour malgré les rafales qui coupaient le souffle, il alla s'isoler dans la soupente où son frère avait élu domicile, désormais à l'abandon. À plat ventre sur la paillasse poussiéreuse comme il avait vu si souvent son jumeau le faire, il était resté un long moment les mains croisées sous le menton, à contempler les rangées de ceps nus qui rayaient la campagne et les Corbières adossées à l'horizon telles de blancs fantômes sous la lune. Mais la nuit dont il avait attendu des réponses ne lui renvoya que des questions.

Il finit par se relever pour rejoindre la maison, « sa » maison dorénavant.

Lorsqu'il poussa la porte de leur chambre, au premier étage, Anna Maria finissait de s'apprêter pour le coucher. Étouffant un cri en le voyant ainsi surgir sans avoir toqué auparavant au battant comme il le faisait d'habitude, elle crispa sa main sur le col encore ouvert de sa chemise de nuit tout en essayant à tâtons de fermer de l'autre les boutons qui en ornaient le devant.

Joan ne la laissa pas finir. Marchant vers elle d'un pas résolu, il écarta ses mains fébriles pour découvrir par l'échancrure l'ivoire de sa peau, l'ombre profonde entre ses seins ronds, qu'aucune maternité n'avait encore alourdis, et même, tout en bas de la pointe déboutonnée, le léger renflement du ventre sous le creux marqué de la taille. La vision de ce Corps intact, comme purifié par les caresses qu'il lui avait refusées, lui fit l'effet d'un coup de poing à l'estomac. *Bon Déu* qu'elle était belle ! L'onde puissante du désir transperça ses reins et durcit son entrejambe. Il tira si violemment la chemise vers le bas pour la lui retirer que l'encolure se déchira.

Anna Maria le regardait, les yeux exorbités, la peur et l'incompréhension peintes sur son visage que la flamme vacillante de la bougie faisait palpiter dans la pénombre.

— La grand-mère a raison, gronda-t-il d'une voix rauque qu'il ne reconnut pas, il est plus que temps…

Écrasant ses lèvres sur les siennes, il l'entraîna sur le lit qui gémit sous leur poids. De ses mains, de son ventre, de toute sa peau, il l'étreignit. Avec rage, avec désespoir. Son corps que la colère ne muselait plus avait faim de cette femme qui avait partagé sa couche pendant des mois, si proche, si attirante, sans qu'il s'autorisât seulement à la toucher… Il s'était cru insensible et froid, et il en avait tiré de la fierté. Quelle présomption ! L'incendie trop longtemps contenu l'embrasait à présent tout entier.

La bouche dans ses cheveux, il emprisonnait Anna Maria de ses bras, de ses jambes, se collant à son corps tremblant pour mieux la posséder et s'anéantir en elle.

Elle eut un sursaut lorsqu'il la pénétra. Il sentit son hymen se déchirer sous l'assaut comme un voile léger et soyeux et il s'enfonça encore davantage en elle, dans ces profondeurs humides et satinées que nul n'avait atteintes avant lui et où résidait le mystérieux pouvoir que les femmes avaient sur les hommes et la vie...

Anna Maria étouffa un sanglot et il pensa fugitivement qu'il lui avait peut-être fait mal. Qui dit sang dit blessure. Il faillit se reprocher d'avoir manqué de douceur. Mais les dents qui vinrent mordre son épaule tandis qu'Anna Maria agrippait son dos avec fièvre pour le faire entrer une nouvelle fois en elle lui prouvèrent que c'était moins la douleur qui la faisait pleurer que le soulagement d'être enfin pardonnée, enfin aimée.

26

Accroupi sur ses talons, Jordi arracha une touffe d'herbe jaunie pour mieux dégager la terre à ses pieds. De ses ongles, il gratta la surface dure pour en ramasser une petite poignée qu'il soupesa, étala, fit rouler dans la paume de sa main : sèche et caillouteuse juste comme il le fallait, un mélange d'argile rougeâtre et de calcaire gris-blanc…

Il leva la tête vers le ciel, en clignant des yeux malgré le rebord de son chapeau tant le soleil tapait fort : l'exposition était idéale.

Il avait beaucoup marché ces dernières semaines, arpentant la région dans tous les sens, l'œil aux aguets, mais il avait compris qu'il était arrivé au terme de sa quête dès que son regard avait découvert du haut de la colline ces coteaux arides couverts d'une végétation qui lui rappelait

« sa » chère garrigue, et les figuiers de Barbarie, et les aloès de son enfance.

Sortant un grand mouchoir blanc de sa poche, il le passa distraitement sur sa nuque en sueur. Une légère brise, venue de l'océan tout proche dont on apercevait le bleu intense dans l'échancrure d'un vallon, faisait frémir sa moustache. Elle apporterait la touche d'humidité nécessaire, un peu comme à Banyuls.

La pente était rude et sans doute faudrait-il comme là-bas élever des murets de pierres sèches pour former des terrasses.

Il se laissa glisser à genoux, les yeux fermés, les poings serrés sur cette terre qu'il avait décidé de faire sienne, en une action de grâce muette. Là, il planterait sa vigne.

27

Le poing de Joan Fabrègues s'abattit avec fracas sur le battant ouvert de la porte de l'écurie et la vieille Bella protesta d'un hennissement indigné.

Le Menut, qui avait quitté le mas Barrère pour s'engager chez son copain d'enfance, ricana en renversant la comporte qu'il venait de laver. Le gravier de la cour but avec avidité l'eau mêlée au jus de raisin, ce sang menstruel que la vigne perdait rituellement une fois par an. Après les vendanges, il fallait tout nettoyer en attendant le prochain saignement, à l'automne suivant.

— Alors, nerveux, « maître » Fabrègues ?

Le Menut enflait toujours la voix sur le « maître » avec une dérision affectueuse. Ils s'étaient connus en culotte courte et tous les souvenirs qu'il y avait entre eux faussaient un peu leur relation « patron-ouvrier ». Mais qui aurait songé à s'en plaindre ?

Le Menut ne méritait plus guère son surnom : il s'était considérablement étoffé depuis ses jeunes années de gringalet turbulent et n'était plus « menu » que pour les plus âgés qui l'avaient vu grandir. Mais il s'y était tellement habitué qu'il aurait été bien étonné qu'on l'appelât autrement, Jan par exemple qui était son prénom de baptême.

D'ordinaire, ses interpellations malicieuses faisaient réagir Joan sur le même ton. Mais pas aujourd'hui. Pas maintenant. Pas au moment où il allait être père.

La nuit de la réconciliation avait été féconde et, quelques semaines après, Anna Maria était venue lui annoncer, le rouge aux joues, qu'elle attendait un enfant. Leur enfant. Un petit ou une petite Fabrègues. La vie continuait, comme l'avait prédit l'*avia*.

La vieille dame, que Joan n'avait jamais vue qu'en noir, avait juste eu le temps de l'apprendre avant de mourir. Ce fut sa dernière joie. Elle s'était éteinte deux nuits plus tard dans son sommeil, paisiblement, sans bruit, comme la flamme d'une bougie qu'on souffle avant de s'endormir.

Et maintenant une nouvelle vie allait voir le jour… et, comme son père vingt-cinq ans auparavant, Joan se sentait tellement impuissant, tellement inutile, tellement bête à arpenter ainsi la cour en attendant que tout soit terminé et qu'on veuille bien l'appeler !

Sur une chaise devant la maison, là où Jepe s'était si souvent assis parce qu'ainsi il était dans l'axe du portail et pouvait surveiller la route sans en avoir l'air, Augustin Mestres, *L'Indépendant* déplié devant lui, faisait mine de s'intéresser aux derniers soubresauts de la grève des cheminots et à la toute neuve République portugaise, proclamée quelques jours plus tôt. Lui aussi était resté à la porte. Seule Tonia, en tant que femme, était autorisée à rester au chevet de leur fille dans la grande chambre du rez-de-chaussée, celle du « maître », où le couple s'était installé après la mort de Joseph Fabrègues.

— Tourner comme un fauve en cage ne fera pas venir le petit plus vite, insista le Menut en saisissant sa brosse en paille de fer pour récurer une autre comporte.

Joan haussa les épaules mais interrompit son manège exaspéré. Il allait devenir fou à mesurer ainsi la cour du mas. Il releva le col de sa vieille veste de velours élimée aux coudes et, les poings dans les poches, prit le chemin des vignes. Le moment venu, on saurait bien l'y trouver.

Marcher entre les rangées de ceps, écraser du talon les mottes d'argile pulvérulente, respirer le parfum fané des feuilles qui commençaient à se flétrir, cueillir du bout des doigts un grappillon oublié avait toujours eu le don de ramener le calme dans son esprit, de l'apaiser.

On était fin octobre et l'automne incendiait les vignobles en un camaïeu de couleurs éclatantes. C'était le moment de l'année que Jordi et lui avaient toujours préféré. Dieu sait à quel point ils aimaient tous deux la vigne et chacun des travaux qui s'y rattachaient, mais rien ne pouvait se comparer à ce feu d'artifice qu'elle leur offrait une fois dépouillée de ses fruits, avant de s'endormir, nue, pour l'hiver.

Joan détacha délicatement une large feuille écarlate étoilée de nervures pourpres plus foncées et la leva vers le soleil. Les rayons qui la traversaient l'illuminaient comme un vitrail, la faisant paraître presque rose, et il pouvait voir l'ombre de ses doigts par transparence.

Enfant, Jordi en faisait des bouquets éclatants en s'extasiant : « *Mira germa*, Notre-Dame du vignoble. »

Du vert à peine jauni au marron craquant, ils cherchaient tous les deux à faire correspondre chaque nuance de feuille avec un vin : l'ambre doré du muscat, le rose du grenache, l'orange presque brique du vin tuilé, le rouge clair du fenouillèdes, le rubis foncé du fitou, le grenat profond du corbières, l'acajou du banyuls ou encore le brun caramel du rancio, ce vin qu'on laissait longuement vieillir dans des fûts exposés au soleil… Tous les crus, tous les terroirs se retrouvaient dans les feuillages d'automne.

Joan s'amusa à associer les couleurs par deux, par trois. Depuis qu'il avait repris la propriété et opté résolument pour le vin doux, il s'était ainsi obstiné à assembler les cépages, testant diverses combinaisons, le moment exact où arrêter la fermentation en ajoutant de l'alcool au moût suivant un procédé datant du Moyen Âge, trouvaille d'un certain Arnaud de Villeneuve – béni soit son nom – qui avait été par ailleurs le plus grand médecin de la chrétienté en son temps, anticipant l'arôme et le bouquet à la recherche de ces vins idéals dont il avait tant rêvé avec son frère, et notamment ce muscat de Rivesaltes dont la demoiselle Clara, la buraliste, était tellement persuadée qu'il était le « nectar des dieux » qu'elle avait fait peindre la formule en lettres capitales sur le mur d'angle de sa boutique, rue de la Font-de-la-Balma.

Et tandis qu'il s'en approchait, essai après essai, le ventre d'Anna Maria s'arrondissait comme si l'enfant à naître et le futur cru Fabrègues grandissaient, s'épanouissaient ensemble et au même rythme.

Le vin avait l'avantage sur le bébé de voir le jour le premier, dès la sortie du fouloir puis du pressoir, sous la forme inachevée mais déjà révélatrice pour celui qui savait l'interpréter, de jus puis de moût.

Monsieur Cassanyes, dont le négoce avait résisté à la crise, était venu en personne le goûter, attiré par la rumeur qui avait porté jusqu'à ses oreilles le bruit des recherches acharnées de « maître Fabrègues le jeune ». Il avait tellement apprécié ce qu'il avait eu en bouche qu'il avait voulu aussitôt réserver la totalité de la production. Mais Joan, à qui les événements avaient enseigné que ce qui était rare valait d'autant plus cher, n'avait consenti qu'à lui en vendre la moitié. L'autre, il voulait l'élever en fût, lui laisser le temps de vieillir pour qu'elle développe tout son arôme. Il avait même reçu une commande d'un courtier espagnol qu'il ne s'était pas fait faute de mettre en avant pour faire monter encore un peu plus le prix. Les intempéries avaient restreint la récolte et de toute façon la tendance était à la hausse. On annonçait un cours moyen de trente-six francs l'hectolitre. Joan en obtint quarante…

L'avenir du mas Fabrègues, longtemps incertain, s'annonçait désormais sous les meilleurs auspices et si Dieu en plus voulait bien lui donner un héritier, l'année 1910 resterait dans les mémoires.

Tournant la tête, il vit le Menut lui faire de grands signes en bout de vigne. À voir son excitation, ce ne pouvait vouloir dire qu'une chose : l'enfant était né. Le cœur battant à coups redoublés, Joan se mit à courir, son bouquet de feuilles toujours à la main.

— Ça y est ? interrogea-t-il dès qu'il eut rejoint son vieux camarade.

Celui-ci hocha la tête sans répondre en l'empoignant par le bras pour le ramener plus vite vers le mas.

— Mais enfin, dis-moi ce que c'est, s'impatienta Joan.

— *Sé pas*[97], c'est toi le père, non ? C'est toi qui dois le savoir en premier.

Il n'y avait rien d'autre à en tirer. Joan força l'allure et pénétra en trombe dans la maison.

Le docteur Parès était en train de se laver les mains dans l'évier de la cuisine. Pas le maire mais son fils, Georges. La moustache joviale, il avait deux ans de plus que les jumeaux Fabrègues et venait de terminer ses études de médecine. Ayant épuisé son sursis militaire, il donnait un coup de main à son père en attendant d'être appelé sous les drapeaux dans l'Est, à Lunéville selon les dernières nouvelles, a deux pas de cette Lorraine perdue que toute la France pleurait amèrement.

C'est Joan qui avait absolument tenu à appeler un médecin. Curieusement, la Tonia, qui avait elle-même en son temps exigé la présence d'un

97. Je ne sais pas.

praticien, trouvait que son gendre faisait beaucoup d'embarras pour une chose aussi naturelle et qui ne regardait que les femmes. Mais « Elle » et sa face de bougie finissante ne présidait plus depuis longtemps aux accouchements locaux et rien n'était plus comme avant. Lors de son enterrement, le curé avait voulu dénombrer tous les enfants qu'elle avait aidé à mettre au monde ; il avait dû y renoncer tant ils étaient nombreux.

Bien sûr, d'autres *bruixes*, moins laides sans doute, avaient pris le relais mais Joan avait refusé d'en entendre parler. Il avait toujours pris le parti du progrès et de la science ; il voulait un vrai docteur.

— Alors ? haleta-t-il en s'appuyant au chambranle de la porte, essoufflé.

Le docteur Parès prit le temps d'essuyer ses mains avec un torchon propre qu'une âme prévoyante avait posé sur la table, avant de répondre :

— Tout s'est bien passé.

Il faisait durer le plaisir, le sourire malicieux. Il plia le torchon avec une application exagérée avant de lâcher :

— Tu as un fils, Joan, un garçon magnifique. Félicitations.

Joan, comme assommé par ce bonheur qui lui tombait du ciel, laissa le médecin lui secouer joyeusement la main sans réagir. Puis, la nouvelle ayant fait son chemin jusqu'à son cerveau engourdi, il se reprit, balbutia un merci et se rua dans la chambre dont la porte venait de s'ouvrir de l'autre côté du couloir.

Dans le grand lit de bois fruitier où son époux était venu au monde, Anna Maria, encore un peu pâle mais les cheveux soigneusement nattés qui lui donnaient l'air d'une sage écolière sur l'oreiller blanc brodé, contemplait, un peu intimidée, le nourrisson que sa mère venait de langer et de « trousser » dans les règles avant de le lui déposer dans les bras.

Joan se pencha sur le petit visage rougeaud dont la minuscule bouche entrouverte cherchait déjà le sein maternel.

— Alors, questionna le docteur Parès qui l'avait suivi dans la chambre après avoir remis veste et chapeau melon, comment allez-vous l'appeler, le petit maître Fabrègues ?

Anna Maria leva vers son époux un regard interrogateur. Pendant toute sa grossesse, il n'avait voulu évoquer aucun prénom sous prétexte que cela portait malheur. Elle n'avait pas insisté car elle avait bien deviné ce qui hantait ses pensées et qu'elle acceptait à l'avance.

Ce fut donc sans surprise qu'elle l'entendit annoncer d'une voix étranglée :

— Georges, pour l'état civil. Mais pour nous ce sera Jordi.

Épilogue

Il cliqua et l'écran vira au bleu avant de s'éteindre. Georges Fabrègues poussa un soupir de soulagement : l'ordinateur était bien pratique pour gérer les stocks et tenir les ventes à jour mais il n'arrivait pas à se sentir à l'aise devant un clavier. Pourtant Jean, son fils aîné, n'avait pas ménagé ses efforts pour l'aider à apprivoiser l'informatique dont il assurait que bientôt personne ne pourrait se passer, mais que voulez-vous, à son âge, presque cinquante-cinq ans, et après une vie à travailler avec le stylo et la calculette (et encore en vérifiant parfois les opérations à la main), il n'était pas facile de se faire aux nouvelles technologies.

Il repoussa la tablette du bureau qui supportait le gros PC et regarda sa montre : quatre heures moins cinq, l'Américaine n'allait pas tarder à arriver.

La maison Fabrègues vendait déjà depuis de longues années son muscat aux États-Unis par l'intermédiaire d'un courtier en « vins fins » mais c'était la première fois qu'un, ou plutôt une *Yankee* venait à Rivesaltes traiter directement avec lui ; l'affaire était d'importance. Il aurait préféré que Jo, son cadet, soit au mas plutôt qu'à cette foire-exposition à Barcelone : il avait suivi des études de marketing et parlait couramment non seulement l'anglais mais aussi l'espagnol et l'allemand. Tandis que lui, le « vieux » comme disaient ses fils, avait oublié depuis longtemps les quelques rudiments acquis au lycée. Heureusement, la jeune femme – au téléphone sa voix sonnait jeune en tout cas – lui avait assuré avec un accent charmant qu'elle maîtrisait parfaitement la langue de Molière... mais il doutait que ses professeurs à UCLA – elle prononçait « you-ciellè » et Jo, appelé au secours par téléphone, lui avait dit qu'il s'agissait de l'université de Californie – l'aient familiarisée avec l'accent rocailleux qu'il avait hérité de son père et de son grand-père. Au moins s'efforcerait-il d'éviter les expressions en catalan dont il émaillait sans qu'il s'en rende compte sa conversation, et même de plus en plus souvent au fur et à mesure qu'il avançait en âge comme si avec les années le sang de ses ancêtres se rappelait à lui avec de plus en plus de force.

Georges promena un regard ému sur les

bouteilles qui s'alignaient sur une étagère vitrée au-dessus de son bureau : un échantillonnage de tous les muscats et vins doux portant le nom de Fabrègues depuis que son grand-père Joan avait décidé que là était l'avenir. Les bouteilles les plus anciennes, d'un galbe suranné et en verre fumé qui faisait paraître le rancio carrément noir, arboraient encore la première étiquette avec le nom de la famille sur le traditionnel blason catalan sang et or, dessinée pendant la Grande Guerre par sa grand-mère Nanna restée seule aux commandes du mas pendant que son époux se battait dans les tranchées. Depuis, le « logo » – on ne parlait plus de dessin, pas assez moderne ! – s'était épuré, stylisé, mais le nom et les couleurs étaient toujours là, il y avait veillé.

Sur l'étagère trônait aussi une photo couleur sépia de son grand-père à peu près à l'époque où celui-ci s'était lancé dans la production du muscat de qualité qui avait fait sa fortune. En fait, la photo avait dû être prise un peu avant puisqu'il apparaissait dans toute la force insolente de ses vingt ans au côté de son jumeau disparu, celui qui était parti un soir de 1907 et dont on n'avait jamais plus eu de nouvelles. La légende familiale voulait que son nom ait été le dernier prononcé par le grand-père Joan sur son lit de mort.

Il y avait le même cliché, agrandi, au mur du salon. Georges avait souvent scruté les deux visages si semblables pour tenter de discerner sur leurs traits, dans leurs regards, dans l'angle de leurs mâchoires peut-être, ce qui avait fait de l'un un vigneron respecté et prospère et de l'autre la *closca*, un fugitif, un fantôme… mais il n'était jamais parvenu à percer le mystère.

Un crissement de pneus sur le gravier de la cour le tira de ses pensées nostalgiques. Quatre heures pile. On pouvait dire ce qu'on voulait des Américains mais quand il s'agissait de business, ils n'étaient jamais en retard.

Lucy Wilkins, puisque c'était le nom qu'elle lui avait donné au téléphone, était effectivement jeune, certainement plus encore même qu'il l'avait imaginé : elle n'avait pas dû quitter son « youciellè » depuis longtemps. Les cheveux très noirs avec des reflets bleutés et la peau dont la chemise blanche faisait encore ressortir l'éclat cuivré suggéraient une ascendance mexicaine. Ou indienne peut-être.

Mince dans son jean délavé, elle s'extirpa vivement de sa Renault de location et resta là un instant, se retenant d'une main à la portière tout en promenant un regard vague sur la cour et les bâtiments autour d'elle comme si la tête lui tournait. Bien sûr il faisait chaud puisqu'on était fin juin, mais enfin une Californienne comme elle n'aurait pas dû être incommodée par le soleil catalan. Georges descendit les deux marches du perron pour aller la soutenir mais déjà elle s'était reprise. Tirant une petite valise en cuir noir de derrière son siège, elle lui tendit la main avec un franc sourire.

— Bienvenue au mas Fabrègues, miss Wilkins, la salua-t-il. J'espère que vous avez fait bon voyage. Si vous voulez bien me suivre, il fait meilleur à l'intérieur.

Elle parut hésiter puis demanda de façon surprenante :

— Avez-vous des écuries ici ?

Il s'arrêta, interloqué. En voilà, une question. À croire qu'il y avait du vrai dans les clichés véhiculés par les westerns.

— Nous avons bien quelques chevaux que mes fils montent quand ils sont là, mais plus du côté de la mer, dans la Salanque.

Elle parut déçue. Voulant lui faire plaisir, il montra du doigt l'autre côté de la cour.

— Au début du siècle, ce bâtiment là-bas servait bien d'écurie mais, avec la mécanisation et l'extension du domaine, il a été transformé en cave supplémentaire.

Elle hocha la tête, apparemment ravie.

— Il faudra que vous me la fassiez visiter, mister Fabrègues.

Mare de Déu, et le subjonctif en plus ! Cette jeune personne était décidément étonnante.

— Venez d'abord vous rafraîchir un peu et

ensuite nous visiterons la propriété : les pressoirs, les chais, les hangars, la chaîne de mise en bouteilles, le quai d'où nos camions partent dans l'Europe entière... Et je viens d'acheter le mas voisin pour en faire une galerie pour de jeunes artistes s'inspirant du monde du vin.

Cette fois, elle lui emboîta le pas et il la précéda jusqu'à la grande salle du bas, l'ancienne cuisine que sa femme avait aménagée en salon de réception en abattant quelques cloisons. Même s'il n'avait aucun goût pour les mondanités, Georges devait reconnaître qu'Hélène en avait fait quelque chose de magnifique avec ces vieux meubles catalans en chêne sombre sculpté et, sur le crépi blanc cassé des murs, des tapisseries peuplées de soleils et d'oiseaux fantastiques, d'après des cartons de Lurçat. C'était beau et chaleureux à la fois, un tour de force.

Lucy Wilkins parut d'ailleurs apprécier. Tout en traversant la pièce jusqu'au grand fauteuil à dos droit où il l'invitait à prendre place, elle caressa de la main le plateau ciré de la vaste table rectangulaire dans un geste à la fois respectueux et tendre comme si elle saluait un vieil ami. Elle devait comme Hélène aimer courir les brocantes et les antiquaires.

Saisissant la bouteille et les deux verres préparés sur la desserte, Georges s'enquit :

— Ainsi notre muscat vous intéresse et vous souhaitez le commercialiser en Californie ?

La jeune femme accepta le verre qu'il lui tendait.

— Sans doute, acquiesça-t-elle en le levant à hauteur de ses yeux sombres sans qu'il sache si elle voulait ainsi examiner à la lumière la robe du vin ou l'inviter à trinquer. Mais ce n'est pas la principale raison de ma venue.

Sans lui laisser le temps de s'interroger sur cette annonce sibylline, elle posa le verre sur la table basse devant elle et, prenant sur ses genoux la petite valise en cuir noir qu'elle avait apportée, elle en sortit une bouteille qu'elle lui tendit sans un mot.

Georges la saisit sans comprendre jusqu'à ce que son regard tombe sur l'étiquette : sur le carré de papier imprimé à la façon d'un vieux parchemin se détachait la silhouette noire d'un pin parasol qui lui semblait vaguement familière. Et par-dessus, en lettres ornementées, « Clos Fabrègues », Santa Clara, Californie. Lorsqu'il releva la tête, ses yeux rencontrèrent la grande photo sépia du grand-père Joan fièrement campé au côté de son jumeau et ce fut comme si un écran de brume se déchirait dans sa tête.

— Oui, vous avez compris, confirma la voix juvénile au français si impeccable malgré l'accent, nous sommes de la même famille : ma mère est née Fabrègues, Wilkins est son nom de femme mariée. Elle s'appelle Lucy comme moi. Ce prénom se transmet de mère en fille dans la famille, mon arrière-grand-père l'avait voulu ainsi en souvenir de sa propre mère. Lui, il s'appelait Jordi. Jordi Fabrègues.

Un vertige le saisit. La *closca* avait donc fait souche en Amérique. Et il était devenu vigneron lui aussi. Il n'y avait plus de mystère.

Sur le mur d'en face, les deux visages si semblables souriaient de toutes leurs dents sous la moustache dans le cadre ovale. La boucle était bouclée : quatre-vingt-cinq ans après, les jumeaux Fabrègues s'étaient enfin retrouvés.

Remerciements

Mes remerciements chaleureux à tous ceux qui n'ont pas hésité à fouiller archives et mémoires afin de m'aider à ressusciter ce Roussillon viticole en ébullition à l'aube du XXe siècle, et notamment Mme Thérèse Tarrius à Baixas, MM. Louis Abelanet, Georges Taule et le Docteur Émile Parès de Rivesaltes, « Jacky » Ros, enfant du Vernet, « Pierrot » Taurinya du *barri* de Vinça ainsi que les personnels de la médiathèque et de la bibliothèque universitaire de Perpignan.

Merci également à Jordi Barre pour son accompagnement musical, à mon fils Hadrien, à ma famille et à mes amis pour leur soutien moral.

T.D.O Éditions, SARL
tous droits réservés
Composition, mise en page : TDO Éditions
ISBN : 978-2-36652-355-3

Dépôt légal septembre 2023
Réimpression en france mai 2024
Sur les presses de CPI France
N° d'impression : 2077847